CUORCODE

Acacia Black

My Missing Piece

Quello che mi manca

Volume Uno

Traduzione di *Rachele Salerno*

CAIRO

Titolo originale
My Missing Piece

ISBN 978-88-309-0342-5
Prima edizione: maggio 2024

MY MISSING PIECE

Quando ti innamori della luna,
smetti di guardare le stelle.
E la mia luna era lei.

Natalina Casarano

Avvertenza

Ciao a tutti!

Grazie di aver scelto la mia storia.

Prima che iniziate a leggere, vorrei dirvi che *My Missing Piece* è esattamente come lo immaginavo. I miei due eroi sono imperfetti, testardi, umani, tormentati, e legati da un'attrazione irresistibile. Commetteranno degli errori, vi irriteranno, vi infastidiranno. Ma riderete con loro e, mi auguro, li amerete quanto li ho amati io. Nel corso della storia, sarete tentati di scegliere da che parte stare, per poi realizzare che alla fine entrambi hanno agito seguendo il cuore e le conseguenze dei loro traumi.

Il romanzo non è lineare, ho volutamente inserito alcuni capitoli flashback che vi permetteranno di scoprire a poco a poco il loro passato. Di ricostruire come si sono amati e come si sono fatti del male a vicenda.

Tuttavia, devo avvertirvi che vengono affrontati argomenti difficili, come lo stupro, la violenza domestica (entrambi evocati nei ricordi), relazioni familiari complicate e tossiche, il bullismo scolastico, alcuni accenni alla dipendenza da droghe e alcol. Troverete anche linguaggio violento e scene di sesso molto esplicite che potrebbero disturbare i lettori più sensibili.

Se siete ancora qui, vi prometto che ci divertiremo. Oppure no.

Buona lettura!

Acacia

Playlist

La musica ha un ruolo importante nella mia vita, quindi ho voluto integrarla nel romanzo.

♪ Per una migliore esperienza di lettura, quando vedete la nota musicale accanto a un paragrafo, vi consiglio di leggere la scena con la canzone indicata all'inizio del capitolo in sottofondo.

La playlist è disponibile anche su Spotify con il nome *My Missing Piece, Playlist Officielle.*

I Found – Amber Run

Lost the Game – Two Feet

Hate Me – Ellie Goulding & Juice WRLD

Animal – Zayde Wolf

Prisoner – Raphael Lake

Castle – Halsey

Not About Angels – Birdy

Maybe It was Me – Sody

Aimed To Kill – Jade LeMac

Pain's My Only Home – Zevia

Revolution – UNSECRET

We're just friends – Zevia

23 – Chase Atlantic

Liam

Avete presente la sensazione che si prova quando una
canzone risuona nel profondo della nostra anima?
Le emozioni che ci regala? Quella sensazione di fluttuare,
la felicità assoluta?
La risata di Luna era la mia canzone preferita.
Ero abbastanza cinico da non credere nel destino.
Non avrei mai dovuto incontrarla.
E tanto meno amarla.
Era la mia migliore amica.
Eppure, eravamo così diversi.
Lei odiava il silenzio.
Io davo il mio meglio nella quiete.
Lei era come la luna in una notte buia.
Luminosa. Perfetta.
Io ero tormentato. Oscuro.
Poi i nostri cuori hanno iniziato a battere all'unisono,
finché lei me l'ha strappato via dal petto.
L'ho odiata. Volevo fargliela pagare.
Ma si è scoperto che il cattivo della sua storia ero io.

Prologo
Luna

Luna 16 anni, Carolina Beach
15 maggio 2014

Dai, più in fretta!

Fisso le lancette dell'orologio come se avessi il potere di accelerare lo scorrere del tempo. Ma per quanto mi concentri, per quanto strizzi gli occhi fino a vedere una miriade di puntini bianchi fluttuare davanti a me, i minuti continuano a trascinarsi con una lentezza esasperante. Con discrezione, tendo una mano verso l'orologio e mormoro sottovoce una specie di incantesimo preso in prestito da *The Vampire Diaries*, la serie che Charlie mi costringe a guardare con lei, e attendo paziente, sperando in un miracolo. Invano. Non che Charlie mi abbia messo un coltello alla gola. Quale persona sana di mente si rifiuterebbe di guardare gli addominali di Stefan?

Le dodici e quattordici minuti. Il calvario sta per finire. Un secondo in più e potrei lanciare la matita fra gli occhi del professore. Immaginarlo infilzato mi strappa un sorriso. Sarebbe senza dubbio l'evento più emozionante della sua vita. Muovo freneticamente la gamba sotto il banco, sento la pelle sciogliersi per il caldo. *Tic, tac.* Tre, due, uno…

Finalmente la campanella suona. Mi alzo di scatto dalla sedia, insieme a tutti gli altri. Non voglio perdere l'autobus, ho appuntamento per pranzo con Charlie.

«Signorina Collins!»

La voce rauca del professor Shaw mi colpisce alle spalle.

«Sì?» rispondo, fermandomi di botto.

Lui si appoggia allo schienale della sedia e incrocia le braccia sulla pancia, probabilmente gonfia di birra scadente.

«Ho corretto la sua tesina sugli Stati Uniti del dopoguerra e devo dire che la sua analisi era molto pertinente.»

«Mi ero appass…»

«La prossima volta che decide di copiare» mi interrompe, un sorriso sadico sulle labbra, «le suggerisco di cambiare almeno qualche parola.»

«Ma…»

«Risparmi le energie, le serviranno per rifare il compito» tuona. «Ha due ore.»

Merda.

«Professore, ho appuntamento con mia sorella tra venti minuti. Non posso darle buca.»

«Quanti anni ha?»

In realtà sono figlia unica, ma non sono affari suoi. Charlie è la sorella di Liam, il mio ragazzo. Ieri mi ha confessato che a scuola ha problemi con i bulli. Soffre già di incubi notturni, non voglio che abbia paura anche dei compagni di classe, così le ho promesso che d'ora in avanti pranzeremo insieme tutti i giorni. E poi io e Liam siamo rimasti sul letto accanto a lei finché non si è addormentata.

«Quattordici, ma...»

«Allora se la caverà benissimo» mi interrompe di nuovo il professore. «Torni al suo posto.»

Tremo dalla rabbia. Vorrei soltanto affondargli le unghie nel cranio, strappargli via la vecchia parrucca che ha in testa e urlare: «Accetti la calvizie, signor *Sudo-come-un-maiale*!». Invece mi mordo l'interno della guancia e mi si stringe il cuore al pensiero di Charlie che mi aspetta tutta sola fuori da scuola. Penserà che non ho mantenuto la promessa.

«Posso almeno chiamarla per avvertirla?»

Il professore agita la mano per scacciarmi come una mosca fastidiosa. *Idiota.* Esco in fretta, prendo il cellulare e reprimo un grido di rabbia quando mi accorgo che mi resta solo l'1% di batteria. Ho a malapena il tempo di vedere l'anteprima del messaggio di Liam prima che si spenga.

> **Love**
> Char era contentissima stamattina. Grazie di starle vicina. P.S. ti ho lasciato una cosa nell'armadietto. Ti amo, cuore mio (è il tuo turno)

Con un sorriso sulle labbra, continuo nella mia testa la frase che ci ripetiamo da quando ci siamo detti «Ti amo». Poi faccio una smorfia. *Charlie. Merda.* Mi avventuro in corridoio, sperando di incontrare la mia migliore amica Camille per chiederle di andare al pranzo al posto mio, ma in giro non c'è nessuno. Mi viene da ridere, anche se ci sarebbe da piangere per la frustrazione. Il pensiero di deludere Charlie mi fa contorcere le viscere.

«Ehi, Troy, aspetta!»

Intercetto il mio compagno di classe che passava di lì, ringraziando il cielo per quel dono.

«Puoi prestarmi il cellulare, per favore?»

Lui spalanca gli occhi e li muove in tutte le direzioni. È agitato. Il suo nervosismo sarebbe anche divertente, se non fossi così turbata. Da quando io e Liam ci siamo confessati i nostri sentimenti, alcuni ragazzi preferiscono tenersi alla larga da me. Non li biasimo. Il lato di sé che Liam mostra al mondo è diverso da quello che riserva a me. Tutte le qualità che mi hanno fatta innamorare di lui sono ben nascoste sotto uno spesso strato di ghiaccio.

Prendo il telefono, ignoro la foto porno sullo sfondo, e inizio a digitare il numero. Ma le mie dita si bloccano.

«C'è qualche problema?» mormora Troy.

«Ho dimenticato il numero di Camille. Tu ce l'hai?»

Ci speravo, ma non mi sorprende vederlo scuotere la testa. L'unico numero che ricordo a memoria è quello di Liam, ma è all'allenamento di basket che finirà tra qualche minuto. A corto di idee, supplico Troy di farmi un favore. A giudicare dalla sua reazione, sembra che gli abbia chiesto di strapparsi i testicoli e mangiarseli. È livido. Ignoro la sua espressione contrita e gli chiedo di ripetere dopo di me quello che deve dire al mio ragazzo: Luna è rimasta bloccata, vuole che vada tu a pranzo con Charlie.

Facile.

«Signorina Collins, sto aspettando.»

Assumo il tono più falso possibile.

«Arrivo!»

«Ti prego, Troy, ti prego. Ignora il suo sguardo omicida e digli quello che ti ho detto.»

«Va bene, va bene» farfuglia lui.

Cammino all'indietro verso l'aula, ringraziandolo, senza smettere di ripetere che sono nelle sue mani. Signore, fai che non se la faccia addosso prima di aver riferito il messaggio. Di fronte al professore, però, non riesco più a trattenere la mia irritazione.

«Non può impedirmi di fare una pausa, è vietato dalle regole della scuola» lo provoco.

«Preferisce che andiamo a discuterne nell'ufficio del preside, allora?»

Che nervi. Mi siedo e mi metto a scrivere. Invece di due ore ne impiego tre, perché passo la metà del tempo a cercare di placarmi cantandomi una canzone in testa. È quello che facciamo sempre io e Liam per calmarci. Alla fine mi avvicino al professore e sbatto un po' troppo forte il compito sulla cattedra.

«Devo avvertire i suoi genitori del suo comportamento?»

Mi mordo il labbro. Vorrei rispondere: «Si accomodi, mi faccia sapere se scopre in che continente si trova mia madre questo mese». Ma qualcosa mi dice che la mia risposta pungente mi metterebbe ancora di più nei guai.

«Non sarà necessario» mi limito a dire alla fine, prima di uscire dall'aula.

Non avrei dovuto copiare, lo so, ma quella sera ero andata con i miei migliori amici, Camille e Travis, a una festa del college. Per uno studente delle superiori andare a una festa universitaria è un sogno. Ma naturalmente, con la mia solita sfiga, mi ero dimenticata che il giorno dopo dovevo consegnare un compito. E a quel punto era tardi e avevo bevuto troppo, quindi non ho potuto fare altro che scegliere la strada più semplice. Ovviamente sottovalutando il potere del karma.

Le lezioni pomeridiane sono già ricominciate, in corridoio risuona il brusio smorzato degli studenti in classe. Affretto il passo per non incontrare nessun adulto e vado al mio armadietto. Sono sicura che il rumore del mio stomaco che brontola si senta a chilometri di distanza, soprattutto quando scopro cosa mi ha lasciato Liam. *Bingo*: un pacchetto di Skittles. Il mio stomaco fa i salti di gioia e, senza aspettare, ne ingoio una bella manciata. È come una droga. Chiudo gli occhi mentre i diversi sapori aciduli della frutta mi esplodono sulla lingua. Ma poi il rumore di passi che si avvicinano mi riporta bruscamente con i piedi per terra. Richiudo l'armadietto in fretta e furia e mi allontano. Se mi beccano saltare la lezione di disegno, mio padre mi metterà in punizione. Ma stasera non posso perdermi per niente al mondo quello che mi aspetta.

Stasera faremo l'amore per la prima volta.

E questa volta nessuno verrà a disturbarci. Quando ci penso sento un brivido in tutto il corpo.

Esco dall'edificio principale, prendo l'iPod e mi infilo le cuffie nelle orecchie. *She Will Be Loved* dei Maroon 5 suona a tutto volume, scatenandomi un altro brivido. La musica e il disegno sono le mie due grandi passioni. La prima infrange il silenzio che mi riempie di angoscia e il secondo mi permette di evadere, di creare qualcosa di unico da conservare per sempre.

Sono così impegnata a immaginarmi come la protagonista di un romanzo che non mi accorgo di essere arrivata vicino allo spogliatoio della squadra di basket di Liam. All'improvviso mi si gela il sangue. Il cuore mi martella contro le costole. Mi volto senza esitare. Ma non sono stata abbastanza veloce, perché una mano mi stringe saldamente il bicipite e mi costringe a fermarmi. Le cuffie si staccano dalle orecchie e si trascinano dietro un orecchino.

«Ma guarda cos'ha portato la marea» dice Daniel.

«Non. Toccarmi.»

«Senti, senti» ride. «Hai proprio un bel caratterino, eh?»

«E il tuo? Fa sempre vomitare?»

Da quando ha messo in giro quelle schifose voci sul mio conto, lo evito come la peste. Il mio più grande errore è stato uscire con lui per qualche settimana l'anno scorso, dopo un'incomprensione con Liam. Fingeva di essere il ragazzo perfetto, quando è più marcio di un cibo andato a male. Non lo toccherebbe neanche un cane affamato.

«Se ricordo bene, qualche tempo fa non ti lamentavi del mio caratterino.»

Cerca di accarezzarmi la guancia, ma giro la testa.

«Lasciami in pace, altrimenti mi metto a urlare.»

«Non lo farei, se fossi in te.»

Si avvicina e mi spinge contro il muro. Mi si rizzano i peli di tutto il corpo. I miei sensi sono messi in allerta dalla sua postura aggressiva. Ho il fiato corto. È chiaro che sa di essere in vantaggio. È molto più alto e forte di me, non riuscirei a divincolarmi nemmeno se ci provassi. Siamo soli, gli spogliatoi sono lontani dalle aule, ma mi rifiuto di lasciare che questo dettaglio mi renda vulnerabile. Sto per mettermi a urlare quando mi tappa la bocca con una mano callosa, con una violenza tale da farmi sbattere la testa contro il muro di mattoni rossi alle mie spalle. Il dolore è lancinante. Nonostante tutto, provo a colpirlo con una ginocchiata alle palle, ma lo spazio tra i nostri corpi non è sufficiente. Tutte le mosse che Liam mi ha insegnato si rivelano inutili. Daniel si china su di me e sussurra: «Se gridi, sarò felice di riferire a tutti la conversazione che ho origliato. Allora, mi prometti che farai la brava?».

Con gli occhi pieni di lacrime, faccio sì con la testa. Mi lascia andare, ma ho le viscere contorte dalla paura.

«Di cosa stai parlando?» riesco a chiedergli.

«Non fare la stupida, Luna. Vi ho sentiti. E se vuoi che tenga il segreto, dovrai pagare.»

Deglutisco a fatica.

«Vuoi dei soldi?»

La sua risata machiavellica mi fa l'effetto di uno schiaffo in faccia. I suoi occhi neri brillano maligni.

«No, Luna. Voglio quello che mi devi.»

Si inumidisce le labbra con aria provocatoria. Ingoio la bile che mi risale in gola e mi conficco le unghie nei palmi per non perdere il controllo.

«Sei malato, Daniel» sibilo fra i denti.

Con il viso distorto dalla rabbia, mi stringe bruscamente la mascella fra le dita.

«Non hai scelta, *darling*. Mi avete umiliato. L'anno prossimo andrà all'università, giusto? La NYU. Non vorrai mandare all'aria il suo sogno, vero? Cosa penseranno se dovessero scoprire il suo passato? E la sua povera madre, ci hai pensato?»

«Sei patetico. Non sai niente. Non c'è nessun segreto.»

Mi stringe più forte il viso. Sussulto per il dolore.

«Luna.» Sputa le lettere del mio nome come se ne fosse disgustato. «Basta un pettegolezzo anonimo per seminare il dubbio nella mente delle persone. E non puoi volere che la sua famiglia diventi lo zimbello della città.»

Gli occhi mi si riempiono di lacrime amare. Ha ragione. Qui la gente ha fame di pettegolezzi e sofferenza. Si nutre dei fallimenti altrui. Qualsiasi cosa pur di dimenticare la propria miseria. Non infliggerei mai un tormento simile a Charlie e Liam. Eppure, nonostante il mio cuore minacci di fermarsi, sibilo: «Non ti credo».

Se il male avesse un volto, sarebbe quello della persona a pochi centimetri da me.

«*Darling*, la cosa bella degli idioti come voi è che sono prevedibili. Come vanno i vostri incontri del lunedì e del giovedì sulle tribune, dopo gli allenamenti? Non puoi immaginare quante cose si scoprono con un po' di pazienza.»

Daniel avvicina la bocca al mio orecchio e le frasi che sussurra mi danno il colpo di grazia: il segreto della famiglia di Liam. Parola per parola. Ogni sillaba è come una coltellata nell'anima.

No.

No.

Da quanto tempo ci spia?

«Allora, che dici? L'università o la prigione? Sarebbe triste distruggere una famiglia che ha già sofferto tanto» dice, con un ghigno, «ma voglio essere magnanimo, ti lascio scegliere per lui.»

Trattengo il respiro per fermare le lacrime che minacciano di scorrere incontrollate. Sa tutto. Ha in mano il futuro di Liam e della sua famiglia. Un sorrisetto gli increspa le labbra mentre il terreno si sgretola sotto i miei piedi. Vedo i suoi occhi brillare di una luce malvagia. Ha capito che non rischierò che riveli il segreto. Se Daniel parla, il mondo di Liam e Charlie andrà in pezzi.

Guardo Daniel, sollevo il mento in segno di sfida. Può prendersi il mio corpo, ma non la mia dignità. Mi afferra il viso tra le mani, appoggia le labbra sulle mie e cerca di infilarmi la lingua in bocca. Stringo i denti, ma sento che le forze mi abbandonano.

Il mio cuore si spezza.

Mi affonda le unghie nelle costole, provocandomi una fitta di dolore.

«Apri la bocca e baciami, *darling.*»

Vedo le fiamme dell'inferno danzare nei suoi occhi, quindi ubbidisco.

Lo bacio mentre ingoio le mie lacrime.

Lo bacio mentre geme di piacere.

Geme mentre io lotto contro i conati di vomito.

Mi sento sporca, debole, stupida.

Dopo qualche minuto con il suo sapore orribile in bocca, la sua mano mi stringe il collo per guidarmi all'interno degli spogliatoi. Le porte si chiudono dietro di noi con un tonfo sordo, facendomi sobbalzare.

«Cosa vuoi?»

Non fargli capire che hai paura.

Dopo quella che sembra un'eternità, con una voce che, lo so, mi perseguiterà per tutta la vita, risponde: «Voglio te».

Chiudo gli occhi. Tutto intorno a me svanisce. Immagino di volare via, di allontanarmi da queste mura che mi opprimono. Mi concentro sulla risata di Liam, sul suo profumo, sul modo in cui mi bacia sempre le lentiggini sul naso quando siamo sull'amaca, in giardino, ad ascoltare la musica. Penso alle sue braccia che mi hanno stretta tante volte quando mia madre non ha mantenuto le sue promesse. Al suo sorriso, al sospiro che è convinto che io non senta quando gli scosto una ciocca di capelli dalla fronte. Alla sensazione della sua mano nella mia, familiare, rassicurante. «Ora hai me, non sarai più solo.» È una delle prime frasi che gli ho detto quando ho trovato il coraggio di avvicinarmi a lui. Avevo dieci anni. E da quel giorno non ci siamo più lasciati. Siamo una cosa sola. È il mio migliore amico. La luce dei miei giorni. La persona che capisce le mie angosce e sa leggere cosa si nasconde dietro i miei sorrisi tristi.

«Non riesco a credere che tu sia mia» mi ha sussurrato ieri sera, prima di baciarmi sulla punta del naso.

E poi il tempo si ferma e la realtà mi colpisce di nuovo. Le labbra ruvide di Daniel trovano di nuovo le mie e strappano via una parte di me.

Questo giorno, che doveva essere il più bello della mia vita, rimarrà per sempre una cicatrice sul mio cuore.

Daniel Jones mi ha portato via tutto: la mia dignità, il mio senso di sicurezza, i miei sorrisi e… l'amore della mia vita.

Si dice che ci sono sempre due versioni di ogni storia. Ma come si fa a rialzarsi quando non ti viene data la possibilità di raccontare la tua?

1

Luna

Sette anni dopo, New York
10 aprile 2021

«Luunaa! Lo so che sei qui.»

Sento la voce stridula della mia migliore amica nonostante le cuffie nelle orecchie. Forse, se smetto di respirare e chiudo gli occhi, non mi vedrà.

«Ah, eccoti. Sapevo che ti avrei trovata quassù.»

Beccata.

«Come hai fatto a salire? Ho sganciato dieci dollari a Jax per impedirtelo.»

Camille si asciuga una lacrima immaginaria con il pollice, fingendosi ferita, poi si sdraia per terra accanto a me.

«È perché preferisce me» dice, rifilandomi un colpetto con la spalla.

«Ovvio, gli sbatti sempre le tette in faccia. Povero ragazzo, è debole.»

«Ebbene sì, nessuno resiste alle mie *tetas*.»

Mi tolgo le cuffie proprio mentre me le piazza sotto il naso. Camille Lucia Hart non ha una goccia di sangue ispanico nelle vene, eppure, da quando ha studiato spagnolo a scuola, si ostina a volerlo parlare. Spoiler: non è capace. Non riuscirebbe a esprimersi in spagnolo nemmeno se ne andasse della sua vita, ma inserisce sempre nelle conversazioni le poche parole che riesce a ricordare e, sorprendentemente, hanno tutte connotazioni sessuali.

«Vuoi toccarle?» chiede, divertita.

«Se non vuoi che te ne stacchi un pezzo a morsi, tienile lontane dalla mia bocca.»

Scoppiamo a ridere entrambe. In tutta onestà, sarebbe la cosa più vicina al sesso che mi sia capitata negli ultimi mesi. Ma non mi lamento.

Io e Cam restiamo sdraiate a guardare il cielo con poche stelle. Soltanto i clacson e le sirene delle ambulanze ci ricordano che, pochi metri più in basso, la vita continua.

«Quindi questa sarebbe la tua Super Luna?» si lagna Camille. «È uguale a tutte le altre.»

«È più grande e più luminosa.»

«Non vedo niente.»

«Prova a stare zitta, magari vedi meglio.»

Mi fa la linguaccia e io alzo il dito medio. La prima volta che ho messo piede sul tetto di questo edificio, io e i miei amici d'infanzia ci eravamo appena trasferiti nel campus della New York University dopo esserci diplomati al liceo. Ancora scossa dal mio gesto disperato, ero determinata a non lasciarmi abbattere e a dimenticare il passato. O meglio, a perdonare. Solo che, a due settimane dall'inizio dei corsi, il mio cervello mi aveva brutalmente ricordato che andare a vivere lì insieme era il *nostro* sogno e che per colpa mia, *per colpa nostra*, non si sarebbe mai avverato. Colpita da quell'improvvisa consapevolezza nel bel mezzo di un marciapiede affollato, all'angolo tra Washington Square e Green Street, con la gente che mi urtava da tutte le parti e il cuore in gola, ero entrata nell'atrio del primo edificio che mi ero ritrovata davanti. Direzione tetto. Mi ero sdraiata sul cemento freddo e avevo fissato la luna. Perché l'unica cosa che avevamo ancora in comune era quel cazzo di satellite. E stasera, rieccomi qui. Libera dalle angosce, ma con il cuore ancora pesante. Volevo soltanto stare da sola e meditare sulla giornata appena trascorsa. Ma non avevo fatto i conti con una certa piccola peste dai capelli color ebano. Ovviamente non era un gran mistero dove mi fossi nascosta. La mia brunetta mi conosce come le sue tasche.

Sento lo sguardo di Camille fisso su di me, scuoto la testa e mi schiarisco la gola per tornare sulla Terra.

«In realtà è un'illusione ottica. La Terra, il Sole e la Luna sono allineati sullo stesso asse. È un evento molto raro.»

Lei sorride e appoggia la testa sulla mia spalla.

«È il suo compleanno» dico, senza riuscire a mascherare il tremito della mia voce.

«Lo so. Perché pensi che sia venuta a cercarti?»

Provo a sorridere, ma non ci riesco. Camille conosce bene i giorni neri del mio calendario: il 15 maggio e oggi.

«Pensi che stia festeggiando? Oppure è...»

Morto? Ubriaco in un motel schifoso? Felice? Sposato?

Quando mi sono svegliata, stamattina, il desiderio di chiamare Liam era più forte del solito. Non sono mai riuscita a cancellare il suo numero, anche se nel frattempo potrebbe averlo cambiato. Ho paura di scoprire che mi ha bloccata, che sono un lontano ricordo, solo una ragazza che conosceva tempo fa. Non credo che riuscirei a sopportarlo. Quindi, come sempre da quando le nostre strade si sono divise sette anni fa, mi limito a fissare il cellulare e a sperare che suoni. *Non è mai successo.*

«Lulù, sono certa che Liam sta bene. Sicuramente viaggia, lavora come un matto e continua a fissare la gente con sguardo assassino senza motivo.»

L'ultima parte mi fa ridere, perché è decisamente vera. Gli occhi di Liam si addolcivano solo quando guardava me o sua sorella Charlie. Ma vorrei essere sicura quanto Camille. Spero che stia vivendo una bella vita. Quella che gli ho sempre augurato con tutto il cuore.

Camille si è messa a raccontarmi gli ultimi pettegolezzi sul suo lavoro. Faccio del mio meglio per ascoltarla. Come al solito, l'argomento Liam non dura più di due minuti. È il tempo massimo che mi è concesso per parlare di lui.

«Ora dimmi del tuo colloquio di stamattina» chiede, una volta finito il racconto. «Quando ti faranno sapere?»

«Domani, tra due giorni o mai più» rispondo, quasi seccata.

«Tranquilla. Sono stati loro a notarti. Scommetto che il colloquio era una formalità.»

«Se non mi prendono, sono nella merda.»

«Alla peggio puoi iscriverti a un sito per vendere le tue mutande usate» ridacchia.

«Ottima idea! Poi dimmi che tariffe fai tu, così prendo ispirazione.»

Per tutta risposta, Camille mi pizzica una coscia, facendoci ridere entrambe a crepapelle.

«No, sul serio. Hai dimostrato quanto vali» mi rassicura. «Ed è il lavoro perfetto per te.»

«Forse sono troppo giovane. Ho esperienza, questo sì, ma ho sempre lavorato per piccole etichette indipendenti. Non so quanto valgo tra i grandi. Se va male, comunque, con i miei risparmi posso sopravvivere al massimo tre mesi. Mi rifiuto di chiedere aiuto a mio padre.»

«Smettila!» esclama Cam, scostandosi una ciocca di capelli neri dalla fronte. «Mi deprimi e mi fai venire le rughe. Come ti chiami?»

Alzo gli occhi al cielo. Ora arriva il suo discorso di incoraggiamento. Vedo che inizia a diventare impaziente, quindi rispondo, anche se a denti stretti.

«Luna Eden Collins.»

«E chi sei?»

«Sono una donna forte, determinata e coraggiosa.»

«Ma soprattutto?»

«Non sono una che si arrende.»

«E poi?»

«Ho il potere di fare cose straordinarie.»

«Perché?» cantilena.

«Perché sono una *bad bitch*» mormoro, sottovoce.

«Mettici ancora meno energia, dai!»

«Perché sono una *bad bitch*!» esclamo, ridendo.

«Bene, finalmente! *Ride or die?*» chiede, con il mignolo teso verso di me.

Aggancio il dito attorno al suo e, fronte contro fronte, sussurriamo: «*Ride or die*».

Ho già detto che la amo da morire?

«Comunque, non ce ne staremo qui ad aspettare la risposta. Stasera andiamo al Blue Ivy, balliamo, ci rilassiamo e soprattutto beviamo.»

Per Camille ogni occasione è una scusa per far festa e bere. Non litiga con una collega. *Tequila.* Non finisce in rosso a fine mese. *Tequila.* Le viene il ciclo. *Tequila.* Ho fatto un colloquio in una grande casa discografica. *Tequila.*

«Prima devo passare a prendere una cosa da Travis. A più tardi.»

Una cosa = un orgasmo.

«Camille» dico, con un'occhiataccia. «Avete ricominciato?»

«Che c'è? Non è colpa mia se è dipendente da *mi concha,* e poi è grande e vaccinato, Luna, non devi proteggerlo. Sa benissimo in cosa si è infilato...»

Lascia la frase in sospeso, con un sorrisetto ammiccante. Quando alzo gli occhi al cielo, scoppia a ridere.

«In tutti i sensi! Comunque, sa che è soltanto sesso.»

Travis, Cam e io siamo cresciuti nella stessa strada, quindi non posso fare a meno di vegliare su di loro. Soprattutto quando è chiaro come il sole che lui accetta la situazione soltanto per non perderla.

«Ho sempre pensato che sareste finiti insieme» confesso.

Lei alza le spalle.

«Non tutti gli amori adolescenziali sono destinati a essere il grande amore.»

Si rende subito conto di quello che ha detto e fa una smorfia, pronta a scusarsi, ma alzo una mano per fermarla. Qualche mese fa, qualche anno fa, queste parole sarebbero state una pugnalata al cuore. Oggi, anche se Liam continua a mancarmi, i miei sentimenti sono cambiati, sono diventati più profondi, sepolti dalle parole che ha pronunciato quel maledetto giorno e che ci hanno distrutti per sempre.

Liam Davis è storia antica. La storia migliore e peggiore della mia vita.

Varco la soglia del nostro appartamento nel Lower East Side e il silenzio mi colpisce immediatamente.

È angosciante. Soffocante.

Getto le chiavi nel piattino all'ingresso, poi, come al solito, i miei gesti sono automatici. Collego il cellulare alle casse Bluetooth del soggiorno per riempire il silenzio e vado di sopra. Nella mia stanza, ignoro i vestiti sul letto e le scarpe sparpagliate ovunque perché non sapevo quali indossare per il colloquio. Ignoro anche la scatola piena di palle di neve vicino al mio armadio. Sono anni che la voglia di distruggerle a una a una mi fa prudere le mani. La soddisfazione che proverei nel vederle in frantumi rifletterebbe il caos che mi ribolle dentro fin da quando ero piccola. Ma poi cambio idea, per mancanza di coraggio.

Il passato non può più toccarti, Luna. Lasciatelo alle spalle.

Mi dirigo in bagno e mi immergo sotto un getto d'acqua calda che mi strappa un sospiro. Cosa chiedere di più? Ah, sì. Forse ottenere il lavoro e vivere finalmente appieno il mio sogno newyorkese.

Camille ha ragione. È il lavoro perfetto per me. Sono brava. Credo in me. E in questi anni mi sono fatta in quattro per arrivare dove sono.

2
Luna

Più presto quella mattina

Oggi ho un colloquio di lavoro per una posizione da direttrice artistica alla Mem Records, una grande etichetta discografica appena acquisita. La vicedirettrice Samantha Adams è venuta a parlarmi a un festival a Los Angeles, dove accompagnavo la mia protetta, Gemini. Ero al settimo cielo. Avevo appena chiuso l'album di Gemini, impresa in cui avevo messo tutto il mio sudore e il mio sangue. E oggi è un successo stratosferico, con milioni di stream su tutte le piattaforme. Sono orgogliosissima. Inoltre, la proposta capitava a fagiolo. Un'etichetta più grande significa una maggiore distribuzione. E raggiungere un vasto pubblico è sempre stato il mio obiettivo. Avere l'opportunità di salvare delle persone grazie alla musica, di partecipare alla creazione di qualcosa più grande di me, è per questo che sono ancora qui. Prima della sua proposta ero in trattativa con un'etichetta di Los Angeles. L'idea mi affascinava, ma quando è New York a chiamare non si può non rispondere. Bisogna andare. E poi all'idea di lasciare i miei amici per sempre mi si spezzava il cuore.

Se andasse bene, sarei a meno di due ore di aereo da mio padre. Tiro fuori dalla borsa il cellulare per rileggere il suo messaggio di stamattina.

Papà J
Buona fortuna, Lulù. Se non va, la tua vecchia camera ti aspetta (non hai più il letto. Ti voglio bene, ma non troppo)

Sghignazzo. Mio padre, Jacob Collins, neurochirurgo, il primo uomo della mia vita. Mi ha cresciuta da solo perché mia madre si è svegliata una mattina e ha deciso che ero un peso per lei. Le canzoni e i viaggi erano più importanti. La vita mi ha insegnato quasi subito che una valigia è meno ingombrante di una bambina di quattro anni. Da un giorno all'altro la nostra casa piena di risate, musica e amore divenne silenziosa. Un silenzio mortale e straziante. Era sparito tutto.

Il mio cellulare squilla di nuovo.

Cam
Falli secchi.

Travis
Spero che mi terrai da parte dei biglietti per i concerti.

E così, grazie ai miei migliori amici, sorrido.

Mi sento più leggera mentre attraverso le porte scorrevoli dell'ascensore, diretta al ventiquattresimo piano. L'addetta alla reception mi invita ad accomodarmi su una poltrona. Mi guardo intorno. Sugli schermi alle pareti scorrono i videoclip degli artisti dell'etichetta. Grandi nomi della musica. Più vado avanti, più mi immergo nell'atmosfera lussuosa, più il mio stress aumenta.

Inizio a pentirmi di non essere andata con Cam a lezione di yoga. A mia discolpa, non capisco come si possa arrivare a essere zen con il sedere in aria e a testa in giù.

Mi siedo sulla poltrona in pelle blu indicatami dalla receptionist.

Dieci secondi dopo una donna dai capelli rossi che assomiglia a Jessica Chastain si avvicina a me con l'eleganza di un pavone. Mi alzo per salutarla.

«Luna Collins!» esclama Samantha, stringendomi la mano.

«Sì, ciao, sono io?» rispondo, con un tono più interrogativo del voluto. *Ora sembra che non sappia come mi chiamo.*

Lei aggrotta la fronte, ma non commenta.

«Andiamo di là» dice, indicando l'ascensore. «Gli

uffici sono su più piani, il mio è al venticinquesimo. Sono convinta che saresti perfetta per questa posizione. Hai buone idee e la sensibilità di cui abbiamo bisogno. Sei pronta a buttarti al massimo in questa sfida, Collins? Con la nuova direzione dovremo lavorare ancora di più.»

Oh, il colloquio è iniziato. Ma proprio qui? In un ascensore in movimento, verso un piano che potrebbe cambiare il corso della mia vita? Direttrice artistica a ventitré anni. È una cosa grossa. Cazzo se è una sfida, Jessica Chastain.

«Sono nata pronta, Jess… Samantha» rispondo.

La chiamo volutamente per nome. Ammetto di avere dei problemi con i «signore» e «signora». Chissà perché. Un altro trauma infantile irrisolto. Nel mio caso è sempre la spiegazione più plausibile.

«Sono appassionata di musica da sempre. Come ha detto, sono creativa, ma anche sensibile. Seguo il *feeling*. Mi piace creare un rapporto intimo con i miei artisti e vederli evolversi nel corso della loro carriera.»

Arriviamo al venticinquesimo piano.

«Una direttrice artistica deve prima di tutto saper dare consigli dietro le quinte» continuo, mentre percorriamo il corridoio che porta al suo ufficio. «Ho una grande cultura musicale che credo si adatti bene allo stile degli artisti che avete sotto contratto.»

Mi fa cenno di sedermi e chiude la porta.

«Adoro le ore passate a riflettere per costruire il repertorio» riprendo. «E amo vedere l'espressione felice sui volti dei miei artisti quando, dopo mesi di lavoro e di sonno mancato, hanno finalmente l'album tra le mani. Sono fatta per questo lavoro, Samantha.»

«Non ne dubito. Sai quanti Grammy abbiamo portato a casa l'anno scorso?»

«Nove, credo...»

«E quanti pensi di potercene far vincere?» mi interrompe.

«Quanti ne volete.»

Sorride. O forse è una smorfia? Non dice nulla per un interminabile secondo, risponde a un messaggio, e alla fine mi spiega quali sarebbero le mie responsabilità se ottenessi il lavoro. Avrei un team giovane e motivato, un'assistente e un producer. Il colloquio si conclude con un giro completo della sede.

Entro nell'ascensore e guardo la mia immagine riflessa nel grande specchio. Non posso assolutamente lasciarmi sfuggire un'opportunità del genere. E soprattutto, devo pagare l'affitto. I senzatetto sulla Fifth Avenue non mi hanno mai particolarmente affascinato. I miei risparmi stanno per finire. Se proprio non andasse, potrei sempre tentare di diventare modella di piedi.

Esco dal bagno e lancio un urlo alla vista di Camille.

«Che cavolo!»

Mi metto una mano sul cuore per accertarmi che non sia esploso, ma mi ci vuole un attimo per calmarmi.

«Ti ho chiamato, ma non mi hai sentita» dichiara lei, divertita. «Mi mancava sentirti cantare.»

Ignoro il suo commento e abbasso il volume dal telefono.

«Lulù, lo sai che mi piace la musica e tutto il resto, ma credo che il signor Emerson sia a un passo dal chiamare la polizia. L'ho convinto che sei sordomuta, quindi la prossima volta cerca di muovere le mani per fargli i segni.»

«Andrai all'inferno, lo sai?» rido. «Aspetta, ma se sono sorda, come faccio a sentire la musica?»

«Luna, sono una giornalista, non un medico.»

La mia migliore amica alza le spalle con noncuranza, poi crolla sul mio letto. Mi libero dell'asciugamano per infilarmi la biancheria intima e afferro dei pantaloni a palazzo a vita alta con decorazione floreale e un top corto color crema. Il tutto sotto lo sguardo penetrante di Cam, fin troppo silenziosa.

«Chi è morto?» mi chiede, con finta serietà.

«Forse io, fra poco.» Stringo gli occhi. «Camille…»

«Stasera viene anche Calvin» aggiunge a tutta velocità, saltando giù dal letto prima che uno dei miei tacchi le finisca negli occhi.

«Ti odio» urlo.

«Anch'io ti voglio bene, Bubala.»

Mi sfugge un gemito. Calvin è un amico di Travis, l'ha conosciuto un anno fa in palestra. Ogni tanto capita che esca con noi. Ovviamente la sua presenza non mi disturba, è simpatico. Il problema sono i suoi continui e non così discreti accenni al fatto che gli piaccio e vorrebbe che ci fosse qualcosa di più di un'amicizia fra noi. Il problema è che sembra avere intenzioni serie, espressione che mi irrita molto. È impossibile non notare i suoi sguardi adoranti non appena muovo anche solo un dito. E al contrario di quello che pensavano alcuni miei ex colleghi, non sono «troppo acida per la mia età». Ho paura. L'unica volta che ho abbassato la guardia, il mio cuore è stato strappato via e calpestato come un insetto. Perché dovrei infliggermi di nuovo una simile tortura? Sarebbe una follia.

«Luna Park!» grida Travis quando li raggiungo in cucina.

La cosa più importante da sapere su Travis Matthews, detto Tee, è che ha sempre due cose sulle labbra: un sorriso e qualcosa da mangiare. E stasera non fa eccezione. Gli bacio la fronte come faccio da quando eravamo bambini, poi abbasso lo sguardo per vedere cosa sta masticando.

«Non dirmi che è la *hummingbird cake* della signora Cordelia e che te la stai mangiando tutta da solo!»

Ne ingoia un grosso boccone.

«Te ne ha mandata una fetta, è in frigo.»

La bambina che è in me si risveglia a quelle semplici parole. Ogni domenica, dopo che avevamo giocato fuori, la madre di Tee, di origine giamaicana, ci preparava la merenda. L'odore di banana, cocco e noci pecan mi riporta alla mia infanzia. Mi viene l'acquolina in bocca.

«Allora, che mi dici di quel cliente che ti stava stressando?» chiedo, prendendo il contenitore dal frigo.

«Ha accettato di farsi rappresentare da me.»

Il sorriso sulle sue labbra si abbina alla pelle scura. Sono orgogliosa di vederlo soddisfatto del suo lavoro di agente sportivo.

Il pezzo di torta che stava per entrarmi in bocca mi viene portato via da una piccola peste. Cam lo sbrana di fronte al mio sguardo inorridito.

«Non troveremo mai un taxi se perdiamo altro tempo. Su, muovetevi.»

«Sempre carina, eh» borbotta Tee.

Incontriamo Calvin fuori dal Blue Ivy. Il posto è pieno. I corpi si muovono al ritmo della musica pop, illuminati dai riflettori blu. Troviamo un divanetto lontano dalla pista da ballo e, non appena ci sediamo, Camille e Travis cominciano a pomiciare.

«*Darling*» mi sento chiamare.

Il mio cuore manca un battito. I muscoli si paralizzano. Per un momento non riesco a muovermi. Ma poi la mano che si posa sui miei fianchi mi fa uscire dal torpore. Mi giro.

«Come mi hai chiamata?» sibilo a Calvin.

La mia voce è così secca che lui si ritrae.

«Ehm… Ti stavo chiedendo se vuoi che vada a prenderti qualcosa da bere.»

Chiudo gli occhi e cerco di tranquillizzarmi.

«No, grazie. Camille!» grido, sopra la musica.

Lei si stacca dalla bocca di Travis e si avvicina a me. Una volta al bar, guardo Calvin, che ha l'aria piuttosto confusa.

«Oh, oh. Che succede? Perché lo fissi come se ti avesse rovinato le tue scarpe preferite?»

Le rispondo con un'occhiataccia. Abituata al mio carattere di merda, Camille ignora il mio sguardo omicida.

«Dagli una possibilità. Il poveretto ha perso la testa» mi supplica la mia amica. «Tee dice che è perfetto per te.»

Ed è proprio questo il problema.

È gentile e carino. A differenza degli altri, è davvero interessato a me, alla mia vita, al mio passato. Solo che è troppo carino, troppo buono, e in un batter d'occhio mi ritroverei fidanzata e incinta in una baracca del New Jersey, perché lì le tasse sono più basse. Il solo pensiero mi fa venire i brividi.

«*No comprendo*» dico, facendole il verso.

Ordiniamo otto shot di tequila. Camille sa che le relazioni perfette per me sono le avventure di una notte. Lì sono io a decidere fino a che punto spingermi e non gli altri. Nessun sentimento, quindi nessun rischio di soffrire.

«Si dice *no comprendio*» precisa con poca convinzione, e io mi trattengo dal prenderla in giro. «E poi hai capito» continua. «È davvero un ragazzo simpatico, Luna. Parla di te tutto il tempo.»

Il suo sguardo da cane bastonato mi strappa un sospiro.

«Una volta che ci vado a letto, devo darti una percentuale?»

Camille fa una smorfia e pianta le pupille scure nelle mie.

«Voglio soltanto che tu sia felice.»

«Sono felice» replico. «Non ero così felice da tempo. Forse avrò un ottimo lavoro, ho ritrovato i miei migliori amici. Non ho bisogno di nient'altro. Promesso.»

Los Angeles è stata una bella esperienza, ma il mio posto è qui a New York. Cam annuisce, poi il barista ci porta la nostra ordinazione.

«Sono felice che tu sia tornata, Lulù.»

In mano teniamo gli shot di tequila e non riusciamo ad abbracciarci. Ci limitiamo a sorriderci come due idiote, con gli occhi pieni di lacrime, come se una di noi fosse sul letto di morte. Poi i ragazzi gridano il nostro nome, rovinando il momento.

Ci uniamo a loro, recuperano gli shot e Travis esclama: «Alla nostra Luna Park! Avrai il lavoro. Sei la migliore!».

Mi pianta un bacio sulla fronte e Camille si precipita verso di noi per un abbraccio collettivo. Il mio cuore si gonfia di felicità quando mi rendo conto di quanto sono fortunata ad averli nella mia vita. Camille è la mia metà. La mia gemella cattiva. La maionese del mio ketchup. Abbiamo fatto tutto insieme, dalle scuole elementari al trasferimento a New York dopo il diploma. Abbiamo incontrato Travis il primo giorno di asilo. E siamo sempre stati inseparabili, come le dita di una mano. I tre moschettieri. *Originale, vero?* Poi è arrivato Liam e sono nati i Quattro Elementi. Camille era l'aria, gioviale e impulsiva. Travis l'acqua, calmo e imperturbabile. Liam il fuoco, dinamico, combattivo e intenso. E io, Luna, ero la terra, determinata, caparbia e sensibile. È durato sette anni. Sette anni di amicizia, amore, risate, prima che tutto crollasse. Nella Grande Mela siamo arrivati in tre invece che in quattro. E ora eccoci qui. Giovani adulti quasi funzionanti.

«Vieni a ballare?»

Il respiro caldo di Calvin mi sfiora la guancia. Mi giro verso di lui, i suoi occhi nocciola brillano di speranza, i capelli castano chiaro gli ricadono sulla fronte. È bello, questo è innegabile. Davanti a me, Camille, che interpreta il ruolo della maîtresse, mi ordina silenziosamente di accettare. *Devo ricordarmi di metterle del cianuro nel caffè.* Ma alla fine mi rilasso, gli prendo la mano e lo seguo sulla pista, accompagnata dai fischi dei miei due amici idioti. *È solo un ballo*, mi dico. Non tutti gli uomini sono l'incarnazione del male. Alcuni sono buoni, non vivono tutti per seminare sventure e angoscia. Mi ritrovo a rivolgergli un sorriso sincero e le sue spalle si rilassano. *Cavolo, lo spavento così tanto?* Cammina all'indietro, con un movimento fluido, e mi attira a sé facendomi fare una giravolta. Con la schiena appoggiata al suo petto, mi lascio cullare dalla musica. Chiudo gli occhi.

«Mi piaci molto, Luna» mi sussurra all'orecchio. «Un appuntamento, non ti chiedo altro. Se poi decidi che non sei interessata non ti disturberò più.»

Decisa a non pensarci più di tanto, apro gli occhi e mi ritrovo a dire: «Una sera. Senza impegno».

Il suo grido di gioia mi fa ridere. Guancia contro guancia, si mette le mie braccia dietro la nuca. Mi coglie un brivido sorprendente, che mi fa vibrare. Una vibrazione sempre più forte, a scatti, che non si ferma. *Merda, sto vibrando. È il cellulare.*

Sotto lo sguardo deluso di Calvin, pongo fine al nostro piccolo gioco. Prendo il telefono dalla borsa. Numero sconosciuto. Mi sento gelare. Nessuno chiama all'una di notte per dare una buona notizia. Molti scenari mi passano per la testa. Mio padre in ospedale, mia nonna morta, l'appartamento in fiamme. Sono così in preda al panico che non rispondo in tempo.

Aria. Ho bisogno di aria.

Una volta fuori, mi rendo conto che sto ancora ansimando. Conosco le telefonate a tarda notte, foriere di sventura. Sento un sapore sgradevole in bocca, come se l'alcol volesse risalirmi nella trachea. Ogni fibra del mio corpo mi urla di non rispondere. Non sopporterei una brutta notizia. Il dolore, il panico, il senso di impotenza di fronte a un evento che sconvolge per sempre la tua vita. Il mio respiro si blocca, la vista si offusca.

Luna, inspira, espira.

Che diamine, nessuno ha bisogno di respirare così tanto. Chiudo gli occhi per concentrarmi sulle cose intorno a me. Il rumore delle macchine, le risate dei passanti, il vento fresco che mi accarezza il viso. Li riapro e fisso il telefono, sperando che vada magicamente in pezzi. Ma lui ricomincia a squillare. Rispondo senza dire una parola, con mani tremanti.

«Luna? Ciao, sono Samantha Adams.»

Lascio andare l'aria che mi stava comprimendo i polmoni. *Insultarla sarebbe da maleducata?* Mi ci vuole un attimo prima di riuscire ad aprire bocca. Un attimo prima di realizzare che va tutto bene.

«Sì, Samantha, dimmi» mormoro, con voce strozzata.

«Mi dispiace chiamarti a quest'ora, ma non sono riuscita a liberarmi prima. Buone notizie, il posto è tuo.»

Pausa.

«Cosa? Mio?»

«Sì, tuo. Sei Luna Collins, giusto? Ti aspettiamo domani mattina alle nove.»

«Domani?» chiedo, quasi soffocando per il reflusso acido. «Domani? Cioè, il giorno che viene dopo oggi?»

«In realtà mancano otto ore, per essere più precisi. Il nuovo amministratore delegato ha convocato una riunione a inizio giornata. Si aspetta che tutti i collaboratori siano presenti.»

«Certo, nessun problema, ci sarò. Grazie per l'opportunità. Non ve ne pentirete.»

«Ok» fa lei, prima di riattaccare. Mi metto a saltare su e giù, urlando. La gente mi fissa incuriosita, ma non mi importa. Ce l'ho fatta! Posso restare con Cam e Tee. E tanti saluti ai feticisti delle mutande sporche. Invio un messaggio a Camille per spiegarle la situazione e chiamo un Uber per tornare a casa.

Mentre lo aspetto, inizio a crearmi mentalmente degli scenari felici, ma all'improvviso mi blocco. Ho la netta sensazione di sentire uno sguardo insistente sulla schiena, tanto che mi viene la pelle d'oca. Mi giro. Non c'è nessuno. I passanti e i frequentatori dei locali sul marciapiede ignorano la mia presenza. Purtroppo, questa sensazione non è nuova. Mi segue da diversi mesi. Camille spesso mi dà della paranoica per prendermi in giro, ma il piccolo barlume di preoccupazione che riesco a percepire nel profondo del suo sguardo fa eco alla mia paura. *E se fosse lui?* Impossibile, cerco di rassicurarmi. Quel pezzo di merda è scomparso dai radar dopo essere stato bocciato agli esami di fine anno.

Con un ultimo sguardo alle mie spalle, salgo sul taxi che è appena arrivato.

Chiudo gli occhi, riempiendomi i polmoni d'aria per calmarmi. *Va tutto bene, Luna. Hai pianificato tutto. Sei al sicuro. Il resto della tua vita inizia tra poche ore.*

3

Luna

♪ *I found* - Amber Run

Labbra morbide scendono lungo il mio collo e mi strappano un gemito di piacere.

«Mmh.»

«*Luna, sono le sette e un quarto.*»

Ho gli occhi aperti?

Una mano scivola dal mio seno al mio inguine.

«*Svegliati dolcemente.*»

Con le palpebre ancora chiuse, sussulto quando sento la lingua avvolgermi il capezzolo. Dio santo, non importa cosa mi sta facendo questa persona, voglio che non si fermi mai. Il mio respiro accelera, ho la pelle d'oca.

«*Prepara la tua mente a ricevere il meglio che la vita ha da offrire.*»

La voce femminile che risuona nelle mie orecchie mi paralizza. Mi sveglio di soprassalto, il piumone ancora tirato sulla testa. Ho ancora l'abitudine di coprirmi tutta, come quando ero bambina. Giro la testa e faccio scorrere la mano sull'altro lato del letto. È freddo. Sposto il piumone e mi protendo verso il bagno. Non c'è nessuno. Ricado sul letto con un sospiro e la voce risuona di nuovo, stavolta accompagnata dal rumore di una cascata.

«*Luna, sono le sette e venti, svegliati!*»

«Eccomi» grugnisco. Ora devo fare pipì.

Accidenti. È la sveglia che mi ha regalato Camille. Con tutti gli insulti che mi frullano per la testa, sospetto che le stiano fischiando le orecchie. Lancio il cuscino contro quella macchina diabolica e torno a letto, avvolgendomi nel piumone. I tenui raggi del sole che filtrano attraverso le tende che devo aver dimenticato di chiudere quando sono tornata a casa mi stanno bruciando la retina. Mi fa così male la testa che mi sembra di avere un'emorragia interna. Basta, niente più alcol per me.

Anzi, no. Per le occasioni importanti posso fare un'eccezione.

Forse Cam aveva ragione. Fantasticare di essere toccata dalla voce preregistrata della mia sveglia è un campanello d'allarme. Ho raggiunto un livello di astinenza mai registrato da quelle maledette riviste femminili. Ancora eccitata, mi avvicino al comodino per afferrare Sigmund e placare i miei bisogni sotto la doccia, quando il mio cervello imbevuto di tequila capta qualcosa. Aspetta, cosa ha detto? Sette e venti?

Balzo giù dal letto come una pantera, senza tenere conto dei postumi della sbornia. Inciampo nel piumone e finisco lunga distesa sul pavimento come un sacco di patate. Lo schianto riecheggia nella stanza e un dolore acuto mi martella le costole. Ahia! Se non fossi in ritardo e mezza ubriaca, ci riderei sopra.

Ancora a quattro zampe, mi trascino in bagno. Valuto velocemente i danni della serata davanti allo specchio. I miei capelli formano una specie di nido sulla testa, le occhiaie mi inghiottiscono metà del viso. Un disastro. Mi butto sotto la doccia, dovrò farmi bastare il minimo indispensabile. Dopo cinque minuti, mi rendo conto che non ho preparato niente da mettere e non ho quasi nulla di pulito.

Poco male. Indosso gli stessi jeans di ieri, un body nero e una giacca oversize dello stesso colore. E poi le mie décolleté, tacco dodici, ovviamente. Mi libero il viso facendo un mezzo chignon, legando la parte superiore dei capelli e lasciando sciolto il resto. Prendo la borsa, le chiavi ed esco. Sono le otto meno un quarto. Posso farcela.

Passo velocemente al bar sotto casa, dove ormai sono un'habitué. Da vera newyorkese, prendo sempre la colazione da asporto. Stan, il barista, mi sorride e mi fa cenno di avvicinarmi al bancone. A disagio, mi insinuo tra la folla mattutina che mi guarda male. Come ogni mattina, il mio ordine mi aspetta. Il suo trattamento di favore mi scioglie il cuore.

«Ciao, tesoro. Ecco il tuo caffellatte.» Il suo accento russo è come una melodia.

«Grazie, Stan.» Gli sorrido.

«Sei bellissima oggi. Hai avuto il lavoro?»

È gentile e attento, lo descriverei così. Il suo sorriso caloroso mi ha messo subito a mio agio. Se fossi aperta alle relazioni, avrebbe tutte le carte in regola per essere un candidato. Annuisco e lo ringrazio ancora una volta per avermi reso la vita più semplice. Di nuovo in strada, chiamo un taxi che si ferma subito. Incredibile. *Grazie, angelo custode, chiunque tu sia.* Mi siedo, do l'indirizzo dell'etichetta discografica e mi lancio in un'opera di restauro del mio viso, nella speranza di ritrovare un aspetto decente. Bevo un sorso di caffellatte e noto un numero di telefono scarabocchiato con un pennarello nero sulla tazza. Lo sto salvando in rubrica quando mi appare la notifica di un messaggio.

Numero sconosciuto
Eri stupenda ieri sera.

Stringo forte le dita intorno alla tazza. Ho il battito così accelerato che ho paura di rovesciarmi il caffellatte sui jeans. Un terribile presentimento mi serra la gola. La mia gamba inizia a oscillare a tempo con il martellare del mio cuore contro la gabbia toracica.

Numero sconosciuto
Sono Calvin, forse avrei dovuto dirlo, in effetti. Ho cambiato numero, spero di rivederti presto.

Di nuovo? È già la seconda volta da quando lo conosco. Il mio sospiro di sollievo è così potente che il tassista mi lancia un'occhiata dallo specchietto. *È soltanto Calvin.* Non sapendo cosa rispondere, mi accontento di un'emoji che fa l'occhiolino. Quando il taxi parcheggia di fronte al palazzo, do il mio nome al gorilla all'ingresso, butto il resto del caffellatte in un bidone della spazzatura e corro verso l'ascensore. Ce l'ho fatta. Sono le otto e quarantanove.

It's show time. L'open space colorato brulica di gente. Sono nel mio elemento. Saluto educatamente le poche persone che mi notano, poi, una volta in corridoio, accelero il passo e busso alla porta socchiusa dell'ufficio di Samantha.

«Ciao, Samantha.»

«Oh, Luna. Sei arrivata giusto in tempo. Il nuovo amministratore delegato arriverà fra poco.»

Si alza e ci incamminiamo verso la sala riunioni.

«Scusa se ti ho avvisata così tardi stanotte, ma ultimamente è stato un delirio. Sarebbe dovuto arrivare fra due giorni, ma poi ha anticipato e vuole incontrare tutti prima di tornare a Chicago.»

«Chi è questo famoso amministratore delegato?» chiedo, perplessa. «Perché ne fanno tutti un mistero?»

«Preferisce non attirare l'attenzione su di sé.»

In lontananza, una bella donna con riccioli castani che le cadono sulle spalle si avvicina a noi, tutta sorridente.

«Luna, questa è la tua assistente, Kimberley Edwards. Torno subito, intanto presentatevi.»

E ci molla lì.

«Per rispondere alla domanda che ti stai facendo, sì, è sempre così brusca. Possiamo darci del tu?»

«Sì, ti prego. Anzi, mi scuso in anticipo se mi comporterò in modo strano. È la prima volta che ho un'assistente.»

Kimberley scoppia in una risata rassicurante e ci dirigiamo verso la sala riunioni. All'improvviso intorno a noi si alzano mormorii e bisbigli.

«Che succede?»

«Sta arrivando.»

Il suo tono è così solenne che sembra stia annunciando l'arrivo del Messia. Quando le ragazze lì presenti smettono di respirare, giro la testa anch'io per non perdermi lo spettacolo. La tensione generale è palpabile. Mi sudano le mani e, come al solito, la gamba inizia a muoversi su e giù.

«Eccolo» mi dice Kimberley, indicando con il mento. «Cazzo, è bellissimo. Penso di aver appena avuto un micro orgasmo.»

Confusa, stringo gli occhi. Stiamo vedendo la stessa cosa?

«Parli del tizio con le unghie più lunghe delle mie e i capelli grassi?»

«Che cosa? Ma no, quello è Heroclyte, della sicurezza. A proposito, stai lontana da lui se non vuoi svegliarti con il culo all'aria in una foresta a chilometri da qui. Per non parlare del costume da coniglio. No, dicevo lui!»

♪ Il mio sguardo si posa sull'accompagnatore di Heroclyte e il mondo va in pezzi. Non riesco più a sentire nulla a parte il cuore che mi batte forte nel petto. Mi fa male tutto. Dai piedi ai capelli. Non so nemmeno se sono ancora cosciente o se sono svenuta.

Liam Jude Davis.

È lì. Davanti a me. Ci separano appena quaranta metri. Il mio migliore amico d'infanzia. *Il Fuoco della mia Terra.* Non mi ero resa conto di essere stata in apnea dall'ultima volta che l'ho visto. Sette anni senza sentire il suono della sua voce, senza toccarlo. Un'eternità. *Guardami. Mi odi ancora così tanto?*

Un'ondata di ricordi mi travolge. Sento la sua risata. Le sue braccia che mi stringono, i suoi abbracci che mi calmano, il suo odore inebriante. Faccio un passo avanti, ma poi mi fermo. Una parte di me vuole affrontarlo e l'altra vuole scappare. La confusione è come un peso immenso che mi schiaccia. Poi il senso di colpa ritorna. Li ho feriti, lui e Charlie. L'ultima volta che l'ho visto, si reggeva a malapena in piedi. «Non avvicinarti più a me, Luna. Avevo bisogno di te e sei scappata.» Queste sono le ultime parole che mi ha detto. Sette anni che mi sveglio e vado e letto con questa frase che mi ha spezzato il cuore in mille pezzi. L'odio che ho visto nei suoi occhi mi perseguita ancora. Quel giorno, senza saperlo, ha distrutto una parte di me. Non ho risposto niente. Non potevo. Le parole mi erano rimaste bloccate in gola. Li avevo delusi entrambi. Avrei voluto urlargli che anch'io avevo bisogno di lui, ma ancora una volta il silenzio aveva preso il sopravvento. Quella sera ha segnato la fine della nostra amicizia, la fine del nostro amore. Ero follemente innamorata del mio migliore amico, Liam Davis. Un amore così potente che ti segna per tutta la vita e ti ruba l'aria dai polmoni. Nessuno può uscirne indenne. È un sentimento troppo intenso. Devastante. Il dolore di non averlo più nella mia vita mi faceva sentire senza punti di riferimento.

All'improvviso, come se avesse percepito la mia presenza, il suo sguardo incontra il mio. Nello spazio di un istante mi sembra di intravedere un sorriso, una speranza, l'amore. Poi niente. Liam gira la testa e riprende la conversazione. Come se non mi conoscesse. Come se non fossi mai stata la persona più importante della sua vita. *Tre secondi.* Tanto è durato il nostro sguardo. Sento le poche parti intatte del mio cuore frantumarsi. E poi faccio una cosa completamente surreale. Guidata dal mio corpo, mi muovo all'indietro. Un passo dopo l'altro.

«Ops, scusa.» Ho urtato un ragazzo.

Arrivata all'angolo di un corridoio, sotto lo sguardo sconcertato delle poche persone che incontro, mi metto a correre come una bambina inseguita da un cane. Mi precipito nella prima stanza vuota che trovo. Un ripostiglio. Un maledetto ripostiglio per le scope. Cerco di calmare il respiro, ma è come se l'aria si fosse persa da qualche parte tra i polmoni e la gola. Mi chino in avanti e appoggio i palmi delle mani sulle cosce per non svenire.

Liam. I suoi capelli neri, corti sui lati e leggermente arricciati sopra, la sua pelle abbronzata, il suo corpo muscoloso, i suoi occhi color smeraldo, duri, letali.

«Luna? Va tutto bene?» chiede Kimberley.

«Sì. Stavo... cercando una cosa.»

«Nel ripostiglio delle scope? Hai bisogno di aiuto?» aggiunge, bussando alla porta.

Merda, attirerà l'attenzione di tutto il grattacielo. Apro la porta per farla tacere e ci richiudo dentro.

«Tranquilla, ero pienamente d'accordo. È proprio una sua fissa con l'abbigliamento...»

Ma di cosa sta parlando?

«Sei pallida! Stai male? Vuoi...»

Non le do il tempo di finire e vomito nel primo secchio di plastica che trovo. Mi brucia la gola, il mio stomaco si contrae, le guance si rigano di lacrime patetiche.

Signore, ti prego, finiscimi, ti sarò più utile lassù.

La smorfia disgustata di Kimberley mi fa venir voglia di sotterrarmi ancora di più. L'odore che si diffonde nel ripostiglio è abominevole.

«Forza, andiamo a darti una ripulita. Anche mia sorella soffre di attacchi di panico.»

La adoro già.

Una rapida occhiata all'esterno ci conferma che la riunione non è ancora iniziata. Vado in bagno, mi lavo la faccia e Kimberley mi ficca in bocca una gomma alla menta. Per fortuna non mi bombarda di domande. Lo apprezzo molto.

«Il tuo alito potrebbe risvegliare i morti.»

Scoppio in una risata senza gioia. Non so come le mie gambe riescano a portarmi in quella stanza decisamente troppo fredda per il mese di aprile. Passo dalle vampate di calore ai brividi di freddo all'idea di averlo così vicino. Vorrei strisciare fuori dalla mia pelle. Mi siedo al grande tavolo rotondo di vetro senza alzare lo sguardo. Fisso la penna che ho tra le mani come se contenesse tutti i misteri dell'universo.

Non oso guardarlo, eppure non vorrei fare altro.

«Buongiorno a tutti» dice. «Grazie per esservi liberati con così poco preavviso. Mi rendo conto che le vostre agende sono fitte e il vostro tempo è prezioso quanto il mio. Quindi andrò dritto al punto. Mi presento, sono Liam Davis, il vostro nuovo amministratore delegato. E ho voluto incontrarvi oggi per conoscere meglio la mia futura squadra. Sarò al vostro fianco il più possibile. Voglio che questa nuova avventura funzioni. Sappiate che mi fiderò completamente di voi e sarò disponibile in qualsiasi momento. Farò spesso avanti e indietro da Chicago a New York, ma questo non significa che non sarò coinvolto al cento per cento in ciò che accade qui.»

Il suo maledetto accento inglese e la sua voce profonda mi fanno rabbrividire. Trovo il coraggio di raddrizzare il collo. È in piedi davanti al tavolo di vetro, con la schiena dritta come un re, imponente. Liam emanava autorità e magnetismo fin da giovane, sprigionava una specie di insolente fiducia in se stesso. Ora si guarda intorno per la stanza, senza mai guardare me. Colgo l'occasione per soffermarmi sulla sua camicia bianca, attillata e tirata sugli avambracci tatuati. La cravatta nera sfiora un addome che immagino sia scolpito. Gli zigomi pronunciati sono serrati. Liam è potente come aveva tanto desiderato. La sua presenza assorbe l'aria nella stanza, mentre io mi sento trasparente. Almeno finché non arriva il mio turno di presentarmi.

Mi raddrizzo sulla sedia, cercando di ritrovare un minimo di compostezza, ma non ci riesco. La sua indifferenza mi fa venire voglia di dare fuoco alla stanza. Ho immaginato a lungo il nostro incontro, ma nessuno dei miei scenari prevedeva tanta freddezza da parte sua. Pensavo più a lacrime di gioia, le sue scuse, le mie spiegazioni, le sue braccia strette intorno a me e il sesso per recuperare il tempo perduto.

«Buongiorno, sono… ecco…» *Respira.* «Sono Luna Collins, una delle nuove direttrici artistiche. E sono felice di iniziare questa nuova avventura insieme a voi.»

Quando giro la testa verso di lui, lo vedo impegnato a fissare lo schermo del computer. Il bastardo. Qualche posto più in là, una ragazzina mi prende in giro.

«Spero che sia più loquace con i suoi artisti» ridacchia.

Te la farò vedere la mia loquacità, stronza.

La riunione continua, ma non sento niente. L'unico suono che riesco a distinguere è la rabbia che mi martella nelle tempie. *Boom, boom, boom.* Ed è la rabbia che mi spinge a seguirlo all'ascensore una volta che tutti si sono allontanati. Come osa comportarsi come se non fossi a pochi passi da lui?

Blocco le porte con la mano affinché non si chiudano. Per un secondo la sua vicinanza mi confonde, dimentico perché sono lì. Liam ha le pupille ridotte a fessure. La mascella serrata. Mi fucila con lo sguardo e sento i suoi proiettili nel cuore. Ma riesco a dire: «Davvero vuoi fare finta di non conoscermi?».

«Chiedo scusa?»

Il suo tono gelido mi fa rizzare i peli sulla nuca. Mi rendo subito conto della stupidità della mia domanda, perché dal modo in cui mi guarda, come se la mia sola esistenza gli costasse dei soldi, capisco che tra noi non è cambiato nulla.

Mi detesta ancora.

Liam raddrizza la schiena. Nei suoi occhi verdi brilla una luce indecifrabile. Tira fuori dalla tasca il cellulare che squilla, poi mi risponde con voce terribilmente calma: «Non metterti troppo comoda. Te ne andrai prima della fine della settimana».

La porta dell'ascensore si chiude. Intorno a me la gente si agita, poi tutto diventa nero.

☽ ☽ ☽

«...Luna?»

Emetto un gemito quando una mano si posa sulla mia guancia e delle labbra sulla mia fronte. Sono consapevole di avere gli occhi chiusi. Sto sognando? Perché questa voce, questo accento, questo soprannome, questo odore familiare non possono essere così vicini. Mi rifiuto di aprire gli occhi, voglio che il sogno continui. Finché restano chiusi, lo terrò con me. Sprofondo in un sonno rilassante.

Poi sento dei *bip* e un odore di disinfettante mi pizzica il naso.

«Luna Park.»

Sbatto le palpebre più volte per schiarirmi la vista. Travis è al mio fianco, tutto elegante. I suoi occhi castani tradiscono la sua preoccupazione.

«Sono morta, vero? Sei il guardiano delle porte del paradiso?»

«Chiederò ai medici di esaminarti il cervello se pensi di avere un posto in paradiso.»

«Ahia!»

Si china per abbracciarmi e ridiamo. Affondo il naso nel suo collo per sentire il suo profumo, così diverso da quello che ho sentito qualche ora fa.

«Mi hai fatto prendere un colpo, Luna.»

«Mi dispiace.» Faccio una smorfia. «Cos'è successo?»

Si allontana da me e mi sistema il cuscino dietro la schiena.

«Sei svenuta al lavoro. Hanno chiamato Camille, ma era nel New Jersey, quindi hanno contattato me.»

«Dovevo farmi notare.»

«Il dottore dice che è stato un attacco di ansia dovuto a una forte emozione.»

Annuisco senza ascoltare davvero, perché c'è solo una domanda a cui voglio una risposta.

«Sei appena arrivato? C'era qualcuno nella mia stanza?»

«Nessuno.»

Non riesco a nascondere la mia delusione. Un sogno. Era davvero soltanto un sogno. Poi mi tornano in mente i ricordi della mattina. Liam, il suo distacco, la sua minaccia, e capisco che nulla andrà come avevo previsto.

«Tee?»

«Sì?»

«L'ho visto.»

Liam è a New York. È il mio nuovo capo e ha deciso di farmela pagare per averlo abbandonato.

4
Luna

Luna 10 anni - Liam 12 anni

Tutti parlano della famiglia che si è appena trasferita nel quartiere. Sono arrivati nel cuore della notte. Il ragazzo, Liam, ha già una brutta reputazione. Ieri girava voce che ha preso a pugni un compagno di scuola per uno sguardo di troppo. A quanto pare, bisogna evitare di guardarlo negli occhi, altrimenti si rischia una morte violenta. *Bambini!* In realtà Louis è vivo e vegeto e ha cominciato a mettergli contro tutti gli studenti. Liam passa la ricreazione da solo e dopo la scuola se ne va al campo di calcio con una chitarra, senza mai suonarla.

Prendo quella strada per tornare a casa, e appena mi vede fa quello sguardo feroce, come se volesse divorarmi l'anima. *Ma io non credo alle voci.* E così l'ultima volta gli ho sorriso e ho sventolato la mano per salutarlo. Nessuna reazione.

Oggi avevo trovato il coraggio di parlargli, ma non si vede da nessuna parte. Spinta da una forza incomprensibile, monto in bicicletta e vado a cercarlo. Un quarto d'ora dopo, quando sto per arrendermi, lo vedo seduto in cima a un albero dietro al parco riservato ai bambini più piccoli.

«Vattene, Luna» sussurro a me stessa.

No, non sei una codarda. E poi cosa può farti? Mangiarti gli occhi?

Invece di scappare, sento me stessa dire: «Ciao!».

Senza guardare nella mia direzione, Liam continua a giocherellare con la pallina gialla che ha tra le mani. Mi schiarisco la voce e parlo più forte.

«Ciao!»

Ancora niente.

«Perché non parli?»

«E tu perché parli così tanto?» replica, senza staccare gli occhi dalla palla.

La sua risposta brusca, unita al forte accento inglese, mi lascia senza parole per un momento.

Di' qualcosa.

«Lo sai che non ci si può arrampicare sugli alberi?»

Geniale, Collins.

Gli occhi da gatto di Liam si posano su di me. Mi squadra dall'alto in basso, poi scuote la testa, come se fossi una mosca fastidiosa.

«Lavori per la polizia degli alberi?» chiede con aria insolente.

Mi prende in giro, ma almeno parla.

«No, ma mio padre dice che non dobbiamo farlo, rischiamo di romperci qualcosa.»

«È vietato per le ragazze.»

«Come, scusa? Una ragazza può fare tutto quello che fanno i maschi. E anche meglio.»

Nei suoi occhi brilla una luce di sfida.

«Sei capace di arrampicarti?»

«Certo» rispondo senza battere ciglio.

Lascio lo zaino ai piedi dell'albero e valuto l'altezza rispetto al suolo. Perché ho detto che ero capace? Supero con successo il primo ramo, poi il terzo. Spinta da un'ondata di fiducia, appoggio il piede su un altro ramo che mi sembra solido. *Crac.* Liam riesce a malapena ad afferrarmi per il braccio e a tirarmi verso di lui.

«Avevo ragione» dice.

Per infastidirlo, gli tiro una gomitata nelle costole e mi siedo accanto a lui. Il mio gesto scherzoso mi procura un'occhiataccia. *E va bene, non fargli il solletico o verrai trasformato in pietra.*

«Mi chiamo Luna Eden Collins, ho dieci anni e tu?»

Ci mette un'eternità a rispondere.

«Liam.»

«Quanti anni hai, Liam?»

Si passa una mano tra i capelli neri di media lunghezza e poi ricomincia a giocare con la palla.

«Non ti piace tanto parlare, eh? Mio padre dice che amo il suono della mia voce e ogni volta...»

«Perché sei qui, Piccola Luna?»

Piccola Luna? Mi bruciano le guance. È un soprannome stupido e carino. Credo.

La domanda mi coglie di sorpresa. Inarca un sopracciglio, in attesa di una frase di senso compiuto.

«Mi sembravi simpatico.»

La sua reazione mi lascia senza parole. Scoppia a ridere. Una risata forte. E lunga.

«Non hai paura che ti faccia a pezzi o qualcosa del genere? Ah no, com'è, non temi di morire fra atroci sofferenze?»

La sua bocca sorride, ma i suoi occhi no. Sospettavo che fosse al corrente delle voci sul suo conto, ma non avrei mai pensato che gli importasse. Per stemperare la tensione, rispondo: «Se muoio almeno rivedrò il mio gatto, Legend. È morto l'anno scorso, investito da una macchina».

Scuote la testa.

«Sei veramente strana. Lo sospettavo già, ma ora ne ho la conferma.»

«È per questo che continui a fissarmi? Non dico che sono strana, ma vorrei sapere perché mi guardi così. Non è che mi dà fastidio, ma non rispondi mai quando ti saluto.»

«Respira, Piccola Luna.»

Riprendo fiato. Liam reprime una risata e sussurra: «Mi piace il colore dei tuoi capelli». Poi gira la testa di scatto, come se ce l'avesse con se stesso per averlo detto ad alta voce.

Mio padre dice che ho i capelli grigi come la luna.

O. Mio. Dio. Mi formicolano le guance. Parla, Luna.

«Sai suonare?»

Forse un grazie sarebbe stato meglio. Indico la chitarra.

«Volendo.»

«Prova. Suona qualcosa.»

«Se canti per me, suonerò qualcosa.»

«Non canto» replico, in tono troppo brusco.

Come lo sa? Non canto mai davanti a nessuno.

«E io non suono.»

Ci fissiamo, apparentemente consapevoli di essere due bugiardi. E anche pessimi. Interrompo questa battaglia di sguardi sporgendomi per afferrare lo strumento, ma lui me lo strappa dalle mani.

«Ridammela, cazzo.»

La sua violenza mi fa sobbalzare.

«Sei davvero un idiota» sbotto, offesa dalla sua reazione.

Scendo dall'albero a tutta velocità. Sto per montare in bicicletta quando qualcuno mi tira delicatamente la coda di cavallo. Mi giro, pronta a insultarlo, ma cambio idea quando vedo i suoi occhi. Non deve dire niente. Lo sento. È mortificato.

«Scusa, Luna. Non mi piace quando la gente tocca la mia chitarra o mi costringe a suonarla.»

Vorrei fargli un sacco di domande, ma per ora mi trattengo. Annuisco e basta. Di fronte al mio silenzio, aggiunge: «Facciamo un patto. Non chiedermi più di suonare e io non ti chiederò di cantare. Va bene?».

«Va bene.»

Gli stringo la mano. Rimaniamo faccia a faccia, senza muoverci. Occhi negli occhi. Liam mi guarda intensamente.

«Vuoi vedere una cosa interessante?» mi chiede.

«È lontano? Non posso allontanarmi troppo.»

«No, sono due passi.»

Ancora tenendogli la mano, lo seguo dietro una specie di capanno in disuso e mi accovaccio insieme a lui. Due secondi dopo sento abbaiare e vedo un cucciolo color crema correre verso Liam.

«È il tuo cane?»

«No, è stato abbandonato. Vengo a dargli da mangiare da due settimane. È molto bravo.»

Sorride per la prima volta, e sulle guance appaiono delle fossette.

«Perché non lo tieni?»

«Mia madre non vuole» risponde, tutto triste.

Mi siedo accanto a lui e il cane viene a leccarmi la faccia. Mi metto a ridere.

«Gli piaci. Hendrix, vieni qui» mormora Liam quando si accorge che sta per soffocarmi.

«Hendrix?»

«Sì. Come il dio della chitarra.»

«Bello!»

Ricambia il sorriso e passiamo il resto della serata a giocare con il cucciolo. Proviamo anche ad addestrarlo, ma senza successo. Verso le sette devo tornare a casa perché mio padre non è di turno in ospedale.

«Sali sulla canna» mi ordina.

«Sei pazzo. Così cadiamo.»

«Sei capace o no?»

«Assolutamente no» dico, mettendomi a camminare.

Liam pedala al mio fianco e mi tira di nuovo la coda. Ma non lo fa con violenza, a differenza degli altri ragazzi del quartiere. Il suo gesto assomiglia di più a una carezza.

«Fidati di me. Non cadrai.»

Tenta un sorriso che alla fine somiglia più a una smorfia, ma mi trattengo dal prenderlo in giro. Senza sapere perché, comunque, mi siedo sulla canna della bici. Sulle prime sono a disagio, ma poi trovo subito una posizione comoda. Casa sua arriva prima della mia, quindi scende per lasciarmi il posto. Si scompiglia i capelli neri e mi sembra di vedere le sue guance arrossire leggermente quando mi chino per dargli un bacio. *Maledizione, perché l'ho fatto?* Resta immobile per un attimo, ma poi ricambia. Il cuore mi batte forte.

«Ciao, Piccola Luna.»

«Ci vediamo domani, Liam.»

Mi fa una specie di saluto militare e si allontana, con la chitarra che oscilla a ogni passo. Sul portico di casa sua vedo una donna molto bella, anche se un po' gracile, con dei bellissimi capelli castani tagliati a caschetto. Accanto a lui, una ragazzina bionda poco più piccola di me mi saluta. Le sorrido e agito la mano. Liam le abbraccia entrambe prima di sparire dentro.

Il giorno dopo, durante la ricreazione, lo osservo da lontano, senza prestare attenzione alla conversazione tra Cam e Tee. È solo, e come al solito vorrei andare da lui. Sa che lo sto guardando, e anche stamattina ho sentito il suo sguardo su di me nei corridoi.

«E va bene, vado» penso tra me, senza alzarmi.

Cinque Mississippi, quattro Mississippi...

Faccio mentalmente un conto alla rovescia, e nel frattempo i piedi mi conducono da lui con una facilità sconcertante.

«Limee!»

«Ritiralo subito» ringhia, ma sorride. *Sorride*.

Mi siedo accanto a lui a gambe incrociate. Siamo così vicini che le nostre ginocchia si sfiorano. Per un attimo ho la sensazione che il mondo intorno a noi si fermi. E quando alzo lo sguardo mi rendo conto che è proprio così. I nostri compagni hanno interrotto le loro attività. Le corde per saltare non schioccano più sul pavimento di cemento, le palline smettono di rimbalzare, le risate si trasformano in mormorii. Tutti ci fissano. Per non parlare delle facce che fanno i miei amici. Mi rivolgo a Liam, che tiene lo sguardo chino sulle mani.

«Non dovresti farti vedere con me» dice, facendo rimbalzare la palla contro il muro.

Il suo tono rassegnato mi spezza il cuore.

«Sono ancora viva, no?»

Nessuna risposta.

«Preferisci che vada via?»

La palla si ferma. Inclina la testa verso di me e mi fissa attentamente. Porca miseria, i suoi occhi cambiano colore durante la notte?

«Vuoi andartene?»

«Te l'ho chiesto prima io.»

«E allora?»

«Sei noioso.»

«Sei una spina nel fianco.»

«Testa di girino.»

«Piaga dell'umanità.»

«Me ne vado?»

Lui si fissa le scarpe da ginnastica e poi, senza guardarmi, risponde a bassa voce: «Resta».

Qualcosa dentro di me mi fa il solletico, ma annuisco.

«Va bene.»

Per rompere il silenzio imbarazzante, gli offro metà della mia merenda.

«Tieni, ti piacerà. È il mio spuntino preferito. Panino al formaggio con patatine piccanti.»

L'espressione disgustata sul suo viso mi fa ridere.

«Non vorrei passare il pomeriggio a vomitare» risponde, prendendomi in giro.

«Assaggia, prima di dire sciocchezze.»

Afferra il mio panino come se fosse una bomba sul punto di esplodere, lo annusa e dà un morso. È ovvio che gli piace, glielo leggo negli occhi, ma si ostina a negarlo, come un idiota. Il resto dell'intervallo passa e senza quasi rendersene conto ha finito il mio panino. Mi ha parlato di Hendrix, il chitarrista, non il cane, e ha promesso di farmelo ascoltare. Io gli ho raccontato dei miei disegni, di mio padre e di tante cose che di solito non interessano a nessuno, ma lui mi ha ascoltata senza mai interrompermi. Quando suona la campanella, prima che vada in classe, lo afferro per il colletto della maglietta.

«Liam, sai una cosa? Finché sarò qui, non sarai più solo.»

Cavolo, suonava meglio nella mia testa. Ora mi prenderà per una scema. Con la testa china, Liam si tira i fili che gli spuntano dai jeans.

«Da quale cartone animato hai preso questa frase?»

Crac.

«Non lo conosci? È famoso. Si intitola *Liam è un cretino.*»

Sto per piantarlo lì, ma vedo un piccolo sorriso che gli piega le labbra. *Un altro.* Gli do una spinta per infastidirlo e stavolta la sua reazione è diversa. Mi tira di nuovo la coda di cavallo e poi mi aggancia il collo con il braccio.

E così quel ragazzo con un sorriso raro come la neve in Florida diventa il mio migliore amico.

Nei giorni seguenti diventiamo inseparabili. Le risate e i sorrisi si moltiplicano. Scopro che ha dodici anni, che dovrebbe frequentare la sesta classe, ma il suo arrivo a metà dell'anno, unito al fatto che viene dall'Inghilterra, lo costringe a ripetere la quinta. Incontra Camille e Travis e nascono i Quattro Elementi. Indissolubili. Trascorriamo insieme l'infanzia e l'adolescenza, dalle risate al mal d'amore, passando per lo stress della scuola e i litigi con i genitori. Subito noi due formiamo un duo nel quartetto. Abbiamo un'intesa unica. Imparo a leggere i suoi stati d'animo in base alla musica che ascolta. Quando si siede in un angolo, con le cuffie nelle orecchie e la musica rap, è felice. Il rock, invece, significa rabbia e la necessità di districarsi dai suoi ricordi dolorosi. In quei casi mi siedo accanto a lui e gli resto vicina, con un auricolare a testa, finché non ci calmiamo entrambi.

5
Liam

Colpisco il sacco da boxe per sfogare la rabbia.

Uno, due, *boom*, *boom*.

I miei muscoli bruciano. Il dolore mi fa stringere i denti, ma al tempo stesso mi galvanizza.

Sinistro, destro. Montante.

Ignoro lo sguardo omicida del mio amico Matteo dall'altra parte della stanza, faccio due passi indietro e sferro un calcio centrale. Il sudore mi cola sul viso e finisce sul pavimento. Sono senza fiato, il cuore minaccia di esplodere, ma mi rifiuto di fermarmi. Fermarmi significa pensare a tutto il caos che ho dentro. Fermarmi significa pensare a lei. Luna Eden Collins. Mi basta visualizzarla per mettermi a colpire più forte. La rabbia divampa. Mi striscia sotto la pelle, mi fa impazzire.

Cosa ci faceva lì? Non riesco a smettere di chiedermelo. E perché è ancora così bella? Non è cambiata quasi per niente. Il fisico snello e aggraziato, gli occhi grigio chiaro che tradiscono tutte le sue emozioni e i capelli biondo polare che mi hanno sempre fatto pensare alla luna. Mi hanno sempre affascinato, dalla prima volta che l'ho vista pedalare nel quartiere con i capelli raccolti in una coda di cavallo ondulata. Mi ha fatto venire voglia di accarezzarli per scoprire se fossero morbidi come immaginavo. *E lo erano.* Aveva le cuffie e pedalava come una matta, con un sorriso sulle labbra, canticchiando. Non credo che se ne accorgesse nemmeno. Morivo dalla voglia di conoscere il motivo del suo sorriso. Era per la musica che stava ascoltando o era entusiasta di tornare a casa? Non capivo come si potesse sorridere così, senza motivo, e tanto meno avere fretta di tornare a casa. Cercavo di stare lontano da casa il più possibile e ci andavo solo per prendermi cura di Charlie. Prima di incontrarla, il mio ultimo sorriso risaliva a quando avevo sette anni e mio padre mi aveva regalato la mia prima chitarra. Altrimenti sorridevo per mia sorella. E invece, con poche battute, Luna aveva cambiato tutto. *Se solo non le avessi mai rivolto la parola quel giorno.*

Con un sospiro amaro, scarico altri pugni sul sacco. Poi sento due braccia che mi cingono la vita e resto paralizzato.

«Risparmia un po' di energie per me» sussurra una voce femminile.

Mi giro e mi tampono il viso con l'asciugamano appeso al collo. Accidenti, mi ero dimenticato di lei. Seguo i contorni del suo corpo atletico prima di condurla nello spogliatoio. La boxe non è bastata. Ho bisogno di scaricare la tensione in un altro modo. Mi siedo su una panca nell'angolo degli armadietti. Lei fa scorrere le dita sui miei bicipiti e mi scosta una ciocca di capelli bagnati dalla fronte. Mi sposto e allontano le sue mani dal mio viso. Detesto i gesti d'affetto. E lei lo sa, ma, come tutte, spera un giorno di diventare l'eccezione alla regola. In realtà ne ho solo due, molto facili da ricordare: nessuna tenerezza e tenere sempre i capelli raccolti in una coda di cavallo.

«In ginocchio.»

Si inumidisce le labbra e obbedisce.

«Coda di cavallo» ordino, seccato che se ne sia dimenticata.

Si lega i capelli. E subito la mia erezione comincia a pulsare sotto i pantaloncini. La libero dalla sua prigione e davanti ai suoi occhi affamati inizio ad accarezzarmi dolcemente.

«Apri la bocca.»

Quando la sua lingua mi avvolge mi sfugge un gemito di piacere. Reclino la testa. Accidenti, mi dimentico sempre quanto è bello. Si sta impegnando. Forse un po' troppo.

«Piano» dico, mettendole le dita attorno al collo. «Con calma. Assaporalo.»

La ragazza mormora qualcosa e segue il mio consiglio, ma poi si blocca quando la porta si apre ed entra Matteo.

«Non ti fermare. Gli piace guardare.»

Natalia, almeno penso che si chiami così, mi riprende in bocca.

«Che succede?»

Alzo lo sguardo sul mio migliore amico da quando mi sono trasferito a Chicago dopo il liceo. Ha le braccia incrociate sul petto e aspetta la mia risposta, come se avessi idea di cosa sta parlando. Mi guarda fisso, per niente sorpreso di trovarmi in questa situazione.

«Elabora.»

«Stavi per romperti le ossa su quel ring. Che succede? E perché siamo a Chicago e non a New York?»

«Sono qui per lavoro. E tu mi hai seguito perché la tua fiamma del mese abita qui.»

«Non cambiare argomento.»

«Ho rivisto Luna.»

Non dico altro. Sono rientrato subito a Chicago per mettere più distanza possibile fra noi. Come se il semplice fatto di trovarmi nella sua stessa città avesse il potere di uccidermi. Per una volta, Matteo tiene la bocca chiusa. Vorrei che mi dicesse di non lasciarmi turbare da quel piccolo demone, ma, a quanto pare, oggi è il giorno in cui ha deciso di avere un infarto. Farfuglia per qualche istante, e poi, come ogni volta che è assorto nei suoi pensieri, si passa le dita tatuate tra i capelli biondi. Nello spogliatoio si sente solo il rumore di suzione della ragazza.

«Chi è Luna?» chiede lei, con le sopracciglia aggrottate.

Irritato dal suo intervento, le metto due dita sotto il mento. «La tua bocca serve solo a una cosa stasera, e non a parlare.»

Natalia si rimette all'opera, facendomi venire i brividi.

«Ecco, perfetto così. Ora da brava, fammi venire.»

«Mmh.»

«Bene, rilassa la gola per inghiottirmi meglio.» Lei fa come le dico. «Luna» ripeto a Matteo.

«Merda. E stai bene?»

«Ti sembra che stia male?» rispondo, affondando le dita tra i capelli della ragazza.

Matt socchiude gli occhi e scuote la testa, come se non mi credesse.

«Cosa hai intenzione di fare?»

«Farla godere finché non ha più aria nei polmoni.»

«Parlavo di Luna, stronzo.»

«Sbarazzarmi di lei.»

«Vuoi ucciderla?» chiede la ragazza, spaventata.

Matt ridacchia, ma io faccio finta di non aver sentito la sua stupida domanda. Mi infilo un preservativo preso dalla borsa, la sollevo da terra e la afferro per i fianchi per guidarla sul mio pene. Il tutto sotto lo sguardo vigile del mio migliore amico, appoggiato agli armadietti con le braccia incrociate sul petto.

«Bionda, eh? Avresti potuto cambiare per una volta.»

«Ehi!» protesta Natalia.

Lo ignoro e le stringo il sedere per mostrarle il ritmo che voglio. Matteo lo dice per darmi fastidio. Il mio stile per lui non ha più segreti. Alta, bionda, occhi grigi, e con la lingua lunga, se possibile.

«Non preoccuparti, sei magnifica» la rassicura Matt, che non si perde un istante dello spettacolo.

Vive al massimo la sua fantasia da voyeur. Natalia continua a spingere mentre la mia mente si allontana dallo spogliatoio. I gemiti diventano distanti. Chiudo gli occhi. E come sempre, appare lei. La sua voce, la sua risata, la sua pelle morbida come la seta. Il mio battito accelera. Per l'odio, per la rabbia. Devo liberarmi di lei. Luna non è stupida. Sicuramente capisce che lavorare insieme non è una buona idea. Non dopo la nostra ultima conversazione, anni fa. Le ho detto cose che non avrei mai pensato di dire. Ma non sono riuscito a farne a meno, perché ero pazzo di lei. La amavo alla follia, eppure ha tradito me e mia sorella. E ora eccoci qui. Qualcuno lassù vuole prendermi in giro.

Detesto come mi sono sentito quando l'ho vista. Nonostante tutto il rancore che provo, mi è sembrato di essere tornato a casa. Ho provato una serenità che era dolce come una droga. Mi sono dovuto sforzare per distogliere lo sguardo dal suo in quel corridoio.

Mi ero innamorato di lei anche se avevo fatto di tutto per impedirlo. Non volevo contaminarla con il mio passato. Ho lottato contro quel «noi», contro l'oscurità che avevo dentro. Mi sentivo vuoto, non abbastanza da meritarla, non all'altezza del suo sorriso.

Era fastidiosa, testarda e non stava mai zitta, eppure era tutto ciò che volevo. Ogni giorno trascorso con lei mi faceva sentire vivo. I suoi occhi splendevano per entrambi, finché non mi ha mostrato il suo vero volto.

E oggi sarà lei a vedere il mio.

6
Liam

Liam 14 anni - Luna 12 anni

«Fermati!» brontola Luna.

«Shh, vuoi farci scoprire?»

Sono le undici passate. Se mia madre ci trova qui fuori costringerà Luna ad andarsene, e odio quando deve andarsene. Come ogni sera da due anni, quando i nostri genitori dormono o sono al lavoro, lei mi raggiunge a casa. Se non siamo nella mia stanza ad ascoltare musica o a guardare *True Crime Daily*, ci sdraiamo sull'amaca in giardino. Non so più quante volte ci siamo addormentati e lei è dovuta tornare a casa di corsa, prima che suo padre si accorgesse che era uscita.

Ignoro le sue lamentele e continuo a far dondolare l'amaca. Lei borbotta infastidita, mentre io reprimo una risatina. Irritarla è la mia passione. Mi piace sentirla sbuffare tanto quanto mi diverte farla ridere. Luna è seduta tra le mie gambe e sta dando gli ultimi ritocchi al suo disegno.

«Sei veramente una testa di girino, Liam.»

Scoppio a ridere. I suoi insulti sono sempre stranissimi. Sì, ammetto che è stupido costringerla a dondolare, ma è troppo bello vederla combattuta tra la voglia di sghignazzare e quella di prendermi a cazzotti. Per farmi perdonare, la abbraccio forte. E lei finge di resistere per mezzo secondo prima di cedere. Poi le giro la testa verso di me per darle un bacio sulle lentiggini che le circondano il naso, l'unico posto in cui le ha. Ventisette, per la precisione. Il numero dispari le ha sempre dato fastidio. Quando le mie labbra si staccano dalla sua pelle, vedo che ha preso una sfumatura rosa. Amo anche quella.

«Hai finito?»

Lei annuisce, esitante. È uno dei pochi casi in cui Luna sembra timida. Come se condividere i suoi disegni, anche con me, fosse una tortura. Alla fine, comunque, lo fa.

«Cavolo.»

Sono senza parole. Come fa a disegnare così bene con una matita? Anzi, un carboncino, come le piace tanto precisare. La sua luna è incredibile. I contrasti e i giochi di luce sono perfetti.

«Perché ti piace così tanto disegnare la luna?»

Il suo album da disegno è pieno di lune di ogni tipo. Luna piena, quarto di luna, eclissi, luna nuova. Ormai conosco tutti i termini.

«Mi chiamo Luna, hai presente?»

Mi becco un colpetto in mezzo agli occhi e rispondo con uno sguardo torvo. Sappiamo entrambi che si nasconde dietro l'umorismo per evitare di rispondermi.

«Perché ti piace tanto la luna?» ripeto, più seriamente.

«Perché ti piace tanto la musica?» ribatte lei. «Non ti ho mai visto senza una cuffia.» Sfiora il filo bianco che pende dal mio orecchio. «E poi perché ne metti solo una?»

Per unire le due cose che amo di più al mondo. La musica e ascoltare te. Ma non lo dico.

«Ho capito cosa stai facendo, Luna.»

«Non faccio proprio niente.»

Scrolla le spalle con noncuranza e infila una mano nel sacchetto di caramelle alla frutta in mezzo a noi, prima di mettersi il secondo auricolare nell'orecchio.

«Rap? Allora sei felice. È perché sono la tua migliore amica, giusto?»

La sua smorfia stupida mi fa ridere.

«Se ne può discutere.»

I suoi occhi fissano le mie labbra.

«Mi piace quando fai così.»

«Quando faccio cosa?»

«Quando ridi.»

Abbasso lo sguardo sul disegno per nascondere l'effetto che le sue parole hanno su di me. Mi passa una mano fra i capelli, come fa spesso, e senza sapere perché provo il desiderio di baciarle le dita. A una a una.

«Avanti, Limee, rispondi alla domanda» insiste, con l'indice affondato in una delle mie fossette.

Alzo gli occhi al cielo. Alla fine vince sempre, è ridicolo.

«Mi piace la musica perché è tutto ciò che resta

quando non rimane più niente e nessuno. Ora tocca a te» aggiungo, per cambiare argomento.

«È un motivo stupido.»

«È il tuo turno. E io sono il re delle cose stupide.»

Lei ridacchia e mi appoggia la testa sulla spalla. In certi momenti faccio cose che non capisco, come annusarle i capelli, stasera ancora più argentei alla luce della luna.

«Ok, ma non prendermi in giro.»

«Mai.»

Luna fa un respiro profondo. Mi piace il suo lato teatrale.

«Mi sembra che si possa contare su di lei. È sempre lì, anche se cambia ogni giorno. Non importa dove siamo nel mondo, la luna è la stessa per tutti. Quando ero piccola e non sapevo dove fosse mia madre, mi rassicurava pensare che potevamo vederla entrambe. Era come se potessimo condividere qualcosa. Se mi ha chiamata così, in fondo, sarà perché le piace la luna.»

«Te l'avevo detto che era stupido» aggiunge, in risposta al mio silenzio.

«Non è stupido.»

Ho un nodo in gola troppo stretto per aggiungere altro. La stringo più forte a me, nella speranza di lenire il suo dolore. I nostri dolori. Quanto a me, l'unica cosa che mi lega a mio padre è questa maledetta chitarra che non riesco a usare senza avere gli incubi. Non so dove sia, se sia ancora vivo. Forse il suo lavoro di poliziotto ha finito per ucciderlo. Ai miei occhi era un buon padre, follemente innamorato di mia madre. Ma questo non gli ha impedito di andarsene quando avevo sette anni, lasciando campo libero al mio futuro patrigno, Mike. Quella feccia che ci ha rovinato la vita.

«Ti manca tuo padre?» chiede, come se mi leggesse nel pensiero.

Odio quando fa così, ma lo adoro anche.

«No.»

Mento.

«Ti manca tua madre?»

«No.»

Anche lei mente.

Mi abbraccia più forte.

«A proposito, mia madre mi ha mandato un'altra palla di neve. La Statua della Libertà.»

Quando parla della madre suona sempre amareggiata.

«E come ti senti?»

«Bene.»

«Non devi fingere con me, Luna.»

«La odio per avermi abbandonata e odio me stessa perché mi fa piacere che mi invii questi regali stupidi. Non lo so come mi sento. Ma non mi importa più del suo egoismo. Ha fatto la sua scelta e non ha scelto la sua famiglia.»

«Non ho bisogno di lei» continua. «Ho mio padre, i miei nonni, Camille, Travis, Hendrix, te. Stavolta ho ricevuto anche una lettera. A quanto pare New York è così "fantastica" che ha intenzione di restarci per un po' di tempo.»

Il suo tono è glaciale. Leggo nei suoi occhi tutte le domande che la tormentano. *Perché la città e non io?* Quanto odio quella donna.

«New York è una città stupida» dico, cercando di rassicurarla. «Con quell'accento tremendo e la cucina a base di sottaceti. D'estate si muore di caldo e la neve... tutti ne parlano come se fosse chissà cosa, ma in realtà fa schifo. È piena di gente, le strade sono sporche. E chi vuole andare a Broadway e ai concerti e a farsi attaccare dagli scoiattoli a Central Park? Per non parlare degli artisti di strada. Dovrebbero essere illegali.»

La mia migliore amica alza i suoi grandi occhi grigi su di me, sorridendo.

«In realtà sembra divertente.»

«Lo so! Vero?»

Scoppiamo a ridere così forte che l'amaca inizia a oscillare. Riesco a fermarla un attimo prima di finire a terra.

«Sai una cosa, Piccola Luna? Dopo il liceo ci trasferiamo lì. Prendiamo un appartamento per quattro.»

«Ma tu ti diplomerai prima di noi, nodocefalo.»

«*Nodo* cosa? Te lo giuro, dovresti davvero passare meno tempo al telefono con tua nonna.»

Luna si tira su così all'improvviso che ci capovolgiamo. L'aria si riempie della sua risata mista a un grido di orrore. Ho a malapena il tempo di proteggerle la testa con la mano prima che i nostri corpi si schiantino sull'erba. Cado sul fianco, con lei tra le braccia. E una fitta alle costole.

«Scusa, scusa» dice, baciandomi le guance, il naso, la fronte.

«Sto bene, Lu.»

Non sto bene per niente. Per la seconda volta stasera

mi scosta i capelli dalla fronte. E il suo gesto funge da anestetico, facendomi dimenticare che probabilmente ho un polmone collassato.

«Potrei lavorare o andare in un Community College mentre vi aspetto» dico all'improvviso.

I suoi occhi si spalancano. L'idea le piace. Non so cosa mi riserverà il futuro, ma una cosa è certa: lavorerò nella musica. Mi rendo conto che la nostra conversazione è assurda, mancano ancora anni alla fine del liceo, ma ho bisogno di sapere che Luna sarà nella mia vita per sempre. Non sono sicuro di poter funzionare senza di lei.

«Andremo allo stesso college.»

Annuisco.

«Prenderemo un appartamento grande, per Hendrix e i Quattro Elementi» continua. «E viaggeremo in lungo e in largo...»

«Dove ti piacerebbe andare?»

Le ci vuole meno di un secondo per rispondere.

«Alle Bahamas a nuotare con i maialini.»

«Me lo segno. Ti porterò lì quando sarò ricco.»

«Quindi mai» ride.

«Lo vedremo, testa di culo.»

«Ehi!»

Le sue piccole dita mi pizzicano le costole, ma poi mi vede sussultare e si scusa. Lo ammetto, ho esagerato per farmi baciare di nuovo. E lo fa. Cavolo, mi piace tantissimo.

«Non abbiamo bisogno di loro, vero, Limee? Di tuo padre e mia madre» aggiunge, per chiarire.

«Finché stiamo insieme, andrà tutto bene.»

«*Ad vitam æternam*» sospira, il sorriso sulle labbra.

«Ad vi cosa? Mi hai appena insultato in una lingua antica?»

«No, non credo.» Ridacchia. «È latino. Mia nonna lo dice sempre al nonno.»

Ci alziamo per guardarci negli occhi.

«E che significa?»

«Non ne ho idea» ammette, alzando le spalle. «Ma sorride sempre quando lo dice, quindi immagino che non sia una cosa brutta. E poi si baciano.»

«Sulle labbra?» domando, con la gola improvvisamente secca.

Deglutisco a fatica mentre lei annuisce.

«Quindi se lo dico, dobbiamo baciarci?»

«Non lo so. Forse.»

Le sue guance diventano rosa e un sottile strato di sudore mi imperla la fronte. Ho già baciato una ragazza, solo per fare una prova, e non mi è piaciuto per niente. Mi sono sentito come se stessi tradendo Luna. È stupido, lo so, è solo la mia migliore amica. Testarda, intelligente e capace di farmi ridere anche quando sono di cattivo umore.

«Vuoi che ti baci, Piccola Luna?»

«Vuoi baciarmi?»

«Te l'ho chiesto prima io.»

«E allora?»

«Mi stai dando sui nervi.»

«Anche tu!» replichiamo all'unisono.

Scoppiamo a ridere, ma poi ci zittiamo all'improvviso. Deglutisco e le prendo il viso tra le mani.

«*Ad vitam æternam*, Luna» sussurro.

Chiude gli occhi. Una sensazione strana mi attraversa il petto, come se il mio cuore si stesse disintegrando. Inclino la testa verso di lei, i nostri nasi si sfiorano, i nostri respiri si mescolano. Come a punirci per aver giocato a un gioco pericoloso, sulle nostre teste cade una pioggia torrenziale. In due secondi siamo completamente zuppi. Prendo la mano di Luna e lei scoppia a ridere. È un suono così bello, così dolce. In cucina, mentre si asciuga con un asciugamano, non riesco a distogliere lo sguardo da lei. I suoi lunghi capelli biondi si incollano alla pelle, le rughe del nasino dispettoso fanno muovere le lentiggini. È bella. Ma secondo lei ha gli occhi troppo grandi e le guance troppo gonfie rispetto al corpo, cosa che per me la rende unica. Quasi un criceto. Del resto, a chi non piacciono i criceti?

La sensazione strana nel mio petto ricomincia, sempre quando lei mi guarda negli occhi o quando mi sorride. E Luna sorride molto. Tutto il tempo. La cosa che si muove nel mio cuore comincia a spaventarmi. È una specie di fitta, dolorosa, ma piacevole. Come la maledetta pelle d'oca che mi fa rabbrividire anche se in questa casa si muore di caldo.

«Perché mi guardi così?»

Sbatto le palpebre un paio di volte, per tornare sulla Terra.

«Così come?»

«Come se volessi leggermi nel pensiero.»

Ah, sì, perché vorrei sapere se anche tu senti questa

strana cosa nel petto. E invece dico: «Ti preparo il tuo panino preferito?».

«Hai le patatine piccanti?» chiede, tutta eccitata.

«Chiedo sempre a mia madre di comprartele.»

Prendo un pacchetto dalla dispensa e glielo lancio. Lei lo riceve con un sorriso e la sensazione strana ricomincia. Cavolo. Non so cosa sia, ma spero di non restarci secco. Domani lo cerco su Internet.

Luna mi raggiunge e iniziamo a preparare i panini. Le nostre mani si sfiorano. Le nostre braccia si toccano. E sorrido. Penso che vorrei davvero provare a baciarla di nuovo sulle labbra. Solo una volta.

La farai soffrire, interviene la voce nella mia testa. Somiglia a quella del mostro. *Una ragazza come lei non vorrà mai uno come te. Sei cattivo. L'hai guardato morire senza battere ciglio.* Mi viene voglia di vomitare.

«Liam?»

La voce di mia sorella Charlie ci raggiunge dal piano di sopra. Faccio le scale due alla volta per raggiungerla. È avvolta in una coperta, con i capelli biondi arruffati e incollati alle guance rigate di lacrime.

«È ricominciato.» Tira su con il naso.

Vorrei rassicurarla, ma le parole mi restano bloccate in gola. Pensavo che l'avessimo superato.

«Voglio che smetta.»

L'angoscia nella sua voce mi devasta. I terrori notturni sono iniziati la notte del nostro trasferimento a Carolina Beach. Negli ultimi mesi le era tornato il sorriso. Deve essere successo qualcosa. Odio il senso di impotenza che provo di fronte alla sua tristezza e non sopporto che mia madre non prenda sul serio la situazione. La abbraccio forte e aspetto che i suoi singhiozzi si calmino. Quando è più tranquilla, torniamo in cucina. Char si blocca alla vista di Luna.

«Luna? È già mattina?»

«No, *Pumpkin*.»

Le posa un bacio sulla fronte.

«Stavate facendo un pigiama party senza di me?»

Luna ride e va a sedersi sul divano con mia sorella, lasciandomi continuare a preparare i panini. Le sento che parlano degli attori che trovano più sexy e decido di distogliere l'attenzione, alzando gli occhi al cielo. Un giorno finiranno per uccidermi. E sarei pronto a morire un milione di volte per proteggerle.

7
Liam

♪ *Lost the Game* - Two Feet

La musica ha sempre fatto parte della mia vita. Fin da quando ho memoria. Ogni suono, ogni partitura, è come una droga per le mie orecchie. Una delle cose migliori di una melodia è che, quando ti trascende, non senti più il dolore. È un anestetico naturale. Devi soltanto chiudere gli occhi e immaginare un mondo migliore, in cui tu sei l'eroe della tua storia, e il dolore e il vuoto non esistono più. E così, nonostante il mio rapporto complicato con la chitarra da quando mio padre se n'è andato, la musica è sempre rimasta la mia via di fuga. L'innesco del piacere, ma anche del dolore. Alcune canzoni mi riportano ai ricordi condivisi con lei, altri riescono a squarciarmi il petto.

Io e Luna abbiamo sempre avuto un rapporto diverso con la musica. A me serviva per calmarmi, mentre per lei era un modo di riempire il silenzio ed evadere. Oggi posso dire che ci ha salvati entrambi, ognuno a modo suo. Abbiamo passato ore e ore a immaginare di fondare un'etichetta e lanciare artisti che avrebbero cambiato la vita delle persone come alcuni cantanti hanno cambiato la nostra. E io ho realizzato il sogno, con la mia etichetta indipendente a Chicago, ma è oggi, con questa acquisizione, che il tutto si concretizza. Entro in contatto con più persone e posso sputare in faccia a chi dubitava delle mie capacità. A chi si è preso gioco delle mie ambizioni. A quelli che, quando hai la sfortuna di sognare troppo in grande, si sentono minacciati e fanno di tutto per spegnere il fuoco che hai dentro. Eccomi. L'asociale, l'uomo tormentato, diventato presidente e amministratore delegato. Tutto fantastico, se non fosse per un retrogusto amaro in bocca che mi impedisce di godermi il successo. *Luna.* Quel nome dal profumo velenoso.

♪ Bevo un sorso di whisky e guardo fuori dall'enorme finestra panoramica del mio ufficio. Sono appena arrivato a New York, dopo vari incontri con diversi produttori. Ho provato a prolungare il viaggio, ma è ora di affrontare il mio passato a testa alta. Ho venticinque anni e convivo ogni giorno con una pressione enorme, non posso permettermi di andare in crisi di fronte alla mia ex fidanzata. Perderei ogni rispetto per me stesso se rivederla mi sconvolgesse, quando ho tantissime cose più importanti di cui occuparmi. A cominciare dai dirigenti delle etichette concorrenti che mi stanno alle costole e inseguono i miei artisti come squali assetati di sangue.

Leggo un messaggio di Matt e sorrido. Mi chiede di

andare a caccia. Cito testualmente. Quel ragazzo è insaziabile. E pensare che un tempo avevo occhi solo per una persona. Ricordo di aver fatto anche una ricerca su Internet, perché non riuscivo a esprimere a parole i miei sentimenti. «Perché mi fa male il petto quando Luna mi guarda?» L'ho scritto nella barra di ricerca. Sul serio, che imbecille. Mi viene da ridere a pensarci. I risultati, invece, non mi avevano fatto ridere per niente. Più leggevo, più mi convincevo che sarei morto di una malattia cardiaca. Per una settimana ho raddoppiato le sessioni di allenamento e ho smesso di mangiare panini al formaggio. E alla fine il mio stupido cervello ha capito che no, non stavo per morire. Mi stavo innamorando della mia migliore amica. L'unica ragazza che non potevo avere. Che mi affascinava per il solo fatto di esistere. Di respirare. Non avevamo speranze.

Come ogni volta che penso a lei, mi viene voglia di spaccare tutto. Stringo il pugno attorno al bicchiere. La mia mascella è così tesa che il dolore si estende al collo.

Quando bussano alla porta rimetto il whisky nel minibar.

«Prego.»

Samantha, la vicedirettrice, entra nel mio ufficio.

«Ciao, Liam.»

La saluto con un gesto del mento mentre prende posto dietro la mia scrivania. Quando mi passa davanti, la sua mano scivola dal mio avambraccio alla spalla. Samantha è magnifica, è innegabile. E le sue intenzioni nei miei confronti sono più che palesi. Trasparenti come le camicette che indossa. Ma ho una regola d'oro:

mai mescolare gli affari con il piacere. E quindi il mio istinto di sopravvivenza mi ordina di fare lo gnorri.

Mi giro di nuovo verso la finestra, con le mani in tasca, quando risuona un altro colpo alla porta. Una voce invita a entrare e a prendere posto. La tensione nell'aria è così densa che potrei tagliarla con un coltello. Conosco ogni intonazione della voce di Luna. Rabbia. Tristezza. Gioia. In fondo un tempo era la mia melodia preferita. E anche se il destino ci ha separati prima della nostra prima notte insieme, mi basta chiudere gli occhi per sentire il suono che sfugge dalle sue labbra quando raggiunge l'orgasmo. Ma oggi il suo tono è stressato. *Che suono delizioso.* A nessuno piace essere convocato nell'ufficio del grande capo per un colloquio, per di più pochi giorni dopo essere stato assunto. Metto da parte l'euforia per godermi al massimo lo scambio.

«Sono felice di constatare che hai ripreso un po' di colore» esordisce Samantha.

«Grazie. Mi sento molto meglio.»

«Immagino che avrai capito perché ti abbiamo chiamata.»

Silenzio. Sento quasi il suo cuore pompare sangue.

«In realtà, no.»

«Dobbiamo preoccuparci per te?»

«Non capisco la domanda.»

Samantha si schiarisce la gola e assume un tono fin troppo serio per questa farsa.

«Sei malata?»

«Come, scusa?»

«Non è una domanda trabocchetto, Luna. Sei svenuta in corridoio. Abbiamo a cuore la salute dei nostri dipendenti.»

«No...» Si schiarisce la gola. «Non sono malata.»

«Sei incinta?»

Stringo i pugni così forte che le unghie mi affondano nei palmi. Incinta? La sola idea mi manda in bestia.

«Non potete farmi questa domanda.»

La sua voce riacquista sicurezza e non riesco a impedirmi di sorridere. Ecco il mio piccolo demonio.

«E tu avevi l'obbligo di essere trasparente con noi riguardo al tuo stato di salute» ribatte Samantha.

Ha preso sul serio il suo ruolo. Quando le ho chiesto di convocare Luna per spaventarla, non ha fatto domande. A dire il vero, le mie parole esatte sono state: «Chiama Collins. Falle paura, voglio vedere cosa le passa per la testa». Credo che l'abbia preso come uno strano rito di iniziazione, o forse si è detta che se avesse obbedito avrei finito per prenderla sulla scrivania.

«Non sono incinta.»

Luna nasconde a malapena il suo fastidio. Il peso che mi opprimeva evapora come per magia.

«Ero solo disidratata.»

«Ovviamente servirà un certificato medico.»

«Mi state accusando di mentire?»

«Sentite» continua Luna. «Perché sono qui? Se state cercando di incastrarmi, farmi apparire disonesta e licenziarmi, potete evitare di nascondervi dietro domande assurde. Di cosa mi incolpate esattamente? Non ho ancora avuto nemmeno la possibilità di mettermi alla prova. Mi hai notata perché sono brava, se qualcuno ha dei dubbi su di me, deve avere le palle di dirlo.»

«Signorina Collins!» esclama Samantha, sconvolta.

A lei di sicuro le palle non mancano, per ribattere in questo modo. Stavolta le mie labbra si curvano in un sorriso diabolico. Sono felice di sapere che il fuoco le brucia ancora nelle vene. E me lo sento sul collo. Mi giro ad affrontarla. Noto i lunghi capelli che le scendono lungo la schiena, le labbra dipinte di rosso, e mi soffermo sul vestito a portafoglio nero che le arriva a metà coscia e sui tacchi vertiginosi. Ma è il suo sguardo a togliermi il fiato. Rabbia, disprezzo. *Più ti faccio del male, più trionfo.* Le rivolgo un sorriso compiaciuto, sicuro che la sua testa da criceto sia piena di insulti della nonna.

«Non ti nascondo che il signor Davis ha espresso dei dubbi su di te» spiega Samantha.

«Ah, sì?»

Alza un sopracciglio e mi sfida con lo sguardo. Ci guardiamo pieni di rancore, dimentichi della presenza di Samantha, che non si perde nulla del nostro scambio silenzioso.

«E di cosa mi accusa esattamente?» chiede, gli occhi ancora fissi nei miei.

«Mancanza di maturità, *inaffidabilità*» dico, precedendo Samantha che stava per rispondere. «I tuoi stage sono impressionanti, e anche alcune delle tue esperienze, ma sei troppo giovane per questa posizione.»

Le sue iridi si scuriscono.

«Lei è amministratore delegato. A venticinque anni.»

Cosa posso rispondere? Crede forse che abbia dimenticato la mia età e la mia posizione all'interno dell'azienda?

«E il mio curriculum è impressionante.»

«Lasciaci soli, Samantha.»

Esita per un attimo, come se la scelta dipendesse da lei. Ma poi finisce per andarsene senza degnarmi di uno sguardo, seguita da Luna, che cerca di avviarsi verso la porta.

«Dove stai andando?» ruggisco.

«A lavorare. Il tuo tentativo di intimidazione è patetico quanto te, Liam.»

Cammino lentamente verso di lei. La vedo trattenere il respiro. Il mio sorriso malvagio si allarga, avvicino le mie labbra al suo orecchio.

«Non dimenticare che se hai ancora un lavoro è perché io ho deciso di lasciartelo, Luna.»

«Piantala con le minacce. Se volessi licenziarmi non sarei qui» replica, con una lieve sfumatura nella voce.

Non ha capito niente. Vorrei licenziarla, ma ha negoziato così bene il suo contratto che non posso farlo. Ho provato quasi un moto di orgoglio quando l'ho letto.

«Dai le dimissioni.»

«E perché dovrei farlo?»

La maggior parte delle persone si piegherebbe al tono gelido della mia voce, ma lei no. Lei mi tiene testa. Mi sfida. Mi spinge al limite, e non so cosa pensare.

«Perché te l'ho chiesto. Non possiamo lavorare insieme. Non ti voglio qui.»

«Non siamo più bambini, Liam. Non confondere la mia professionalità con l'interesse per te, perché per me non sei più niente. Sei una parte del mio passato, nella migliore delle ipotesi. Se non riesci a superare il tuo rancore puoi licenziarmi, ma preparati per una battaglia legale.»

La sua tirata mi strappa una risata impercettibile.

«Mi hai quasi convinto, Piccola Luna.»

Sussulta al suo soprannome, mentre io lo assaporo sulla lingua. Sono anni che non lo pronuncio ad alta voce. Faccio un passo avanti verso di lei. Mi aspetto che indietreggi, ma non si muove. Schiena dritta, testa alta, occhi lampeggianti. Insensibile alla sua furia, mi abbandono al mio desiderio, solo per un istante, e le sfioro uno zigomo. Luna rabbrividisce al mio tocco. Col cavolo che non prova più niente. Il brivido che ci attraversa è come una scossa elettrica e mi rendo conto che i nostri corpi sono ancora in simbiosi, nonostante gli anni passati.

Ritraggo la mano come se mi fossi scottato.

«Forse ti terrò per divertirmi e farti passare l'inferno.»

«Fai pure, Davis. Non ho paura.»

Una risata rauca mi fa vibrare il petto.

«Che la battaglia abbia inizio, cuore mio.»

8
Luna

♪ *Hate Me* - Ellie Goulding & Juice WRLD

Avevo dimenticato quanto amo vivere a New York. Il frastuono costante, le luci accecanti, gli abbigliamenti improbabili. Poter ordinare il sushi alle tre del mattino. O una prostituta, a seconda dei gusti. E il cibo. I tranci di pizza da un dollaro sono al primo posto sul podio. E al secondo posto le serate. Con il mio lavoro, gli inviti piovono a destra e a manca. Concerti, spettacoli di improvvisazione, esibizioni. Sono esausta, ma felice. Mi sta bene anche non dormire mai più se significa incontrare celebrità al lavoro. Il giorno in cui ho sfiorato la spalla di John Legend nei corridoi della Mem sono quasi svenuta. Quando mi ha salutata non ero in grado nemmeno di dire come mi chiamavo. E Liam se la rideva. Il giorno dopo un meme in cui farfugliavo con gli occhi sgranati ha iniziato a circolare nella chat interna dell'ufficio. Quella faina di Garen mi aveva fatto un video. Ah, i miei colleghi occupano il terzo posto. L'atmosfera è molto diversa da quella di Los Angeles, dove la competizione era crudele. Qui non ci pestiamo i piedi a vicenda. Naturalmente tutti vogliono trovare una gemma rara, ma il rispetto ha la precedenza.

La collaborazione con Liam è all'ultimo posto. «Che la battaglia abbia inizio, cuore mio.» Probabilmente avrei dovuto spaventarmi, ma la sua vicinanza, il suo respiro sulla mia pelle, il suo odore e il modo in cui ha pronunciato il mio soprannome, con quel suo maledetto accento, mi ha mandato in cortocircuito i neuroni. Avrei voluto affondargli le unghie nella pelle abbronzata e fargli cose che il sadico che c'è in lui avrebbe amato. Sento il suo sguardo su di me non appena smetto di fissarlo. È come una puntura di zanzara che prude, ma che non riesco fare a meno di grattare perché mi dà sollievo.

Liam non ha perso tempo a mettere in atto la sua minaccia. È iniziato tutto in modo discreto. Prima hanno chiuso il mio ufficio per tre giorni per la derattizzazione. Così sono finita nell'ufficio di Brenda, che mi ha fatto capire che la scelta di Liam non era casuale. Brenda parla persino più di me. Anzi, forse «parlare» è un verbo troppo debole per ciò che esce dalla sua bocca. È più una diarrea verbale. In tre giorni mi ha raccontato tutta la sua vita. Credo di sapere meno cose su mio padre. L'ultimo giorno della nostra convivenza forzata, mi ha chiesto: «Luna, di che marca è il tuo seno?».

Ho quasi urlato. Non so se per lo sconcerto o per il divertimento. Ero così scioccata che sono rimasta in silenzio per diversi secondi. Un'eternità.

«Natrelle o Mentor? È troppo bello per essere un Sebbins.»

«Che cosa?»

Dovevo sembrare molto confusa, ma alla fine sono scoppiata a ridere. Quella ragazza è fantastica. Non credeva alle sue orecchie quando le ho detto che è naturale al cento per cento. Considerato il tempo che ci ha messo per crescere, sarebbe stato meglio che fosse fuori categoria.

Poi Liam ha cominciato a rifilarmi i lavori peggiori. Le mie orecchie non ne potevano più. Tra pseudo-rapper, musicisti rimasti all'era dell'Illuminismo e sosia di Dua Lipa, stavo quasi per avere un ictus. A un certo punto è «casualmente» trapelato il mio profilo Instagram personale, e da allora ogni giorno vengo tempestata da centinaia di messaggi di artisti che mi invitano ad ascoltare la loro musica. Sembra a me o ormai cantano tutti? Ovviamente era chiaro chi era il colpevole. Si diverte così. Che faccia pure. Non gli farò il favore di perdere le staffe per dargli una scusa per licenziarmi.

Stamattina sono in ritardo per una riunione. Corro verso i tornelli di accesso. Passo il badge una prima volta. Negato. Seconda volta. Negato. Mi dirigo verso Tony, la guardia giurata, per chiedergli di farmi entrare, ma mi ritrovo di fronte un certo James, accogliente come la porta di una prigione.

«Buongiorno, deve esserci un problema con il mio badge.»

Glielo porgo sorridendo a denti stretti. Giocherella con qualcosa e poi me lo restituisce.

«Nessun problema, signorina Collins. I suoi diritti sono stati revocati.»

«Come, scusi? Che io sappia lavoro ancora qui, quindi deve esserci un problema.»

«Non l'ho mai vista.»

«Neanche io.»

Questa conversazione è così assurda che mi viene da ridere.

«Solo il signor Davis può autorizzarla ad accedere.»

«Allora lo chiami» ordino, a un passo da una crisi di nervi.

«È in riunione.»

«Lo so, dovrei essere lì anch'io.»

In quel momento vedo arrivare uno stagista dell'ufficio stampa e mi convinco che il mio incubo sia finito.

«Sacha, ti prego, puoi dirgli che lavoro qui?»

«Lavora qui» ripete lui, teso.

«Come ho spiegato alla *signorina*, il suo badge non funziona. Il capo mi ha chiesto di non lasciarmi intenerire dalle ragazze che provano a entrare. Potrebbe essere una starlette in cerca di un contratto, il badge potrebbe essere falso.» Lo scruta. «Luna? È un nome vero?»

«Sta scherzando?» Alzo la voce. «Le sembro una starlette?»

James inclina la testa. I suoi occhi libidinosi mi esaminano. Ufficialmente per giudicare se sono adatta al lavoro. Ufficiosamente per squadrarmi da capo a piedi. Quando si sofferma sul mio seno strizzato nella camicetta nera, mi schiarisco la gola.

«Se vuole posso girarmi.»

Alza lo sguardo, per nulla imbarazzato. Sono a un passo dallo sferrargli un pugno in gola quando lascia entrare un gruppo di ragazze che non lavorano qui. Il sangue mi pulsa nelle orecchie.

«Scusa, Luna, devo andare» dice Sacha.

Ho intenzione di evirare Liam.

«Di' al signor Davis che è un bastardo» gli urlo dietro.

«Non posso farlo.»

Ignoro gli sguardi indignati dei presenti e mi rivolgo a James, per niente turbato dalla mia situazione.

«È davvero una guardia giurata o l'ha assunta per rovinarmi la vita?»

La mia domanda viene ignorata. Sbuffando di frustrazione, mi rendo conto che sono ufficialmente in ritardo di mezz'ora. Mi vengono le lacrime per la rabbia e decido di andare a calmarmi nel bar lì accanto. Torno quarantacinque minuti dopo, quando la riunione è senz'altro finita. Mi fermo davanti a James che mi sorride come se mi vedesse per la prima volta. Quando passo il badge lampeggia una luce verde.

«Buona giornata, signorina Collins» gongola James.

Stronzo.

Gli faccio il dito medio e lui sghignazza. In ascensore escogito piani per assassinare Liam Davis. Mi precipito direttamente nel mio ufficio, senza salutare nessuno. Rimango lì per tutto il giorno. A pranzo mangio una barretta di cereali trovata in un cassetto, probabilmente più vecchia di me. Ogni fibra del mio corpo è concentrata a ignorare la presenza di Liam a pochi metri di distanza. So che è lì perché lo sento gridare ordini alla sua assistente, Flora. Dovrebbero darle una medaglia per non averlo già avvelenato.

♪ Lavorare placa i miei istinti omicidi. Mi metto a cercare un colpo di fulmine su SoundClound e sui social network. Ascolto qualche demo, rispondo ad alcune e-mail. Alle otto, non vedo l'ora di andarmene a casa e stravaccarmi sul divano a guardare *True Crime Daily* con Cam e Tee. Sto raccogliendo le mie cose quando sento la porta dell'ufficio aprirsi e richiudersi di scatto. Tendo i muscoli per evitare di sobbalzare, il che non impedisce al mio cuore di tentare un salto fuori dal mio petto. Faccio appello a tutte le mie forze per non voltarmi.

«Spero che tu abbia una giustificazione per la tua assenza di stamattina.»

Capisco dal suono della sua voce che sta sorridendo. Un sorriso subdolo, come lui.

I suoi passi si avvicinano. Il suo profumo si diffonde in tutta la stanza. Trattengo il respiro, come se avesse il potere di inebriarmi. Con la coda dell'occhio lo vedo slacciarsi un bottone della giacca nera e sedersi sulla mia sedia. Si abbandona contro lo schienale, con la caviglia appoggiata sul ginocchio, la testa china.

«Dato che stamattina eri assente, spetta a te l'onore di scoprire il nostro nuovo talento. Presentati a questo indirizzo stasera» continua, porgendomi un post-it infilato tra l'indice e il medio. «È un po' riluttante, quindi assicurati che decida di firmare con noi.»

Visto che non reagisco, lo attacca allo schermo del mio Mac. Lo ignoro con una punta di soddisfazione. Quando eravamo bambini e mi arrabbiavo con lui, lo punivo sempre con il silenzio. Era una cosa che lo faceva impazzire. Un giorno mi ha fatto il solletico solo per sentire la mia risata. Ho resistito e ho riso in silenzio. *Sì, è possibile.* Ci è rimasto così male che ha minacciato di strappare i miei disegni. Si è messo a sventolarli, pronto a mettere in atto la sua minaccia. Ma sapevamo entrambi che non l'avrebbe fatto. Nessuno dei due ha ceduto.

«Vuoi davvero giocare a questo gioco, Luna?»

La sua voce profonda mi fa correre un brivido lungo la schiena. Il suo accento inglese è più forte quando è arrabbiato. E lo adoro. È come miele sulla pelle.

Continuo a far finta di mettere via le mie cose, anche se ho già preso tutto. Mi resta soltanto da staccare il telefono dal caricabatterie e infilarlo in borsa. Liam se ne accorge, si alza e preme il suo petto forte contro la mia schiena. Mi sforzo di non trasalire per la sorpresa e riesco a trattenere il maledetto gemito che minacciava di sfuggirmi dalle labbra. Le sue unghie mi affondano nella vita, poi mi fa girare bruscamente, costringendomi a guardarlo. I suoi occhi mi bruciano la pelle. Sollevo il mento con aria di sfida, fingendomi insensibile alla nostra vicinanza. Con un ginocchio riesce ad allargarmi una gamba e a scivolare dentro, sollevandomi la gonna. Le mie parti intime ora poggiano sulla parte superiore della sua coscia. Ed è il suo respiro caldo lungo il mio collo che mi ricorda di respirare.

«Finirai per farmi impazzire» mormora contro la mia pelle.

Mi afferra la coda di cavallo e la mia gola si apre davanti a lui. La tira, costringendomi a inarcarmi. La sua bocca avida mi sfiora il collo senza mai toccarlo, poi si posa nell'incavo dell'orecchio, dove il mio battito accelera. So che sente il battito incontrollato del mio cuore. Dovrei parlare, fermare questo stupido gioco, ma non riesco a farlo. È a un passo dal mettere le mani sul mio corpo, ma alla fine le preme sulla scrivania, a lato dei miei fianchi. Il nostro unico punto di contatto è la sua coscia, così ben posizionata tra le mie gambe che mi viene voglia di gemere.

Stringo forte il bordo della scrivania per evitare di toccarlo, di incontrare le sue labbra e perdermi in quel sapore che conosco così bene.

«Non sono più il ragazzo che conoscevi. Ho altri modi per farti urlare ormai.»

Liam mi provoca premendo un po' di più la coscia contro il mio clitoride sensibile. Soffoco un gemito. Mi maledico per essere così ricettiva nei confronti di questo stronzo. Pensavo di essere io a condurre la danza, ma il suo sorriso compiaciuto mi dimostra il contrario. La sua mano si avvicina al mio collo, poi dice, con voce rauca: «Insultami, muori dalla voglia di farlo».

Parassita.

La mia testardaggine lo diverte, ma mi rifiuto di concedergli questa piccola vittoria. Sono in balia di sentimenti contrastanti. Se parlo, vince. Se mi lascio toccare, vince. Vorrei mandare tutto a quel paese perché la voglia di esplodere mi brucia lo stomaco.

«Parla, Luna.»

La sua fronte incontra la mia, i nostri sospiri di frustrazione si mescolano. Lo odio.

«Forse riesci a controllare la bocca, ma non le reazioni del tuo corpo» dice, con un sorrisetto soddisfatto.

Si stacca da me e seguo il suo sguardo. Il mio desiderio gli ha bagnato il tessuto dei pantaloni. Arrossisco mentre un sorriso arrogante indurisce i suoi lineamenti. *Svegliati.* Appoggio i palmi delle mani sul suo petto e spingo forte, ma lui si muove a malapena.

«Vaffanculo, Liam» sibilo. «La prossima volta che interferisci con il mio lavoro, presento un reclamo formale alle risorse umane.»

Lui scoppia in una risatina cupa e si toglie un filo immaginario dalla giacca. Poi si passa le mani tra i capelli neri e si avvia alla porta.

«Se torni senza buone notizie, sarai licenziata per violazione del contratto.»

«Mi fai schifo.»

«La macchia sui miei pantaloni dice altrimenti, Piccola Luna.»

«Пиздá?»

Sono in attesa di un taxi fuori dall'etichetta discografica. Persa nei miei pensieri e nei piani su come vendicarmi di Liam, ci metto un attimo ad accorgermi di Stan, il ragazzo del bar, che si dirige verso di me.

«Come stai?» chiede, mettendomi un braccio intorno alle spalle.

Mi irrigidisco. È la prima volta che mi tocca.

«Tutto bene. Sono appena uscita dal lavoro.»

«Non mi hai chiamato» dice, senza mezzi termini.

«Sì, sono stata incasinata. E poi…»

«Sì, lo so, tu non credi nell'amore» scherza.

Sorrido. L'unica risposta che mi verrebbe in mente è qualcosa come: «Non credo nell'amore con una persona carina come te». Il mio cuore traditore sembra intenzionato a soffrire e sperimentare un amore distruttivo. E il tutto per sentirmi viva. Poi una piccola donnola travestita da Camille mi sussurra che nella vita c'è altro oltre l'amore. Esiste anche il sesso senza impegno, e mi manca molto. L'immagine di me che mi struscio contro Liam cerca di farsi strada nel mio cervello, ma mi impongo di restare concentrata sull'adorabile ragazzo che ho di fronte. Stan sta ancora sorridendo.

«Ti va di accompagnarmi in un bar? È per lavoro, ma possiamo sempre bere qualcosa e chiacchierare.»

Fa una smorfia quando legge l'indirizzo che gli passo.

«Conosci l'Hells Cat?» gli chiedo, perplessa.

«Sicura che sia giusto? Che razza di capo manda una dipendente da sola in un posto come questo?»

Liam Davis. Il Santo Patrono degli Stronzi, festeggiato il 10 aprile.

«Devo andare a convincere un tizio a firmare con noi. Se hai qualcos'altro da fare, capisco.»

«No, no, vengo. Alcuni conoscono ancora le buone maniere.»

«Inizi a spaventarmi, Stan.»

Due ore dopo, mi rendo conto che avevo ragione. Senza fiato per le risate, fuggo da quel posto orribile, seguita a ruota da Stan. *Oh, Limee, la mia vendetta sarà terribile.* Fra la clientela discutibile e la puzza di sudore, sembrava più di stare al raduno di una banda di motociclisti. E Hot Dump, il rapper molto promettente secondo Liam, aveva concluso la sua esibizione infilando la testa tra le cosce di una donna del pubblico. Come ha potuto mandarmi lì? È così arrabbiato che non ha paura di mettermi in pericolo? Più passava il tempo, più mi dicevo che doveva essere un'altra delle stronzate di Liam. Non poteva davvero voler ingaggiare quel tizio.

Stan e io ci guardiamo per un attimo e scoppiamo a ridere. È una serata così assurda che ci scompisciamo tenendoci la pancia. Ridiamo ancora quando saliamo sul taxi. Secondo Stan, Hot Dump sarà un successo tra le donne.

«Pensi che dovremmo offrire dei cunnilingus a ogni download?»

Arriviamo sotto casa mia senza fiato. Lì mi posa una mano sul ginocchio e l'altra sulla nuca, chiedendo in silenzio il mio consenso. Dopo questa giornata disastrosa mi merito qualche orgasmo, quindi lo bacio. Va alla ricerca della mia lingua e gliela offro senza esitazione, ma un attimo dopo uno schiarimento di gola ci interrompe. Stan porge una banconota all'autista e mi lancia uno sguardo affamato.

Il tonfo sordo di un oggetto che cade a terra mi fa aprire gli occhi. Mi infilo la vestaglia e scendo le scale. A ogni passo mi tornano in mente le immagini della serata. Stan si è rivelato una grande delusione, il che significa che non sono riuscita a rilassarmi, perché ho dovuto simulare l'orgasmo che tanto desideravo. È stato strano, scoordinato. I nostri corpi si scontravano invece di comunicare. Quello che ha scambiato per un segno di piacere ero io che mi mordevo il labbro per trattenermi dal ridere. Un vero spasso. Fra un paio di «oooh» e «ah, sì», credo di aver prodotto un «muuh». Sì, penso di aver muggito come una mucca. Ho pregato di morire.

«Stan? Va tutto bene?»

Il mio ospite si paralizza come un adolescente beccato a guardare un porno. Noto che si è messo già i jeans e le scarpe. Si infila la maglietta e risponde: «Non volevo svegliarti».

«Avevi intenzione di scappare nel cuore della notte?»

Non so perché lo interrogo come se mi importasse. In realtà non voglio passare la notte con lui, perché non voglio che gli venga in mente di ripetere l'esperienza. Contavo di chiudere gentilmente, per rispetto alla nostra amicizia.

Farfuglia qualcosa, poi seguo il suo sguardo e vedo un pezzo di carta piegato sul bancone della cucina. Lo leggo con la voglia di ridere o di appenderlo per quella lunga lingua che non sa usare. Sembrava di baciare una lumaca.

Grazie

«Di cosa mi ringraziavi esattamente?»

«Senti, Пиздá ... Pensavo che fosse chiaro. È solo sesso. Di solito non scrivo proprio niente.»

«Dovrei sentirmi lusingata? E smettila di chiamarmi così», sibilo. «Che significa, a proposito?»

«*Pussy*.»

«Stai parlando dell'animale, spero.»

Sorride, e mi basta così. *Gliela farò pagare.*

«Sappi che mi piaci, anche se mi hai fatto penare» sogghigna. «Va bene, vado. Non preoccuparti però, al bar avrai sempre i tuoi privilegi.»

«Chiamami *pussy* un'altra volta e vediamo quanti denti ti restano dopo.»

L'idiota scoppia in una risata che mi spacca i timpani. Era così irritante anche qualche ora fa?

Sulla soglia, aggiunge: «Ho preso quaranta dollari dal tuo portafoglio. Sai, per la birra e il taxi. Chiamami se vuoi ancora divertirti. Mi hai cavalcato come una dea» aggiunge, facendo schioccare la lingua.

Per poco non mi vomito in bocca. Prima che esca, afferro la prima cosa che mi capita a tiro e gliela lancio in faccia. Era un volantino. Plana a terra a trenta centimetri dai miei piedi, rendendo la scena ancora più ridicola. Il bastardo ride e si chiude la porta alle spalle. Sono così scioccata che i miei piedi rimangono ancorati a terra per diversi secondi e il mio cervello mi ripropone il film della serata. Non riesco a credere di essermi lasciata toccare dalle sue zampacce. Disgustata, mi tuffo sul divano alla ricerca del cellulare, sperando che non me lo abbia rubato. Mando un messaggio vocale su WhatsApp a Cam, che non è ancora rientrata.

«Dove sei?»

È mezzanotte passata. Aspetto mezzo secondo e la chiamo per raccontarle tutto: «Sono appena stata piantata da un tizio con cui ho finto un orgasmo. È questa la mia vita? Ho finto di accontentarlo e mi ha ringraziata rubandomi dei soldi».

Scoppio in una risata disperata.

«Aspetta, riavvolgi» dice la voce impastata di Camille.

Deve essere da Travis. Dorme solo nel suo letto.

«Sono andata a letto con Stan. Mi ha succhiato i capezzoli come un cucciolo. Per non parlare del sesso orale. Per qualche motivo usava soltanto la punta della lingua. E invece da altre parti mi ha leccata tutta, sono piena di saliva.»

«Il tuo primo errore è stato fingere per fargli piacere. E perché non l'hai fermato?» chiede, ridendo.

«Non volevo che ci restasse male. E poi il bacio era andato bene, il disastro è successo dopo.»

«Spiega.»

«Mi ha messo a quattro zampe e ha fatto per "prendermi". Lo dico fra virgolette perché sembrava che avesse paura di andare fino in fondo, hai presente? Lo infilava appena, ed era anche piccolo. Volevo morire. Poi mi ha toccato il clitoride con l'unghia, ti rendi conto? L'ha graffiato come un brufolo. Avrebbe potuto strapparmelo» aggiungo, scoppiando a ridere. Allora mi sono buttata a pancia in giù per fermare il massacro e ho preso in mano la situazione.

«Sto morendo dalle risate. Comunque, almeno sapeva dov'è il clitoride. È già qualcosa.»

«Ma non è tutto» dico, andando verso il frigo per prendere una bottiglietta d'acqua che bevo tutta d'un fiato. «Quando mi sono messa sopra ha iniziato a ululare come un animale ferito. Pensavo di stargli facendo male. E invece lui gridava in russo e poi ha cominciato a dire: "Sei la mia troia, sei una cagnolina". Era troppo, ho finto un orgasmo degno di una soap opera e l'ho chiusa così.»

«Se non rispondo più è perché sono morta soffocata, ok?» fa Camille.

«Credo che avrò una sindrome da stress post-traumatico.»

«Sei troppo gentile, Luna. Io gli avrei detto di andarsene alla prima leccata.»

«Perché sei senza cuore.»

«Sarà, ma la mia figa ringrazia. Anzi, al momento c'è Travis che sta facendo delle meraviglie.»

«Dai, basta» si lamenta Tee in sottofondo. «Luna Park, lo sai che ti voglio bene, ma puoi aspettare domani?»

«Scusa, Tee» dico, ridendo.

«Ci vediamo domani, Lulù. Ti amo.»

«Anch'io.»

La mia vita sessuale è una merda. Seppellisco la testa in un cuscino e urlo la mia frustrazione finché non mi fa male la gola. Mi calmo solo quando ricevo un'e-mail sulla mia casella di posta del lavoro che mi restituisce fiducia nella vita. Almeno lì tutto sembra volermi sorridere.

9
Liam

«Forza, riunione!» grido stamattina al mio arrivo.

L'open space si svuota all'istante. Resto in piedi sulla soglia mentre il team artistico prende posto. Alcuni si siedono sulle sedie, altri sui pouf colorati sparsi in giro nella stanza. Il piccolo demone biondo entra per ultimo, con lo sguardo omicida e la testa alta, nemmeno fosse la proprietaria del grattacielo.

«Grazie per averci onorato della tua presenza stamattina, Luna» dico quando mi passa davanti. «L'altra volta ti abbiamo aspettato invano.»

Sì, sono uno stronzo. Mi piace spingerla al limite nella speranza che mostri il suo vero volto da manipolatrice. Quando sento un insulto nascosto da un colpo di tosse, il caffè mi va quasi di traverso. Che sfrontata. E visto che fa emergere l'adolescente che è in me, la imito e replico, attirandomi un'occhiataccia. Possiamo essere in due a giocare a questo gioco, mia cara.

Nonostante i jeans strappati, la maglietta larga di cotone bianco e le Converse rosse, attrae gli sguardi di tutti. Si siede al tavolo e porta il caffè alle labbra rosa. E poi qualcosa attira la mia attenzione. Non ci credo. Sta reggendo la tazza in modo da mostrarmi il dito medio. Scoppio a ridere così forte che tutte le teste si voltano di scatto verso di me. Hanno gli occhi sgranati. Per un attimo sono confuso. Pensavano che non fossi capace di ridere? Luna nasconde la sua risata dietro la tazza, e il nostro sguardo diventa complice, come ai tempi in cui riuscivamo a intuire i pensieri l'uno dell'altra. *Maledizione, resta concentrato.*

«Allora, chi ha buone notizie per me?» chiedo, battendo le mani. «Lasciatemi a bocca aperta.»

Tutti abbassano la testa. Perfetto.

«Dimmi...»

Com'è che si chiama?

«Gaël» dice, venendomi in aiuto.

«Ok, Gaël, dimmi che ho fatto bene ad alzarmi dal letto stamattina.»

Si schiarisce la voce.

«Ayane, venti anni. Molto nota in rete. Secondo me possiamo trasformarla nella nuova Ariana Grande.»

Mi gratto la guancia e sbuffo.

«Non voglio un'altra Ariana. Voglio che gli altri vogliano essere la nuova Ayane. Capisci la differenza?»

«Ehm... sì.»

Che disastro. Questo tizio ha il quoziente intellettivo di un preservativo usato. Mi siedo, improvvisamente stanco di guardarlo. Incrocio le caviglie sul tavolo davanti a me.

«Odio sprecare il mio tempo, Graham.»

«Gaël» mi corregge.

«Sì, non sono tuo padre. Credi davvero in questa Ayane o speri solo di conquistarla promettendole un contratto?»

«Pensavo...»

«Ok» ruggisco. «Qualcun altro, per favore.»

«Avrei una proposta» dice una voce vellutata che conosco fin troppo bene.

La ignoro, ma lei continua comunque a parlare.

«Una ragazza di diciannove anni, si chiama Orchid. Giuro che è incredibile. Le piacerà. Ha quel qualcosa che fa la differenza, che ti fa venire voglia di ascoltarla per ore. Sa darti qualcosa di cui non sapevi di aver bisogno.»

Luna mi parla come se fossimo abbracciati nella mia amaca. Mi guarda come se fossimo da soli. E detesto il calore che si diffonde nel mio petto per questa intimità, quindi alzo la mano per interromperla.

«Collins, l'unica cosa che mi interessa è se Hot Dump ha deciso di firmare. Com'è andata ieri sera?»

La vedo serrare la mascella.

«Quel tipo non c'entra niente con noi.»

«Noi? Per caso c'è il tuo nome sulla targa all'ingresso?»

«No, ma a meno che non mi sbagli di grosso, Mem non sta per Liam Jude Davis, vero?»

Silenzio tombale. Nessuno osa respirare. Chiunque altro a questo punto sarebbe sul marciapiede con tutta la sua roba, inserito nella lista nera di ogni casa discografica del Paese e bandito dall'isola di Manhattan. Ma non lei, non il mio piccolo mostro. Merita di peggio.

«Decido io chi ingaggiamo. Non siamo qui a giocare con le bambole, Collins. Siamo qui per fare soldi.»

Lei fa una risata sdegnosa.

«Non è la mia idea di musica. Una volta una persona mi ha detto che voleva ingaggiare artisti che cambiassero la vita delle persone come altri avevano cambiato la sua. Orchid è la persona perfetta per questo. Il suo talento...»

«Era una persona stupida e cieca» la interrompo.

Lei scuote la testa.

«In realtà era la persona più intelligente che conoscessi. Sapeva proporre una canzone per ogni tuo problema e colpiva sempre nel segno. Conosceva sempre la melodia perfetta. Mi ha salvato più di una volta. E se è così ossessionato dai soldi, forse non è la persona migliore per fare questo lavoro.»

Un'esclamazione indignata echeggia nella stanza, seguita da una serie di sussurri.

«Tutti fuori» sibilo a denti stretti.

Non si fanno pregare.

«Tranne la signorina Collins.»

Il suo corpo minuto si tende. Quando l'ultima persona che esce dalla stanza chiude la porta dietro di sé, abbasso le tapparelle con il telecomando. Luna si gira per guardarmi. Mi avvicino a lei con le mani in tasca. Abbastanza da spaventarla, ma non da toccarla.

«Pensi di essere divertente?»

«Ho una maglietta che dice che sono la ragazza più simpatica dell'universo, quindi direi di sì.»

Devo tendere tutti i muscoli per non sorridere.

«La prossima volta…»

«Mi stai licenziando?» imita il mio accento in tono beffardo. «Sai che le tue minacce avrebbero più effetto se volessi davvero metterle in pratica?»

«Non hai…»

Mi interrompe di nuovo.

«Ora che mi hai spaventata puoi mettere da parte il tuo orgoglio e venire a vedere Orchid stasera? Sai che sono brava a trovare talenti promettenti.»

«E come farei a saperlo?»

Inarca un sopracciglio, incrociando le braccia.

«Vuoi farmi credere che non ti sei informato?»

Il suo sorriso compiaciuto mi fa venire voglia di strappargliela dalla faccia.

«La tua vita non mi interessa, Luna. Voglio Hot Dump e non sei riuscita a portarmelo, quindi permettimi di dubitare delle tue capacità.»

Le sue narici si allargano. Mi accorgo che si sta trattenendo dall'insultarmi.

«Se davvero vuoi ingaggiare quell'idiota, dallo a Graham.»

«Gaël, vuoi dire.»

Lancia un'imprecazione. Questa volta una vera e moderna imprecazione .

«Voglio Orchid.»

«Secondo te mi interessa quello che vuoi?»

«Stasera alle dieci al Boudoir» risponde, ignorandomi.

«Ti sei legata i capelli troppo stretti e non ti arriva

sangue al cervello, Collins? Dovrei preoccuparmi? Pensi di poter decidere la mia agenda?»

«Io sto benissimo, ma dovresti chiedere a Flora di portarti un po' di camomilla per calmarti i nervi.»

«Ti sembro uno che vuole la camomilla?»

«Se ti dicessi di cosa sembra che hai voglia, potrebbe non piacerti.»

Ci sfidiamo di nuovo con lo sguardo. Preferirei sottopormi a una colonscopia al giorno piuttosto che andare a quell'appuntamento e fare quello che si aspetta da me. Quando interrompe il nostro contatto visivo con una risatina, aggrotto la fronte, perplesso.

«In effetti forse è meglio se chiedi dell'acqua fredda.» Indica il mio inguine.

«Dev'essere imbarazzante avere un'erezione ogni volta che mi vedi, vero? Sicuro di riuscire a camminare?»

Sorride ed esce dal mio ufficio.

Dio, la odio.

Credo che potrei sottopormi a una colonscopia quotidiana, perché la mia etica del lavoro è sorprendentemente più potente del mio orgoglio.

Mi porto il bicchiere di whisky alle labbra, osservandola di sottecchi. Il mio sguardo accarezza delicatamente la sua silhouette. Il vestito verde attillato le mette in risalto il seno e mi fa venire un mezzo infarto. Chi avrebbe mai pensato che il verde stesse bene a qualcuno che non è una rana? Sto bevendo, ma ho la gola secca. Immaginate la ragazza più sexy dei vostri sogni. Prendetela, moltiplicatela per un miliardo e otterrete quello che è Luna per me. I capelli leggermente ondulati sfiorano la base delle natiche arrotondate. Continuo la mia discesa sulle sue gambe. Le gambe, cazzo. Si può dire che invecchiando ho sviluppato una leggera ossessione per i tacchi alti. Sono il mio punto debole, i tacchi a spillo. Sono un feticista? No. Sono ossessionato? Questo sì.

Sono seduto in un angolo del Boudoir da venti minuti. L'atmosfera del club è accogliente, un po' in stile anni Venti. Luna è in piedi vicino a un tavolo con altri colleghi. Riconosco quell'idiota di Gaël-Graham, Sven ed Emilia. Come al solito parla con tutti, con un sorriso autentico sulle labbra. Vorrei metterle le mani al collo e toglierglielo dalla faccia.

Finalmente le luci si abbassano. Una ragazza con una lunga frangetta castana che quasi le copre gli occhi siede a un pianoforte. Si vede che se potesse scappare lo farebbe. Di fronte a me, Luna sembra nervosa quanto lei. Ha le spalle tese e si mordicchia la pelle del pollice. Allora crede davvero in questa artista. E fin dalle prime note la sua insistenza si spiega. Ha una voce straordinaria. Un organo potentissimo in un corpo così piccolo. Resto senza parole. Nella stanza cala il silenzio davanti all'incredibile spettacolo che ci regala Orchid. Un pianoforte, una voce. E basta. È in momenti come questo che ricordo perché amo la musica. Cavolo, fa male ammetterlo, ma Luna ha ragione.

Alla fine dell'esibizione, il piccolo demone corre

dietro le quinte per raggiungere Orchid, mentre io esco dal mio nascondiglio. Saluto i miei colleghi, che non nascondono la loro sorpresa nel vedermi lì dopo lo scontro di stamattina. Luna ritorna di corsa qualche minuto dopo, ancora sorridente. Se non fossi cresciuto con lei, non crederei ai miei occhi. Cosa può mai aver visto di tanto divertente tra il backstage e qui?

«Siamo d'accordo che è incredibile? Ragazzi, non possiamo farcela scappare.»

Tutte le teste si girano verso di me. È soltanto allora che mi nota. Il sorriso svanisce, ma i suoi occhi grigi mi afferrano e mi irretiscono con la loro aura demoniaca.

«La voglio.»

Stringe gli occhi, insospettita.

«È uno scherzo?»

«Non scherzo mai.»

Gli altri assistono al nostro scambio come se fosse una maledetta partita di tennis. Non ha alcuna reazione per alcuni secondi, poi inizia a saltare su e giù, con le mani giunte sulla bocca. Le sue urla mi perforano i timpani, nonostante la musica intorno. In pochi passi Luna mi raggiunge e capisco che sta per saltarmi al collo. Come tanti anni fa. Ma a metà strada cambia idea, capendo che non siamo soli, come spesso tendevamo a pensare da bambini. Io e lei contro il resto del mondo. E la cosa peggiore è che non l'avrei respinta. Invece, tende la mano e poi accade qualcosa di incredibile. Chiamatela memoria sensoriale o qualche altra stronzata, ma ci battiamo le mani. Nel modo più naturale del mondo. Come se non avessimo mai smesso di farlo. Ci colpiamo due volte i palmi, li facciamo scorrere tra di loro, i nostri pollici si intrecciano, poi tocca alle nostre dita. Ci sorridiamo. Il tempo si ferma. La pelle brucia. E lo sento. Un fuoco che potrebbe ridurmi in cenere se lo lasciassi avvicinare troppo. Mi basta guardarla per capire che anche lei si sente come me.

Poi i suoi occhi si posano sul mio polso. Ritraggo la mano, ma lei tira per trattenerla. So cos'ha visto quando il suo sguardo d'argento si è incupito. Ed è allora che qualcuno si schiarisce la gola e mi salva. La nostra bolla è scoppiata. Siamo di fronte a un gruppo di colleghi sbalorditi. Mi lascia la mano e faccio un passo indietro.

«Graham, tu ti occuperai di Hot Dump» sbotto, arrabbiato.

«Gaël… molto bene, signor Davis.»

Devo uscire di qui. Ho bisogno di aria. Mi faccio largo tra la folla come se avessi il diavolo alle calcagna. Non c'è dubbio. Luna ha visto il mio maledetto tatuaggio.

10
Luna

È sabato sera. Sono sdraiata sul divano a guardare un documentario su Netflix, ma sto pensando a Orchid. L'ansia che mi attanagliava lo stomaco svanisce quando finisco di leggere il suo messaggio incoraggiante. Ieri abbiamo parlato per ore dei vantaggi di essere seguita da una grande etichetta discografica e alla fine se n'è andata con un lieve sorriso, più rilassata, e finalmente riesco a mandar giù qualcosa. Sto rischiando grosso. Se non riesco a ingaggiarla dopo aver lottato per averla, Liam mi renderà la vita ancora più difficile. E ultimamente sembra che non abbia altro desiderio che vedermi soffrire.

Ho la bocca piena di caramelle. Le annaffio con un sorso di vino e penso al tatuaggio di Liam. Ricordo il momento in cui l'ho disegnato. *La Terra che si fa incendiare dal Fuoco.* Era esattamente quello che provavo per lui. I miei sentimenti mi stavano consumando. Ogni tocco della sua pelle contro la mia mi dava fuoco.

Il modo in cui mi guardava, come se non riuscisse a credere che esistevo davvero. Dovevo esprimerli in qualche modo. Così ho riversato il mio cuore sulla carta. Liam era così emozionato che voleva che ce lo facessimo tatuare entrambi. *Così posso tenere un pezzo di te sulla mia pelle per sempre.* Mi piaceva l'idea. Ma mio padre era contrario. Perché l'ha fatto, dopo quello che è successo?

Un sms interrompe le mie riflessioni. Quando vedo il nome del mittente digrigno i denti.

Crudelia
Sarò a New York fra due settimane. Chiamami.

Niente «Ciao», niente «Come stai?». È *lei* che viene senza essere invitata, ma chiede *a me* di chiamarla. Tipico di Emma. Le mie dita compongono una risposta così in fretta che rischio di mandare in frantumi lo schermo.

Io
A meno che non mi chiami Ritz, non vedo come possa interessarmi.

Metto giù il telefono senza aspettare una risposta. Conoscendola, non risponderà alle mie provocazioni.

«Lulù, un pacchetto per te.»

Camille e Tee entrano dalla porta e vengono a baciarmi la fronte. Ho appena il tempo di salutare Tee prima che scappi dal soggiorno.

«Che problemi ha?»

«Deve fare pipì» mi dice Cam.

Lo prendiamo in giro a voce abbastanza alta da farci sentire dall'altra parte del corridoio. A differenza di molti ragazzi, si rifiuta categoricamente di urinare per strada. È colpa della sua vescica timida. Parole sue, non mie. I suoi insulti ci arrivano smorzati, facendoci sghignazzare ancora più forte. Una volta che si è calmata, Camille mi raggiunge sul divano e mi appoggia il pacco sulle gambe. Da parte di Crudelia. Tempismo perfetto.

«Puoi tenerlo» brontolo.

«Un'altra palla di neve?»

Sicuro.

«Pensavo che non avesse il tuo indirizzo. È stato tuo padre a darglielo? Dobbiamo mettere delle trappole anti madri stronze, secondo te?»

Impossibile non ridere. Rispondo sì a tutte le sue domande.

«Non sei curiosa di sapere dov'è stata negli ultimi due mesi?»

«No, mi preoccupa di più che sia tornata. Chissà chi ha lasciato a dirigere gli Inferi.»

Cam scoppia a ridere.

«Fa sempre così» sbotto. «Scompare, pensa a me fra una città e l'altra e mi manda uno stupido ninnolo per lavarsi la coscienza. Come se mi importasse qualcosa di quanto si stava divertendo a Praga.»

E così, in un attimo, mia madre, o Crudelia, soprannome scelto da me e Liam, mi ha rovinato l'umore. La rabbia divampa come ogni volta che il suo viso si insinua nei miei pensieri. Quindi mi alzo per andare a cercare conforto nel frigorifero. Se tutto va bene, troverò qualcosa con cui soffocare.

«Ehi! Hai finito il gelato?»

«Io? Ne hai fatte fuori tre confezioni due giorni fa in una delle tue sessioni da "Non sopporto più il mio capo, ma mi farei volentieri solleticare la fica". A proposito, come va?»

«Alla grande! Mi ignora, ma non può fare a meno di lanciarmi frecciatine, nel caso in cui possa dimenticarmi che esiste.»

«E la tua vendetta?»

«Oh, sarà epica, credimi. Ma ci vorrà più del previsto.»

«Darei qualsiasi cosa per essere lì quel giorno» ride. «Potrei filmare la scena. Vado a comprare il gelato!»

«Uhm» risponde, con la bocca piena di caramelle.

Sono le undici passate. Mi metto le Converse nere, infilo cellulare e portafoglio in tasca e indosso la felpa nera.

«Esci così?»

Abbasso lo sguardo sui miei pantaloni della tuta neri. Sembro più una studentessa con il cuore spezzato che una giovane donna in carriera, ma il supermercato è a meno di cinque minuti di distanza. Quindi le faccio il dito medio. In genere applico alla lettera il mantra di Coco Chanel che dice: «Vestiti sempre come se dovessi incontrare l'amore della tua vita, il tuo ex e il tuo peggior nemico». Ma ora desidero soprattutto mimetizzarmi. E poi dubito che vedrò qualcuno a quest'ora, a parte qualche studente ubriaco.

Fuori fa caldo. Gruppi di amici si riuniscono davanti ai bar, gli innamorati cenano al ristorante, altri passeggiano. Sto camminando da meno di due minuti quando avverto una strana sensazione sulla pelle. Mi sento osservata. Come il personaggio principale di una storia morbosa che non ho scelto io. Il cuore mi batte forte sotto la felpa. Mi giro, sperando di vedere qualcosa. Qualsiasi cosa. Un'ombra. Un pazzo. Ma a parte i volti sconosciuti, non c'è niente. *Respira.* Il mio cuore fa un'altra capriola quando ricevo un messaggio.

Calvin
Sei libera domani sera?

Accidenti, mi ero dimenticata di Calvin. Mi rimetto il telefono in tasca, ripromettendomi di rispondere più tardi, dopo aver valutato i pro e i contro. Entro e mi dirigo direttamente verso la sezione dei surgelati. Prendo un barattolo di gelato, poi tre. *Se devo morire, sarà con la testa in un barattolo di vaniglia e noci pecan. Una morte dolce.*

Con le braccia cariche, vago per i corridoi in cerca di ispirazione culinaria quando qualcuno mi urta. Come al rallentatore, guardo i miei migliori amici della serata crollare a terra.

«No!»

Una mano perfettamente curata mi aiuta a raccoglierli.

«Scusa, non stavo guardando.»

Il sorriso smagliante e la bellezza della sconosciuta mi colpiscono come una sberla in faccia. Ha lunghi capelli neri che si abbinano alla sua pelle scura e degli occhi a mandorla che le danno un'aria letale.

«Vado a prendertene un altro, si è tutto ammaccato» dice, con un leggero accento spagnolo.

La bomba sexy si allontana senza darmi la possibilità di replicare. Quando torna con il mio gelato e la guardo attentamente, il suo abbigliamento mi colpisce come uno schiaffo.

«Réa?»

Mi irrigidisco.

«*Estoy aquí.*»

Ho riconosciuto subito quella voce rauca che sa scorrere come veleno nelle mie vene. Liam si materializza di fronte a me, bello da impazzire, con il corpo muscoloso stretto in un maglione nero e jeans scuri. L'uno accanto all'altra sembrano usciti da una rivista di moda. *Quella stronza di Coco Chanel.*

Lui ha un momento di confusione quando mi vede in compagnia della sua amica, ma poi, com'era prevedibile, indossa la sua maschera impassibile. Dannazione, stanno insieme. Liam esce con questa divinità che fino a due secondi fa mi sembrava meravigliosa e ora detesto, per principio.

«Ho fatto uno dei miei soliti disastri.»

La brunetta ridacchia e si aggrappa al suo braccio.

«Collins.»

«Davis.»

Ci guardiamo per un attimo. La sua presenza inaspettata mi disarma e fa vibrare ogni fibra del mio corpo, ma imito la sua maschera di freddezza. Tengo a freno le farfalle nel mio stomaco, mi rifiuto di lasciar trasparire la gelosia che mi divora al momento.

«Vi conoscete?»

«È una delle mie dipendenti.»

Piego la testa, divertita dalla sua risposta. Una dipendente? Perché non la mia ex? O la ragazza a cui ho detto ti amo tutte le sere prima di andare a dormire per anni? O la mia ex migliore amica... Niente. Ormai sono una semplice impiegata.

«Avete un sacco di cose in comune» aggiunge con un sorriso sornione. «È goffa quanto te. Qualche giorno fa mi ha bagnato i pantaloni rovesciandomi addosso la bibita che aveva in mano. Ci ho messo secoli a togliere la macchia.»

Come osa? Ah, molto bene.

«Ti insegnerà a essere meno *duro* con tutti. È un vero tiranno, sai? Spero di non averti scottato, tendo a bere le cose troppo calde.»

«Ah, ho sentito quanto era calda. Anzi, la prossima volta mi piacerebbe assaggiarla. Ho un debole per le cose dolci. Vero, Réa?»

«Un vero buongustaio» conferma lei.

Santo cielo, devo uscire di qui prima di strangolarlo con i lacci delle Converse. Poi i miei occhi si soffermano su ciò che tiene tra le mani, e non posso fare a meno di inarcare un sopracciglio. Pane, cheddar, patatine piccanti.

«Panino al formaggio con patatine piccanti?» chiedo, in tono trionfante.

«Come hai fatto a indovinare? Liam lo adora, io lo trovo orribile. Se potesse mangiarlo tutti i giorni, lo farebbe.»

Il fatto che lei sia a conoscenza delle sue abitudini non smorza il mio sorriso. Soprattutto perché lui sembra infastidito. Ora Liam mi sta fissando. Sono felicissima di constatare che sta continuando la nostra tradizione. Pensa a me a ogni boccone.

«Oh, hai una cosa lì.»

Réa indica la parte superiore della mia testa. Il resto della scena si svolge come al rallentatore. Mi frugo tra i capelli ed estraggo quello che sembra un avanzo di caramella rossa, poi me lo rimetto in bocca. ME. LO. RIMETTO. IN. BOCCA. Mi rendo conto di quello che ho appena fatto quando lei aggrotta la fronte e Liam trattiene una risata.

«Faremo tardi, cuore mio. E Collins deve avere molte cose da fare. Una doccia, ad esempio.»

Cuore mio. Questo soprannome. Questo tono. La rabbia batte un ritmo nel mio cranio. Il bastardo sa quello che fa. Senza distogliere lo sguardo da me, posa le labbra sulle tempie di Réa. Lei mi augura una buona serata e i due si allontanano tenendosi a braccetto. Il mio corpo si rifiuta di muoversi per diversi minuti, diviso fra la furia e la vergogna.

«Perché mi odi tanto?» Mi rivolgo al soffitto.

Una donna mi si avvicina lanciandomi un'occhiata preoccupata.

«Sì, sto parlando con il soffitto.»

Se ne va con la stessa rapidità con cui è arrivata. Prendo una bottiglia di vodka nella speranza di calmare, o meglio ancora fermare, il mio battito cardiaco, e mando un messaggio a Calvin.

Io
Domani sera è perfetto

11
Luna

♪ *Animal* - Zayde Wolf

Ebbene sì, ho accettato un appuntamento con Calvin per pura meschinità.

Questo mi rende una persona cattiva? Tutto è relativo.

Farò di tutto per passare una buona serata? Ovviamente.

Continuo a voler realizzare una bambola vudù a immagine e somiglianza della ragazza che accompagnava Liam? Assolutamente sì.

Appoggiato con nonchalance alla sua Audi nera, Calvin non smette di sorridere. Più mi avvicino a lui, più il suo viso si illumina. E più mi avvicino, più il mio battito accelera. *Luna, sei già stata in contatto con altri esseri umani, ti ricordi? Parla, sorridi, respira. Facile.*

«Ciao, Luna! Sei...» Mima un'esplosione con le mani.

Osserva ammirato la tuta nera corta e le Louboutin.

«Grazie, anche tu non sei male.»

Scrolla le spalle. La sua è una bellezza classica, rinfrescante, mentre quella di Liam è pericolosa, letale. Gli basta uno sguardo a incendiare ogni cellula del tuo corpo. *No, fermati. Non farti rovinare la serata.*

«Nervosa?»

«No, non proprio, ma non vorrei che ti facessi strane idee su di noi.»

«Non ti preoccupare, so che è un appuntamento senza impegno. Travis mi ha avvertito.»

«Ah, sì? Cosa ti ha detto?»

«Prima ha minacciato di picchiarmi se stasera non mi comporto bene… E poi ha detto che non credi più nell'amore perché un ragazzo ti ha spezzato il cuore.»

«Per l'esattezza il mio cuore si è spezzato spezzando il suo.»

Promemoria per me stessa: non parlare del tuo ex durante un appuntamento con un altro. Calvin non ha aperto bocca dall'inizio del viaggio in macchina. Anzi, sembra arrabbiato. Per qualche motivo sento il bisogno di alleggerire l'atmosfera.

«Ehi?»

Sobbalza come se la mia voce lo avesse strappato da una trance e si fa scorrere le dita tra i capelli castani pettinati all'indietro. I suoi occhi abbandonano la strada per un secondo, giusto il tempo di guardarmi, come per assicurarsi che sia stata io a parlare.

«Sì?» chiede alla fine.

«Dimmi.»

«Cosa?»

«Dimmi.»

Un silenzio imbarazzante riempie l'abitacolo, ma un

attimo dopo scoppiamo a ridere. Lo ammetto, non è stato il mio momento migliore.

«Parlare di un ex non è una grande idea, anche a un appuntamento senza impegno» ammetto.

«Sono stato io ad aprire l'argomento. E poi voglio sapere tutto di te, Luna. Mi piaci davvero tanto. Vorrei solo che ti lasciassi andare con me. Non ti farò mai del male.»

«Posso provarci» rispondo sinceramente.

Un sorriso gli rilassa i lineamenti tesi.

«Dove stiamo andando?»

«All'Arena» annuncia Calvin, con gli occhi sulla strada. «È il rooftop più alla moda di Manhattan.»

«È nuovo?»

«Sì, ne parlano tutti, quindi ho pensato che sarebbe stato carino andarci insieme.»

«Perfetto», penso. Spero che la musica sia alta, così non dovrò parlare di me.

Purtroppo, non sono fortunata. Il rooftop è una figata, questo devo concederlo. La vista è mozzafiato: abbiamo tutta Manhattan ai nostri piedi. E in lontananza, stasera, si vede anche l'Empire State Building illuminato di blu e rosso. Ma ci sediamo in un angolo della terrazza, dove la musica è meno forte. Una volta ordinato, la conversazione scorre fluida e piacevole. Lui mi racconta alcuni aneddoti del suo lavoro di consulente in un'azienda di elettronica, e anch'io faccio lo stesso. Detesto ammetterlo, ma Cam e Tee avevano ragione su di lui.

«Conosci il gioco delle trentasei domande per innamorarsi?» chiede con aria maliziosa.

«Ehm, mai sentito.»

«È una specie di esperimento sociale. Ci facciamo trentasei domande già fissate. Poi ci guardiamo negli occhi per quattro minuti e *boom*, nel giro di due secondi non potrai più fare a meno di me.»

Non riesco a trattenere una risata.

«E le sai a memoria?»

«No, ma posso cercarle su Internet. Che dici?»

Esito per un istante. L'idea di riaprire il mio cuore e far entrare un'altra persona mi turba. È stupido, ovviamente. È una follia. *Liam non ha il diritto esclusivo sul tuo cuore, Luna.*

«Proviamo!» esclamo, con voce troppo acuta.

Regolo il volume a un livello sopportabile per l'uomo. Dato che il suo cellulare ha la stessa età della Statua della Libertà, gli passo il mio.

«Dimmi un numero a caso.»

«Ventitré.»

«Ok, allora, quanto è unita la tua famiglia? Pensi che la tua infanzia sia stata più felice di quella della maggior parte delle persone?»

«Iniziamo col botto» ridacchio.

Addento una patatina fritta e mi prendo un momento per raccogliere i miei pensieri.

«Non ho una famiglia numerosa. Mio padre e i miei nonni, e basta. Ho uno zio e un cugino, ma non siamo molto legati e da parte di mia madre non conosco nessuno. Ma ho avuto un'infanzia fantastica grazie ai miei amici. Sono la famiglia che mi sono scelta. Non direi che sia stata l'infanzia più felice della storia, ma darei la mia vita per tutti coloro che hanno contribuito a renderla più bella. E tu?»

Lui annuisce debolmente.

«Infanzia standard. Padre assente, madre casalinga. Tutte le cose più banali che puoi immaginare. Va bene, scelgo la quattro. La tua giornata perfetta?» Si gratta il mento. «Se comincia con un caffè senza zucchero e finisce senza che voglia fare fuori il mio manager, mi ritengo felice.»

Tendo ogni muscolo del viso per trattenermi dal fare una smorfia. In fondo, anche se la sua definizione è lontana anni luce dalla mia, possiamo comunque andare d'accordo.

«Sono indecisa tra un brunch con i miei amici o starmene sul divano in pigiama a leggere o guardare episodi di *True Crime Daily* e le repliche di *Friends* mentre mangio caramelle alla frutta. In effetti, penso che la mia giornata perfetta sia una in cui non faccio assolutamente nulla.»

«Ti rilassi guardando programmi sui serial killer?» scherza, alzando le sopracciglia così tanto che gli scompaiono nei capelli. «Quindi potresti uccidere qualcuno senza farti beccare o scoprire l'identità di un assassino?»

Ottengo sempre la stessa reazione quando le persone scoprono il mio hobby. E mi devo sforzare di non alzare gli occhi al cielo davanti alle banalizzazioni. Per non rovinare l'atmosfera, comunque, rispondo: «Sì, attento! Riesco a riconoscere comportamenti sospetti a un miglio di distanza».

Calvin ride e mi lascia scegliere l'ultima domanda.

«Il tuo piacere proibito? Mmh… un tubo di panna montata da mandare giù come acqua.»

«La pesca.»

♪ Stavolta sono io a ridacchiare. L'argomento lo appassiona, è ovvio, ma non lo ascolto più. Ho la pelle d'oca. L'aria è diventata più pesante. È lì. Lo so. Sento le sue iridi color smeraldo perforare la mia pelle già sensibile. E mi stupisce la velocità con cui i miei occhi lo trovano.

L'oggetto del mio tormento è seduto a tre tavoli dal nostro, accompagnato da un tizio biondo con uno chignon in testa e un uomo calvo che sembra una guardia del corpo. Quest'ultimo mi fissa a lungo, poi sposta lo sguardo su Calvin, guarda di nuovo me, e infine si sporge per sussurrare qualcosa all'orecchio di Liam. Il biondo non si è accorto che Liam ha smesso di concentrarsi sulla loro conversazione. Tutta la sua attenzione è rivolta verso di me. Sembra che intorno a lui non esista nessun altro. E mi nutro dell'ardore che il suo sguardo provoca in me. Muoio di caldo, nonostante il vento fresco che mi soffia sulla pelle. Sento addirittura una goccia di sudore che mi cola tra le scapole. Liam mi lancia un'occhiataccia, la mascella serrata così forte che deve fargli male. Quando il pollice di Calvin mi accarezza la pelle del ginocchio, vedo le dita di Liam stringersi attorno al bicchiere e temo che possa esplodergli la vena del collo. Vorrei potermi girare e ascoltare la storia che il mio amico mi sta raccontando, ma è impossibile. I miei occhi sono magneticamente attratti dall'intensità dei suoi, dai tatuaggi sugli avambracci e dalla sua espressione imbronciata.

«A questa serata» dice Calvin, proponendo un brindisi.

Scuoto la testa per scacciare il sorriso sfacciato di Liam.

«Sono felice che tu sia venuta.»

Sorrido, incapace di formulare una frase coerente. E mi sforzo, giuro che combatto con tutte le mie forze, ma alla fine giro di nuovo la testa per guardarlo. Un'ultima volta. E mi ritrovo a fissare due diamanti taglienti. I suoi occhi sono affamati.

Collerici.

È il suo modo di dirmi che mi farà pagare il fatto di essere qui con un altro? E perché mi piace l'idea?

«Lo conosci?»

«Eh?»

Calvin indica con il mento il mio aguzzino, che non distoglie lo sguardo. No, è troppo orgoglioso per farlo.

«Liam Davis» precisa. «Il proprietario dell'Arena. Ho letto un articolo su di lui sul *New York Times*.»

Che cosa? Un articolo?

Qualcosa lampeggia negli occhi di Calvin, ma non ho tempo di analizzarlo perché un cameriere si avvicina al nostro tavolo con una coppa di champagne su un vassoio.

«Offerta dal capo.» Che stronzo. Solo un bicchiere.

«Immagino che non sia lo squalo che tutti pensano che sia» commenta, con le labbra increspate.

Allora perché ho l'impressione che potrebbe farmi a pezzi e lasciarmi morire su una riva, con il cuore sanguinante?

Mi bagno soltanto la punta delle labbra prima di alzare la coppa nella sua direzione. All'apparenza per ringraziarlo, quando in realtà gli sto dichiarando una guerra che mi piacerebbe vedergli perdere.

«Sembra che ti conosca» insiste Calvin.

«È il mio capo.»

«Ma certo! Scusa, non avevo collegato.» Lancia un'altra occhiata a Liam e poi mi chiede: «Ti molesta?».

«Come, scusa?»

Per poco non mi soffoco con la saliva.

«No, è solo... Sembra che voglia infilarti sotto la sua scrivania.»

È gelosia quella che sento?

«Credimi, ci odiamo. Se non corressi il rischio di essere licenziata, gli spaccherei il bicchiere in testa.»

«Addirittura?»

Dal suo tono capisco che non mi crede. Non lo biasimo. Non ci credo nemmeno io.

«Sì. È uno squalo ossessionato dal denaro. Non possiamo andare d'accordo.»

Mi sento arrossire per questa palese bugia, quindi aggiungo subito: «E se andassimo a guardare il panorama?».

Le sue spalle si rilassano, mi prende la mano e ci guida verso il bordo della terrazza. Mentre Calvin osserva estasiato lo spettacolo davanti a noi, sento una mano possessiva posarsi sulla mia bassa schiena e resto paralizzata. Non ho bisogno di voltarmi per sapere di chi è. Dopo tutti questi anni, la mia pelle ricorda ancora la sensazione del suo tocco. I miei occhi si chiudono, il mio battito cardiaco rallenta. Poi Liam avvicina le labbra al mio orecchio, con il mio cavaliere a meno di cinque centimetri da me. La sua voce profonda e il suo accento mi provocano una scossa elettrica: «Non andare a letto con lui stasera. Ti meriti di meglio».

Apro gli occhi di scatto.

È scomparso.

12
Luna

«È mascolinità tossica, Luna. Gli hai detto dove può ficcarsela?» si infervora Cam.

«Shh» sussurra una voce irritata alle nostre spalle.

La mia brunetta, già furiosa dall'inizio del mio racconto, si gira, pronta a combattere.

«Ecco, guardi!» dice, tendendo il braccio verso una signora. «Ho trovato il suo naso… tra i miei affari.»

Mentre Cam battibecca con una sconosciuta durante la pubblicità del film, leggo sul cellulare l'articolo di cui mi ha parlato Calvin. Il mio cervello si sofferma su ogni riga. Il viaggio di Liam, la sua etichetta a Chicago, gli investimenti e una parte del suo passato. Quella meno tragica. Un paragrafo sul rapporto con la madre, la madrina e sua figlia, una certa Sophy. Con l'avvicinarsi della fine dell'articolo, il mio cuore sprofonda. Nessun accenno a Charlie. Né al giorno che, con tutte le parole non dette, aleggia sopra le nostre teste come una spada di Damocle. E così, come ogni volta che penso a Charlotte Davis, ingoio le lacrime. E tengo nascosti i miei rimpianti.

Uno strano ronzio mi fa alzare lo sguardo. Vedo Camille frugare nella borsa ed estrarne senza imbarazzo un vibratore viola. Scoppio a ridere mentre lo spegne.

«Perché te lo porti in giro?»

«È per quello stupido articolo che la mia capa mi sta costringendo a scrivere» si lamenta. «Devo provarne dieci e scoprire qual è il migliore.»

«Sì, ma non hai risposto alla mia domanda.»

«Ho solo dimenticato di metterlo via.»

Sconcertata, la donna dietro di noi cambia posto. Cam si acciglia e si appoggia allo schienale.

«Perché non le dici che ti piacerebbe scrivere di cose più profonde?»

«Perché, a quanto pare, lavorare da due anni per questo giornale significa essere ancora una novellina. Devo chiudere il becco e accettare quello che mi viene assegnato. Ma non è tanto l'argomento a irritarmi, è più l'angolazione scelta. Potrei scrivere del perché le autorità indonesiane li stanno distruggendo o perché sono vietati in Arabia Saudita, ma la signora Regina Madre non vuole saperne.»

La mia migliore amica è sempre stata una persona impegnata e vedere i suoi sogni trasformarsi in un incubo mi rattrista.

«Potresti lavorare da freelance.»

Cam mette il broncio e fa il segno dei soldi con le dita.

«Non si guadagna abbastanza, Lulù. Non potrei più contribuire all'affitto.»

«Devo farti il nostro discorso di incoraggiamento per ricordarti chi sei?»

«Sono troppo sobria.»

Camille lancia un grido acuto quando le pizzico il braccio, attirando gli sguardi di tutti su di noi. Spoiler: la sala è piena.

«Bene, mentre aspettiamo che trovi l'argomento che ti farà sfondare, posso già dirti che questo fa schifo.»

Indico la sua borsa con il mento. Cam non sa se prendermi in giro o mostrarsi comprensiva.

«Li ho provati quasi tutti» aggiungo, alzando le sopracciglia.

«Ce la farai» mi incoraggia, appoggiandomi la testa sulla spalla.

«Con i sex toys ce la faccio. Ma con gli uomini... Non lo so, non mi sento abbastanza...»

«Al sicuro.»

Ovviamente provo piacere, ma a un certo punto il meccanismo si inceppa. Arrivo fino a sfiorare l'orgasmo con le punte delle dita, ma all'ultimo momento mi sfugge. Per spiegare a Cam cosa succede, di solito utilizzo l'esempio del palloncino. Si gonfia, cresce, ma basta un secondo di disattenzione e un movimento sbagliato perché si sgonfi. Mi succede da sette anni. E ogni volta mi ritrovo a fissare un punto lontano, aspettando che finisca, delusa e arrabbiata di non riuscire a spegnere i pensieri e a raggiungere il Nirvana.

«In un certo senso... È complicato. Quando sento che sto per venire, mi sento esposta, vulnerabile, come se gli stessi dando l'opportunità di ferirmi. E lo odio» sussurro.

«Invece io odio lui» sibila.

Nonostante l'ambiente rumoroso, tra noi aleggia un silenzio pesante. Mi affretto a romperlo.

«Forse il mio primo orgasmo sarà con Calvin» dico, senza convinzione.

La mia migliore amica alza la testa di scatto, lanciandomi uno sguardo interrogativo.

«Lo rivedrai?»

«Certo.»

«E Liam?»

«Liam può andare a farsi fottere.»

Un sorriso che conosco fin troppo bene le fa tremare le labbra. Un misto di malizia e sadismo.

«Che c'è?»

Minaccio di pizzicarla di nuovo se non parla.

«Siete attratti l'uno dall'altra come le falene dalla luce. Non vedo l'ora di sapere come andrà a finire questa storia. Potrebbe essere interessante.»

«Wow, che metafora. Non mi sorprende che ti assegnino gli articoli sui vibratori.»

«Stronza!»

Scoppiamo a ridere, ancora una volta sotto gli sguardi assassini dei nostri vicini di posto.

Dopo il film torniamo all'appartamento.

«Ti ricordi che hai una casa?»

Camille lancia subito la prima frecciatina a Travis, seduto sul nostro divano con Calvin.

«Ricordami, ero ubriaca quando ti ho dato la copia delle chiavi?»

Con gli occhi incollati alla partita di basket davanti a lui, il mio amico risponde: «La vera domanda è: quando non sei ubriaca, amore mio?».

Giocano a cane e gatto, ma morirebbero l'uno per l'altra. Va avanti da così tanto tempo che quando non battibeccano mi sembra strano. Li saluto e vado ad aprire il frigo per prendere una bottiglia d'acqua. Camille approfitta della mia assenza per piazzarsi davanti allo schermo e infastidire Tee.

«Spero non ti disturbi la mia presenza» sussurra Calvin, che non ho sentito arrivare.

Ci siamo baciati ieri sera. È stato carino. Una parola orribile per descrivere un bacio, lo so. Ma è stata questa la mia sensazione. Una cosa semplice. Carina. Come il suo aspetto. Non mi ha attirata in un vicolo perché non vedeva l'ora di toccarmi. Non mi ha stretto la gola mentre mi divorava le labbra. Il mio stomaco non ha fatto le capriole per l'eccitazione. No… Le sue labbra hanno sfiorato dolcemente le mie e poi mi ha infilato la lingua in bocca. È stato carino.

«Certo che no» rispondo sinceramente.

Sembra più rilassato. Mentre mi accompagnava a casa, Calvin ha ammesso che stava aspettando che tornassi da Los Angeles per chiedermi di uscire. Vederlo così stressato e insicuro mi ha aiutata a rompere il guscio e decidere di dargli una possibilità. Ma non voglio mettermi pressione, ho deciso di viverla alla giornata.

Il grido di gioia di Tee rompe il silenzio imbarazzante tra noi. Calvin ne approfitta per scusarsi e andare in bagno. Una volta che si è allontanato, tiro uno schiaffo sulla grossa testa di Tee.

«La prossima volta avvisaci quando abbiamo ospiti.»

«Cavolo, scusa, Luna Park, mi ha chiesto cosa facevo stasera e ho risposto senza pensarci. È andata male tra voi? Vuoi che lo mandi via?»

Sono amici, ma so che non esiterebbe un secondo se glielo chiedessi.

«Va tutto bene» lo rassicuro, prima di fargli la domanda che mi assilla da qualche tempo. «Pensi di sentire Liam?»

Le sue dita si stringono attorno al telecomando. Camille, seduta accanto a me sul divano a due posti, aspetta la risposta con la mia stessa curiosità. Tee risponde senza guardarci, con voce rauca: «Se lo incontro è per dargli un pugno in faccia. Quindi è meglio che stia lontano».

Conosco benissimo il mio amico d'infanzia. La partenza di Liam è stata un brutto colpo per lui. In fondo se n'è andato come un ladro, senza salutare nessuno. *Eravamo la sua famiglia.* A volte le parole superano i pensieri, altre volte lasciano un segno indelebile. Travis ha scelto in fretta tra me e Liam. Noi tre saremo amici per sempre.

«La tua cabina telefonica sta squillando» grida Camille rivolta al corridoio.

Calvin torna a prendere il cellulare e si allontana per rispondere. Odia le nuove tecnologie, almeno così dice. E Camille coglie sempre l'occasione per scherzare sulle dimensioni del suo cellulare. Per lei è inconcepibile vivere senza touch screen, social network e Siri. Quando torna, tre minuti dopo, e si siede sulla sedia di fronte a noi, Cam si lancia nelle sue invettive.

«Hai una macchina fighissima e poi usi ancora quel cellulare? Riesci a leggere i messaggi, almeno, o hai bisogno di una lente d'ingrandimento?»

La sua espressione disgustata mi fa ridere.

«Posso vivere senza smartphone» risponde lui, divertito. «Per la macchina invece ho risparmiato per anni. Sono rimasto in un appartamento schifoso con un coinquilino mezzo psicopatico soltanto per potermela permettere. Era il mio sogno d'infanzia.»

La risposta ha l'effetto di metterla a tacere. Calvin gira la testa verso di me, sorride e mi fa l'occhiolino. Sì, è decisamente carino.

13

Luna

♪ *Prisoner* - Raphael Lake

Devo essere masochista. Spiegherebbe perché questo mercoledì sera ho deciso di mettere piede all'Arena per la seconda volta in una settimana. Come avevo previsto, Liam mi ha fatto pagare l'appuntamento con Calvin. Se la prende con me per le cose più assurde. Se domani piove, dirà che è perché ho respirato troppo forte. Ma questo non mi impedisce di scrutare la stanza per cercarlo, come ogni volta che so che ci sarà anche lui. E nonostante la folla presente per il compleanno di Samantha, lo avvisto in pochi secondi. Riconoscerei il suo ego smisurato a occhi chiusi. In piedi accanto al suo amico biondo con lo chignon e a David, dell'ufficio stampa, chiacchiera con il clan delle S. S come Sienna e Samantha, ovviamente. Sienna ride forte, con le unghie che artigliano la spalla di Liam. Che attrice. Non è così divertente. Una ginocchiata nelle palle, quello sì che lo sarebbe. Mi faccio largo tra la folla salutando alcuni colleghi che fissano il mio abito corto di raso nero. Le spalline incrociate davanti fanno un effetto push up sul seno. Le gambe sono messe in risalto dai miei sandali stringati neri con il tacco. Abbraccio Brenda e Colleen e mi avvio al bar sulla terrazza. Seduta su uno sgabello alto, mi giro per osservare la folla. Liam sta scrutando la stanza alla ricerca di qualcosa. O qualcuno. Quando incrocia il mio sguardo, gli rivolgo un sorriso sornione e accavallo le gambe. Segue ogni mio movimento e, quando i suoi occhi si soffermano sulle mie YSL, giuro di vederlo deglutire.

«Cosa posso servirti?»

La voce del barista mi distoglie dal mio gioco pericoloso. Mi giro verso di lui. Ha i palmi appoggiati al bancone e il petto proteso verso di me. Ho un attimo di confusione. Ha gli occhi più blu che abbia mai visto.

«Allora?» sorride, divertito dal mio blackout.

«Quegli occhi sono veri?» chiedo ingenuamente.

Il suo pomo d'Adamo freme dalle risate. Mi fa cenno di avvicinarmi.

«In realtà li ho presi in prestito da mia madre, ma la cosa deve restare tra noi. E i tuoi non hanno niente da invidiare ai miei.» Inarca un sopracciglio. «Non sei venuta qui anche due giorni fa?»

Confermo con un sorriso.

«Sono Mason, il tuo barista personale per stasera.»

«Luna» dico, stringendogli la mano che mi offre. «È una cosa che esiste davvero o te la sei appena inventata?»

«Accidenti, pensavo di essere stato discreto.»

Scoppia a ridere, ma all'improvviso si ferma. Il suo viso passa dal rosso al bianco. Ed è allora che sento un profumo inebriante. Liam è comparso al mio fianco, con le mani in tasca. E sta fissando Mason con espressione letale.

«Il solito, signor Davis?» chiede il barista. La temperatura si abbassa di cento gradi.

«Un whisky e un Blue Lagoon per la mia amica. Poi puoi passare a ritirare il tuo assegno.»

Mason è sconvolto. Non immaginavo che un volto potesse diventare così livido. Ma riesce ad annuire e ad allontanarsi. Liam non si muove, non mi guarda. Solo la tensione del suo collo mi dice che è ancora vivo. *Cos'è successo?*

Quando Mason torna con i nostri drink, è impossibile dire se sia più deluso o arrabbiato. Liam si siede sullo sgabello accanto a me. Il suo corpo è di profilo, le nostre ginocchia si sfiorano.

«Ti piace la Mem, Luna?» chiede, le fredde iridi piantate nelle mie.

Lo guardo come se fosse impazzito.

«Dobbiamo fingere che tu non abbia appena licenziato una persona?»

«Se vuoi puoi parlarne, ma non sono tenuto a rispondere.»

«Hai dimenticato di accendere il cervello stamattina? Perché lo hai fatto?»

«Perché posso.» Beve un sorso. «Dovresti bere, Luna. È più buono quando è ghiacciato.»

«Non sapevo che fossi il mio nuovo papà.»

Il suo labbro superiore trema quando coglie il doppio senso.

«L'hai licenziato perché ci provava con me? Suppongo che faccia parte delle sue mansioni» aggiungo.

«Dato che vuoi sapere tutto, sì, è una delle regole del suo contratto. Più flirta, più le ragazze consumano. Ma la regola non si applica a te, Luna. Tutto il mio personale ne è a conoscenza. Ha sfidato la mia autorità, quindi l'ho licenziato.»

«Hai radunato il tuo staff per dire a tutti di non provarci con me?»

«Sì. E perché? Perché posso.»

«È... come...»

«Con parole tue, Piccola Luna.»

Non mi viene in mente niente. Quando si rende conto che non riuscirò a rispondere, scoppia in una risatina.

Sono furiosa.

«Davis, le persone che ti sopportano ogni giorno sono dei veri eroi.»

Mi arrabbio ancora di più quando il suo sorriso si allarga.

«Ah, non mi trovi affascinante?»

«Affascinante come la gonorrea.»

«È divertente vederti provare a racchiudere tutto il tuo vocabolario in una frase.»

«Se lanciassi un bastone te ne andresti, vero?»

Liam sghignazza e detesto i brividi che mi provoca quel suono.

«Ora che abbiamo stabilito quanto mi trovi affascinante, rispondi alla mia domanda. Ti piace la Mem?»

«No» mento.

«E perché?»

Inclina la testa verso di me, i suoi occhi cercano i miei.

«Il mio capo è un vero bastardo.»

«Ecco, ora hai tutta la mia attenzione. Dimmi di più.»

«Ho sempre tutta la tua attenzione, Liam.»

Di nuovo quel sorriso insolente. È insopportabilmente fastidioso. Liam annuisce, senza cercare di contraddirmi, perché sappiamo entrambi che ho ragione. Nonostante la guerra fredda che conduciamo, passiamo il tempo cercando di attirare l'attenzione l'una dell'altro.

«Non resisti nemmeno un giorno senza darmi fastidio.»

«Devo tenerti sulle spine, altrimenti ti annoi. E visto che non sono ancora morto avvelenato, immagino che tu stia pianificando qualcosa di più dolce della morte per vendicarti.»

«Mi conosci bene.»

«Spero che colpirai forte.»

«Sempre.»

«Bene.»

Le nostre labbra si curvano in un sorriso complice. Il cuore mi batte forte, i suoi occhi brillano e non riesco più a sentirmi le orecchie. Tutti i sintomi di un infarto. Fisso le sue labbra mentre lui fissa le mie, troppo a lungo perché possa essere uno sguardo innocente. E provo un moto di rabbia quando interrompe il contatto per parlare.

«Rifai la demo di Orchid» dice di colpo.

«Come, scusa?»

«Non mi sono spiegato bene? La demo non è all'altezza di quello che è capace di fare. E nemmeno di quello che tu sei capace di fare. Ma questo lo sapevi già. Dimmi cos'è successo. Raccontami tutto.»

«Ti capita mai di fare domande invece di dare ordini?»

«A che serve? Sappiamo entrambi che risponderai. Allora, cos'è successo?»

«Già meglio.»

«Luna...»

Alzo gli occhi al cielo.

«Non aveva mai messo piede in un vero studio. E visto che ero agitata quanto lei non sono riuscita a calmarla. È stata una fatica terminare la sessione.»

«Ma hai molta esperienza.»

«A volte mi faccio schiacciare dalla pressione.»

Quella che mi metti tu.

Resta in silenzio per diversi secondi, poi dice: «Fai quello che sai fare meglio, Luna. Sii te stessa».

«Ma tu guarda, mi hai fatto un complimento» lo prendo in giro, incapace di nascondere il sorriso.

Si infila le dita nei capelli, scompigliandoli.

«Non abituarti troppo. Mi è fisicamente impossibile farlo due volte di seguito.»

E si mette una mano intorno al collo per fingere di non riuscire a respirare.

«Vedi? Impossibile.»

«Sei uno stronzo. Sei in terapia per il caos che hai in testa?»

Liam si piazza di fronte a me, con le braccia incrociate sul petto, mette in mostra i bicipiti muscolosi, si inumidisce le labbra e sussurra: «Piccola Luna, sei tu che avresti bisogno di un professionista se vedessi la merda che ho dentro».

Deglutisco. La mia testa si riempie di immagini. Lui nota la mia confusione e una scintilla brilla nelle sue iridi. I nostri pensieri sono collegati. Ora tocca a lui deglutire e tornare a sedersi sullo sgabello, per mettere tra noi una distanza vitale. Dieci secondi dopo Sienna del club delle S passa accanto a Liam, fa scorrere le dita lungo il suo avambraccio e gli fa l'occhiolino. Alzo gli occhi al cielo.

«Il capo che si scopa la dipendente, super originale.»

Liam ride e butta giù l'ultimo sorso di whisky, poi si allunga dietro il bancone per prenderne una bottiglia e riempirsi di nuovo il bicchiere. Immagino che ne abbia il diritto.

«La mia vita sessuale ti tiene sveglia la notte, Luna?»

«Se teniamo conto degli ultimi avvenimenti, direi che è la mia che non ti fa dormire.»

Stringe la mascella e poi, sbattendo le ciglia, fa scorrere le dita sotto il mio sgabello per avvicinarlo a sé. Reprimo un grido di sorpresa.

«Non vado a letto con lei» mi sussurra all'orecchio. «Ma non manca molto. Ne ha bisogno tanto quanto ha bisogno di respirare.»

Pezzo di…

«Arrogante.»

«Ficcanaso.»

«Piccolo bastardo.»

«Gelosa.»

Inizia una battaglia di sguardi. Nessuno vuole essere il primo ad abbassarlo. I nostri visi sono così vicini che il suo alito di alcol mi sfiora la punta del naso. La tensione aumenta quando il suo sguardo mi accarezza la bocca.

Schiudo le labbra per respirare un'aria che sembra sempre più rarefatta, e avverto una serie di violenti spasmi tra le cosce. Cazzo, il mio corpo addormentato si è risvegliato da quando lui è tornato nella mia vita. Sente tutto. Sempre. Mi fa piacere constatare di non essere difettosa, di riuscire a provare desiderio come gli altri. Mi basta stare vicino a lui per dimenticare come si fanno cose basilari, come respirare o pensare.

Ma il suo amico con lo chignon viene a porre fine a questo gioco infantile.

«State scopando con gli occhi?»

Al suo commento mi giro e ne approfitto per dare un'occhiata intorno. Per fortuna sono tutti impegnati a farsi gli affari propri. Poi mi soffermo a osservare il mio salvatore. Ha la barba, è alto quanto Liam, un po' meno muscoloso, ma con più tatuaggi. I suoi occhi color mogano mi guardano in modo strano.

«Buonasera, ci conosciamo, vero?» chiede.

«È la prima volta che qualcuno ci prova così.»

Lui ride, insensibile alla mia frecciatina.

«No, ti conosco» ripete, stringendo gli occhi.

Fa una pausa, si strofina la barba, si gira verso Liam e il suo viso si illumina come se avesse appena fatto jackpot.

«Sei Luna, vero?»

«Ehm, sì.»

«È bello conoscerti nella vita reale. Sono Matteo, il migliore amico di Liam. L'uomo della sua vita, vero, amore mio?» E gli stampa un bacio sulla fronte.

Scoppio a ridere mentre Liam alza gli occhi al cielo, evidentemente abituato alle eccentricità del suo amico. Faccio appena in tempo a ricambiare la cortesia che una ragazza lo afferra e lo trascina in pista.

Con un sorriso beffardo sulle labbra, mi avvicino a Liam, restando in piedi tra le sue gambe divaricate.

«Non dire niente» mi avverte.

Ovviamente non lo ascolto.

«Parli spesso di me?»

«Non farla lunga. È un mio amico, è normale che conosca il mio passato.»

«Il tuo passato? Veramente?»

Mi avvicino al suo viso fino a sfiorargli l'orecchio con le labbra.

«Mettiamo alla prova questa teoria. Se davvero sono il tuo passato, ti sfido a non reagire.»

Per un attimo sul suo viso aleggia un'espressione confusa, subito sostituita dalla rabbia quando capisce cosa ho in mente.

«Non preoccuparti. È libero di fare quello che vuole ora che l'ho licenziato.»

♪ Il suo tono mi sfida ad andare avanti, mentre i suoi occhi, tormentati come un cielo in tempesta, mi ordinano di non muovermi. Punto direttamente verso Mason.

E quando lo raggiungo si lascia trascinare sulla pista da ballo senza esitazione. Non mi giro, ma sento gli occhi di Liam che mi bruciano la nuca, quindi mi posiziono nel suo campo visivo. È ancora seduto sullo sgabello e mi fissa, stringendo i denti. La sua arroganza ha lasciato il posto alla furia. Più si arrabbia, meglio mi sento. La musica avvolge dolcemente il mio corpo mentre i miei fianchi si muovono al ritmo del rock. Mi passo una mano tra i capelli in modo sensuale, senza mai interrompere il contatto visivo, e Mason segue il movimento, le mani appoggiate sui miei fianchi per premermi contro di lui. Di fronte a me, il viso cupo di Liam mi rende euforica. Si concentra sulle curve del mio corpo, sulle mani che mi sfiorano la pancia. Nel mio mondo non esiste più nessuno. E sono sicura di star regnando nel suo. Liam si porta una mano dietro la testa e poi sulle guance, prima dell'ennesimo sorso rabbioso del suo nettare ambrato.

«Vuoi farlo ingelosire?» chiede Mason. «Usami.»

«Non hai paura delle conseguenze?»

«Fanculo a quello stronzo. Facciamogli godere lo spettacolo.»

Le sue mani callose si stringono intorno alla mia vita e io chiudo gli occhi.

«Sparisci, se vuoi poter continuare a usare le mani per preparare i tuoi schifosi cocktail.»

Tengo le palpebre chiuse, ma ho riconosciuto l'accento. La sua rabbia esplode, il cuore mi fa le capriole nel petto. Ma non ho tempo di dispiacermi per Mason, perché un attimo dopo sento il petto di Liam premuto contro la mia schiena. Inebriata dalla vicinanza, faccio oscillare il bacino contro il suo inguine. Lui mi imita, segue i miei movimenti. Mi scosto i capelli dalla spalla e inclino la testa di lato, per dargli accesso al collo. Quando le sue labbra mi sfiorano la pelle, tutto il mio corpo si tende in uno spasmo doloroso. È bello, eccitante. Pericoloso.

«Hai perso.»

Le sue labbra seguono la curva del mio collo e si fermano sul punto sensibile dietro il mio orecchio. Il suo alito caldo mi fa rabbrividire quando risponde: «Direi piuttosto che hai vinto tu, Piccola Luna».

Mi posa un bacio dolce sulla tempia, come ha fatto tante volte in passato. Sono sicura che riesca a sentire il mio cuore battere forte, nonostante la musica. Soddisfatto della mia confusione, mi ride nell'orecchio. Vorrei implorarlo di continuare, ma il mio cervello è così confuso dalle sensazioni contrastanti che nessuna parola oltrepassa la barriera delle mie labbra. Poi la sua mano mi stringe più forte a lui. Inarco la schiena per sentire la sua erezione mentre la sua mano sinistra mi avvolge il collo. Liam stringe abbastanza forte da dimostrarmi che ha ripreso il controllo di questo giochetto.

«Più forte, Luna.»

Obbedisco. Mi strofino contro la sua erezione. È così ipnotizzante che quasi dimentico dove siamo. È brutto, ma anche bello. Penso soltanto al suo odore virile, al battito frenetico del suo cuore contro la schiena, alle sue dita che mi sfiorano l'interno della coscia con mortale delicatezza.

«Sei andata a letto con lui?»

«Con… chi?» farfuglio, confusa.

«Quel bastardo che pensa di avere una possibilità con te.»

«Calvin.»

Sulle mie labbra appare un sorriso divertito.

«Rispondimi.»

«Sì.»

Per una frazione di secondo le sue dita si congelano, ma poi ricomincia.

«Stai mentendo, Piccola Luna. E vuoi sapere come lo so?»

Il suo indice mi sfiora e mi sfugge uno strillo. Sì, ho strillato. Devo mordermi il labbro per evitare che il suo gesto mi riduca in cenere.

«Sono l'unico che ti fa sentire così.»

Detesto ammetterlo, ma ha ragione. Presa in un vortice erotico, la mia testa gli ricade sulla spalla. Intorno a noi la folla si è infittita, nessuno sembra notare il modo quasi indecente in cui mi struscio contro di lui. Dall'esterno, è come se stessimo ballando. L'unico problema è che non ho idea di chi sia a guidare.

«Girati.»

Nel momento in cui i nostri sguardi si incontrano, le sue pupille mi inondano di una fame brutale e animale. Le sue dita trovano la mia nuca, i miei seni contro il suo petto sono deliziosamente doloranti. Gli avvolgo le braccia al collo e gli afferro i capelli. È in quel momento che emette il gemito più sexy che abbia mai sentito. Il suo pollice traccia i contorni della mia bocca e, a pochi centimetri dalle mie labbra, sussurra: «Scommetto che se ti infilo la mano tra le cosce sei già fradicia».

«Ma il fatto è che non lo saprai mai.»

Lui mi guarda e, con quella voce profonda che mi fa impazzire, risponde: «Piccola Luna, se continui a guardarmi così, la parola "mai" perderà il suo significato».

Mi sento il cuore nelle tempie, e nel frattempo il suo naso segue la curva della mia mascella e le sue labbra sfiorano le mie, senza mai fermarsi.

«Esci con chi vuoi, continua pure con la pagliacciata degli appuntamenti, ma io so chi vuoi veramente.»

Non sopporto di essere così trasparente, quindi non perdo tempo a rispondere: «Pensa quello che vuoi, ma non sei tu che voglio. È Calvin… o forse Mason». Fingo di riflettere.

I suoi occhi brillano di rabbia, quindi insisto sul punto.

«E visto che Mason è disponibile, penso che accetterò la sua offerta di unirmi a lui nella sala dei dipendenti. Ci sono le telecamere, vero? Scommetto che le immagini di lui che mi prende sul tavolo ti terranno compagnia stanotte.»

Lo lascio lì e mi lancio nella folla per sfuggire al suo sguardo. Sono scossa da brividi di rabbia, perché ha ragione, voglio lui. Ed è un desiderio travolgente. Per questo lascio che i miei piedi mi guidino verso il bagno. Mi precipito nella prima cabina vuota. Ho bisogno di allentare la pressione. Sto per esplodere. Appoggio la schiena al muro e infilo la mano nel perizoma fradicio. Mi accarezzo il clitoride gonfio, sforzandomi di non gemere. Nel bagno accanto, una ragazza parla con la sua amica di uno stronzo che le ha spezzato il cuore, mentre io fantastico sul mio. Penso alle dimensioni della sua erezione contro il mio culo. Immagino il modo in cui i suoi occhi brillerebbero se ora si inginocchiasse davanti a me. Lo vedo mettermi la gamba sulla sua spalla, gli afferro i capelli e... I miei occhi si spalancano al culmine dell'orgasmo e vengo, mordendomi il braccio per non urlare. *Oh, cazzo.* Appoggio la testa alla porta, estraggo le dita lucide dal perizoma. *L'ho fatto davvero.* Mi sento leggera come una piuma. Ora che sono più rilassata e meno sul punto di commettere un omicidio, esco dal bagno, mi lavo le mani e spingo la porta. E vado a sbattere contro un petto muscoloso. Ho il cuore in gola mentre quegli occhi verdi mi sondano con un'intensità devastante.

«Cosa stavi facendo lì dentro, Piccola Luna?»

14
Liam

Il superpotere demoniaco di Luna è imbattibile. Meno di due ore nella sua rete, e ho già licenziato e minacciato di uccidere il mio miglior barista. Del resto, quella specie di Machine Gun Kelly da quattro soldi se l'è cercata. Sì, sono stato così pazzo da vietare a tutto il mio staff di avvicinarsi a lei. Ho anche pensato di impedirle l'accesso all'Arena. Sopportarla al lavoro è un conto. Ma vederla flirtare sotto il mio naso? Si scatenerà l'inferno sulla Terra prima che io permetta che ciò accada.

Sono arrivato a questo compleanno con un'idea precisa: farla impazzire. E aggiungere anche qualche insulto, se possibile. Ma il mio piano mi si è rivoltato contro. Mi ha fatto ridere. *Mi sono divertito con la ragazza che mi ha calpestato il cuore, e ne ho amato ogni istante.* E per completare il quadro di quanto perdo la testa con lei, eccomi qui davanti al bagno da dieci minuti, ad aspettarla come un molestatore sessuale. Se fossi coraggioso, andrei lì e le darei quello che vuole. *Quello che voglio.* Ma se cedo a questa tentazione, se mi lascio trascinare, lei mi salverà. E non voglio essere salvato. Non merito la pace quando voglio provare soltanto rancore.

L'unica cosa che mi ha sostenuto in questi sette anni.

Persa nei suoi pensieri, Luna non si accorge di me quando esce e viene a sbattermi addosso. Ha gli occhi spalancati come se avesse visto un fantasma. O una fantasia.

«Cosa stavi facendo lì dentro, Piccola Luna?» le sussurro, vicino al suo viso.

Capelli disordinati, guance arrossate, ha quel bagliore post-orgasmo. È bellissima.

«Fammi passare» si irrita.

«Impossibile.»

Le nostre scarpe si sfiorano, ma non fa alcun movimento per scappare.

«La tua ragazza sa che ti apposti fuori dal bagno delle donne come un molestatore?»

Oh, pensa che Réa sia la mia ragazza? Divertente. Non le dirò che è la sorella di Matteo e che non la toccherei mai. Altrimenti questa discussione sarebbe molto meno interessante.

«E il tuo cagnolino sa che ti masturbi pensando a me?»

Non mi sono bevuto la bugia che mi ha raccontato sulla pista da ballo, ma solo immaginarla con uno dei due mi ha mandato fuori di testa.

«Mi stavo ritoccando il trucco. Che vuoi?»

«Lo rivedrai?» mi sento chiedere, con mio grande orrore.

«Liam, per favore, torna a fare come negli ultimi sette anni e comportati come se non esistessi.»

Mi piacerebbe. Lei se ne va, ma si ferma quando le chiedo: «Sei venuta?».

Lei deglutisce e io sorrido. *Ancora.*

«Quando penso a Calvin, sempre.»

Stronza.

Avevo quasi dimenticavo cosa ci facevo qui, ma poi ho visto Samantha che spegneva le candeline. Dato che credo di aver compiuto il mio dovere sociale presentandomi alla festa, mi faccio largo tra la folla alla ricerca di Matteo, ma la risata di Luna mi paralizza. La trovo subito. È seduta a un tavolo con Ruben e Julio, due talent scout, e Kim, la sua assistente, a bere shot di tequila. *A stomaco vuoto.* È ubriaca, parla ad alta voce, ride in modo eccessivo. *Smettila. È un'adulta. Non è una tua responsabilità.* Ma il sangue mi ribolle nelle vene quando vedo la mia ex migliore amica aggrappata al collo di Ruben, con le labbra vicine al suo orecchio per sussurrargli chissà cosa. E mi ribolle ancora di più alla vista della reazione di Ruben, le cui pupille brillano di una luce lasciva. Sento una pressione nel petto. Ruben le posa una mano sulla parte superiore della coscia. Non sento più la musica. Solo il cuore che mi martella nelle tempie. Apro e chiudo i pugni. *Merda.* Qualcosa si contorce nel mio cervello. Qualcosa che non provo da anni.

Gelosia. Possesso.

Mi precipito verso di lei, supero alcuni ballerini e mi fermo di fronte a loro. La gente mi guarda sconcertata, ma non mi interessa. Non ho bisogno di uno psicologo per sapere che mi contraddico. La odio, ma ucciderei per lei. Voglio che soffra per avermi distrutto, eppure spezzerei le ossa di chiunque provasse a farle del male.

«Ce ne andiamo.»

Due occhi grigi come la luna mi fissano. Sento tutti gli insulti che le attraversano il cervello. Mi ignora e sussurra qualcos'altro all'orecchio di Ruben, che ridacchia. Sì, sghignazza come un vergine sotto Prozac. Devo affondare i pugni nelle tasche per evitare di afferrarlo per la collottola. Non sono stupido. So che mi sta punzecchiando. Mi sta mettendo alla prova, convinta che non farò una scenata davanti a metà dei miei dipendenti. Ma le lancio uno sguardo assassino, come a dire «continua così e vedrai». I suoi occhi mi rispondono «non farai proprio niente», e io replico «ti ho toccata davanti a tutti, non sfidarmi». Deglutisce. Ha capito.

«Grazie, signor Davis, ma Ruben si è già offerto di riaccompagnarmi.»

Faccio un respiro profondo per sottrarmi al gioco. Provo a cantarmi una canzone nella testa per calmarmi. Cerco la melodia giusta, ma il mio cervello rimane irrimediabilmente vuoto. Le uniche note che sento sono le grida di dolore che Ruben lancerà quando la sua testa andrà a sbattere contro il tavolo di vetro di fronte a lui.

«Signorina Collins, l'ho avvertita.»

«Signore, ho bevuto solo due bicchieri» mi informa Ruben.

Non la lascerei andare con lui nemmeno se fosse il papa. Lo sguardo gelido che gli rivolgo gli fa abbassare la cresta. Non sono il tipo di uomo che parla a vanvera.

Un mio sguardo vale più di mille parole. Sul punto di esplodere, afferro il piccolo demone per l'avambraccio e la costringo ad alzarsi e guardarmi in faccia. Nessuno reagisce. E la cosa quasi mi dà fastidio.

«Non me ne vado senza di te.»

Luna fa una piccola risata stridula.

«Signor Davis, vuole dirmi che nessuna donna ha accettato di tornare a casa con un bastardo come lei?»

Parla a bassa voce, in modo che sia l'unico a sentirla. *Cazzo.* Mi piace un sacco sentirla chiamarmi signore. Il modo in cui quella parola le si arrotola sulla lingua è eccitante. E lei lo sa bene.

«Non costringermi a prenderti di peso, Luna.»

«Non sono ancora pronta per andare a casa.»

«Io sì, e non ti lascio qui con loro.»

«Quindi tu puoi comportarti come una puttana e io no?»

Ho la mascella così tesa che non so se mi sono rimasti dei denti integri.

«L'unico posto in cui ti puoi comportare da troia è sul mio cazzo.»

Arrossisce come se lo stesse immaginando, e il mio pene si sveglia. *Non adesso, Satana.*

«Per favore, Luna.»

Sono pronto a supplicarla, non mi interessa. Non voglio andarmene senza sapere che è al sicuro. Ignoro gli sguardi confusi, le sopracciglia aggrottate e i sussurri intorno a noi. Non ho dubbi sulle indiscrezioni che nasceranno dopo questa serata. Ma il primo stronzo che osa dire qualcosa di sprezzante su Luna finirà la sua carriera a contare quante lettere A ci sono nel suo contratto. Per poi riscrivere il tutto senza usare quella lettera.

Contro ogni previsione, Luna recupera la borsa. Mentre ci dirigiamo verso l'uscita, chiamo Matt. Solo quando il vento fresco della notte mi colpisce il viso mi ricordo di respirare. *Questa ragazza mi farà impazzire.* La guido alla mia macchina e le apro la portiera, ma Luna si ferma.

«Entra» ordino, ansioso di tornare al mio attico.

«Penso di dover vomitare.»

«Pensi o sei sicura?»

Svuota lo stomaco dietro la macchina prima di riuscire a rispondere. Le tengo indietro i capelli, allontanando la testa dalla pozza giallastra per non vomitare a mia volta, poi le porgo un fazzoletto e una bottiglia che prendo dall'interno della portiera. In quel momento arriva Matt, con una bruna sottobraccio.

«Fratello, penso che la tua Luna stia per vomitarti addosso.»

Sto per replicare, ma una voce terribilmente calma lo fa al posto mio.

«Hai osato dirgli che sono la "tua" Luna?» chiede, sbottando in una risata che mi fa venire la pelle d'oca.

Il suo sguardo freddo e iniettato di sangue si sposta da me al mio amico.

«Ti ha raccontato anche tutte le cose orribili che mi ha detto? Perché le sento ancora ogni notte quando chiudo gli occhi. La cosa divertente è che, sì, mi sono dimostrata egoista, ma il mio cosiddetto migliore amico non mi ha mai dato la possibilità di spiegarmi. Mi ha cancellata dalla sua vita come se non significassi nulla per lui» conclude, schioccando le dita. «Così.»

«Hai usato le mie insicurezze contro di me» continua, guardandomi con gli occhi pieni di lacrime. «Hai utilizzato la mia ferita più grande per pugnalarmi al cuore. Sapevi che il veleno delle tue parole mi sarebbe rimasto per sempre addosso e le hai dette comunque. Per ferirmi. Sì, lo so, soffrivi. Non potrò mai immaginare quanto sia stato difficile quello che hai vissuto quel giorno, ma avresti dovuto vedere oltre. E credo che nel profondo non ti perdonerò mai per esserti arreso. L'apparenza inganna, Liam. Quindi no, non sono più la "tua" Luna e nemmeno "Piccola Luna". Sono soltanto Luna.»

La sua voce si spezza come vetro e per un istante chiudo gli occhi per sfuggire alla tristezza del suo sguardo. Non sopporto la facilità con cui sento il suo dolore, come se avessimo un solo cuore, come prima.

Matteo mi lancia uno sguardo intenerito mentre Luna barcolla e si piazza sul sedile posteriore.

«Amico, ho visto come ti guardava stasera. Dubito che abbia fatto quello di cui la accusi.»

«Non lasciarti ingannare dalle sue lacrime. È il suo trucco. Si avvicina alle persone, fa credere loro di essere insostituibili e preziose, e poi le distrugge quando sono già in difficoltà. Charlie, la nostra separazione, è tutta colpa sua» gli ricordo, irritato.

«Ma forse…»

«Non c'è altro da aggiungere. Fra me e lei è finita.»

15
Luna

♪ *Castle* - Halsey

Perché ho la sensazione che le palpebre abbiano una pulsazione tutta loro? Perché il mio cervello mi insulta in una di quelle lingue piene di consonanti? Se mi muovo sento il cranio che si spacca in due, quindi provo a deglutire, ma non serve a niente. Allora tento di aprire gli occhi: pessima idea. A questo punto temo la cecità, perché li sento andare a fuoco. Cerco di tendere i muscoli, ma la connessione tra il mio cervello e il mio corpo sembra interrotta. Accidenti, dove sono? Mi strofino il viso, sperando che serva a farmi ricordare qualcosa della notte scorsa.

Il mio battito accelera quando apro gli occhi e mi ritrovo in un lussuoso soggiorno. Davanti a me, due enormi porte a vetri offrono una vista completa sullo skyline di Manhattan. Mi rigiro sul divano che mi ha fatto da letto e il rumore di una padella mi spaventa così tanto che mi sale il cuore in gola. Mi tiro leggermente su e vedo Liam, a torso nudo, con un paio di pantaloni da jogging grigi che gli cadono sui fianchi e modellano perfettamente le sue natiche.

«Merda» mormoro, lasciandomi ricadere sul divano.

Tutti i ricordi mi tornano in mente come un boomerang. Doppia merda. Spingo via la coperta e scivolo sul pavimento a quattro zampe. *Qual è il piano, Luna? Strisciare fino all'uscita?* Non mi sembra un'opzione assurda.

«Un tempo pensavamo con la stessa testa, non te lo dimenticare» dice lui, con voce rauca. «Se vuoi posso far finta di non vederti strisciare verso l'ascensore.»

Alzo il capo e i nostri occhi si incontrano. Il mio amore d'infanzia, non più un ragazzino, solleva un sopracciglio, come per prendermi in giro. Mi alzo in piedi per affrontarlo.

«È meglio se vado.»

La sua espressione è indecifrabile. Solo gli occhi stanchi e i capelli arruffati mi rivelano che anche lui ha dormito poco. Si sofferma a guardarmi, apre la bocca e ho l'impressione che stia per dire qualcosa sul mio aspetto, ma cambia idea all'ultimo momento: «I tuoi vestiti sono già in lavanderia. Dovrai restituirmi la maglia da basket un'altra volta».

La maglia? Abbasso lo sguardo. Non mi ero nemmeno accorta di non indossare più il vestito. Mi ha cambiata lui?

«Prego.»

In lontananza sento un'abbaiata familiare. Ho appena il tempo di lanciare a Liam uno sguardo speranzoso che un golden retriever mi salta addosso, facendomi perdere l'equilibrio. Riesco a malapena ad atterrare sul divano mentre la palla di pelo dorata mi sfrega contro le gambe.

«Hendrix?»

L'emozione mi fa tremare la voce. Una cosa che odio.

«Non ti ha dimenticata.»

Un'espressione di rara tenerezza adorna gli occhi di Liam. Un mix straziante di nostalgia e tristezza. Per sfuggire al suo sguardo, mi accovaccio e accarezzo il nostro cane che ne approfitta per leccarmi la faccia. Non riesco a credere che sia ancora vivo.

«Non pensavo che l'avrei più rivisto.»

Anche se tecnicamente Hen era il suo cane, andandosene senza salutare Liam mi ha privata dell'opportunità di coccolare anche lui per l'ultima volta. Poi, come se volesse penetrare nella nostra bolla d'amore, Liam mi imita. Si accovaccia accanto a noi e inizia ad accarezzare Hendrix. Ma invece di guardare la palla di pelo, fissa me. Poi le mie labbra. E le mie lentiggini. Per dei secondi che sembrano durare un'eternità.

«Vuoi un caffè? O magari del tè caldo, per la voce?» chiede, schiarendosi la gola.

Annuisco, ma poi cambio idea.

«Cos'ha la mia voce?»

«Hai passato la serata a cantare» mi racconta, con un sorriso divertito. «In macchina, in ascensore.»

Le mie guance diventano rosse per la vergogna. Anche da bambini mi rifiutavo di cantare davanti a lui.

«Un caffè, per favore» dico, nella speranza di cambiare discorso, ma Liam non ha intenzione di arrendersi. Si alza per prepararlo con latte e una tonnellata di zucchero, come faceva quando passavo le notti a casa sua. Mi porge una tazza con tanti cani circondati da cuori rossi con scritto sopra SONO PAZZO DI TE. Di fronte alla mia smorfia divertita, chiarisce: «Regalo di Matteo».

«Ovviamente.»

Ridiamo, poi mi siedo su uno sgabello accanto a lui all'isola, con Hendrix sdraiato ai miei piedi.

«Allora...» esordisce.

«Allora cosa?»

«Qual è il titolo della canzone che hai cantato ieri?»

«Come?» chiedo, accigliata.

«Era tipo "*quiero que me lamas*" e poi qualcosa "*tremblar*"» canticchia. «L'hai ripetuta così tante volte che non riesco a togliermela dalla testa. Chi è l'artista?»

Sia maledetta Camille e il suo livello volgare di spagnolo. Ho chiesto, anzi no, ho cantato a Liam di leccarmi fino a farmi tremare.

«Ehm, è un cantante messicano... Si chiama El Cabrón. Non lo conosci? Non sai cosa ti perdi, è fantastico» dico, senza respirare. «Molto... fresco.»

Strizza gli occhi.

«E qual è la tua canzone preferita? Ascoltiamola subito.»

«In realtà...» farfuglio. «Pensa, ha deciso di porre fine alla sua carriera. Credo di non aver ancora digerito la sua scelta drastica, capisci? Ho cantato per rendergli omaggio, è veramente un peccato che abbia smesso.»

«Un vero peccato. E ha deciso così, dalla sera alla mattina?»

«Sì» rispondo, con il naso affondato nella tazza per evitare il suo sguardo sospettoso. «Da un momento all'altro.»

«Perché non ne ho mai sentito parlare?»

«Forse dovresti ampliare i tuoi gusti musicali.»

I suoi occhi brillano di malizia e lo conosco abbastanza bene da sapere che ha capito tutto, ma insisto. Mi scavo la fossa con la pala che si diverte a porgermi.

«Quindi questo cantante colombiano...»

«Messicano» lo correggo con un po' troppo entusiasmo. «Ho detto messicano.»

Giusto?

«El Cabrón» gli ricordo «sta lasciando dietro di sé una miriade di fan inconsolabili. Un altro angelo che ha ceduto alle pressioni dell'ambiente. Ero devastata quando l'ho scoperto.»

Faccio un sospiro triste per accentuare il mio sgomento e lo vedo mordersi il labbro per non scoppiare a ridere. Almeno so che non farò mai l'attrice.

«A questo punto, sai una cosa? Non voglio morire ignorante, lo guarderò su YouTube.»

«Sì, ma non si può, la sua casa discografica ha cancellato i video. È sparito da tutte le piattaforme.»

«Vuole davvero scomparire dai radar.»

«Esatto. C'entra qualcosa con la droga, l'Fbi, Quantico e tutto il resto. Quando ti prendono è la fine» sussurro, passandomi una mano sulla fronte. «Difficile liberarsene.»

Sto annaspando. Liam posa la tazza e inclina la testa.

«Luna?»

«Sì?»

«Ti ricordi il mio amico Matteo?»

«Il biondo?»

«Sì. Viene dalla Colombia. E quando beve troppo ha un vocabolario… molto fiorito. Mi ricorda qualcuno.»

I miei occhi si spalancano per lo choc e la vergogna, mentre Liam trattiene le risate. A questo punto rischia la morte per asfissia.

«Quindi capisci un po' di spagnolo» deduco, mortificata.

«Lo parlo fluentemente, un po' come capisco te e le tue bugie. El Cabrón, che cazzo!»

Stavolta scoppia a ridere.

«Luna, se vuoi che ti lecchi fino a farti tremare, non devi far altro che chiedermelo. Nella nostra lingua.»

Il bastardo si sta divertendo a mie spese, si sta addirittura tenendo la pancia.

«Stai zitto» dico, imbronciata.

«È sempre troppo facile farti perdere le staffe.»

Avverto un'ondata di nostalgia. Con le mie mani piccole, colpisco più volte il suo petto muscoloso, finendo per farlo ridere ancora più forte. Quando mi cinge il polso per fermare i colpi, rabbrividisco e restiamo in silenzio. Un silenzio interrotto dal nostro respiro ansimante.

I sorrisi si fermano.

I nostri sguardi si incrociano.

Il mio cuore resiste all'impulso di staccarsi dal mio petto per unirsi al suo. Sopraffatta dall'emozione che leggo nelle sue pupille, mi divincolo e riprendo il mio posto sullo sgabello. Liam si schiarisce la gola, confuso quanto me. O forse è solo il suo cuore martoriato quanto il mio. La realtà catastrofica della nostra situazione mi fa venire le lacrime agli occhi. Siamo così vicini, eppure così lontani. Come se un muro di rimpianti, sofferenze e parole non dette ci tenesse lontani. E per allontanare questa sensazione dico la prima cosa che mi passa per la testa.

«Devo preoccuparmi che tu mi abbia vista nuda?»

Finisco il caffè ormai freddo.

«Perché?» chiede, inclinando la testa. «Nascondi qualcosa? Cicatrici, un tatuaggio che rimpiangi di aver fatto?»

Capisco subito che si è pentito di averlo detto.

«Come quello che hai sul polso?»

Le sue braccia e il suo petto sono marchiati da inchiostro nero. Disegni di tutti i tipi, ma il nostro tatuaggio, per quanto minimalista, è quello che si nota di più.

«Non voglio parlarne con te» dice, in tono freddo.

Il momento di intimità è finito. L'atmosfera è gelida.

«Che sorpresa, eppure sei sempre stato il re della comunicazione» non posso fare a meno di replicare.

Il mio sarcasmo è palese. E anche quello a cui voglio alludere. Liam si strofina la faccia, sbuffando esasperato.

«Luna, non sono dell'umore per litigare con te. Mi sembra che ieri sera tu mi abbia detto quello che pensi. Considera chiusa la conversazione.»

«Di cosa stai parlando?»

Liam mi fissa come se lo stessi prendendo in giro. Certo, rimane il mio passatempo preferito, ma non stamattina.

«Della tua scenata di ieri sera davanti all'Arena.»

«Non faccio mai scenate.»

Lui alza gli occhi al cielo.

«Continua a roteare gli occhi, forse troverai un cervello.»

Ho appena richiuso la bocca quando Liam salta in piedi, si avvicina e mi afferra i capelli, costringendomi ad alzare lo sguardo su di lui.

Le sue parole successive mi frustano la pelle.

«Non voglio parlare di un passato che né tu né io abbiamo il potere di cambiare. Niente di ciò che posso dire cancellerà le parole pronunciate quel giorno. Sto cercando di andare avanti, Luna, di elaborare il lutto di una storia d'amore che pensavo fosse indistruttibile. E vederti ogni giorno mi fa sentire come se tutti i progressi che ho fatto negli ultimi anni siano stati inutili. Quindi no, non parlerò di quello che pensi di aver visto sul mio polso.»

I suoi occhi gelidi restano fissi nei miei per dei secondi interminabili, mentre il mio cuore batte all'impazzata.

«Come pensi di andare avanti senza discutere di quello che è successo?»

Mi lascia andare, fa un passo indietro. Stavolta la freddezza delle sue iridi è sostituita dalla tristezza.

«Credimi, mi basta chiudere gli occhi per rivivere quella giornata come se fosse ieri. Il tuo silenzio è stato eloquente quanto le tue azioni. Hai fatto la tua scelta voltandomi le spalle. E sì, ho sicuramente parlato a sproposito. Mi dispiace. Quanto a me, sono venuto meno ai miei doveri di fratello, non ho saputo starle accanto e oggi dobbiamo assumerci le conseguenze irreversibili delle nostre azioni.»

Liam prende le nostre due tazze e le mette nel lavandino, e la verità muore sulle mie labbra. La paura che possa vedermi come una cosa piccola e fragile mi fa stringere lo stomaco. Temo che il senso di colpa lo consumerebbe fino al punto di non ritorno, e già convive ogni giorno con quello che nutre nei confronti di sua sorella.

Ci sono state notti in cui avrei voluto raccontargli tutto, ma alla fine mi fermava sempre il timore che potesse dargli la caccia, che potesse rovinarsi la vita a causa di una mia scelta. Ma ora, mentre faccio perno sul mio sgabello e i nostri sguardi si incrociano con tutta questa intensità, mi ritrovo proiettata indietro, agli anni in cui ero certa che fosse l'uomo della mia vita e che nulla ci avrebbe separati. E ho la sensazione che anche lui stia lottando con ciò che dovrebbe o non dovrebbe provare per me. Odio. Amicizia. Desiderio. La sofferenza che vedo nei suoi occhi rispecchia la mia e so che soltanto la verità può liberarci. Quindi faccio un respiro profondo e mi preparo ad aprire la bocca per lenire i nostri cuori feriti. *Liam, e se ci fossero delle cose che non sai di quella giornata?* Lo ripeto ancora e ancora, per darmi il coraggio di dirlo ad alta voce. Ho l'impressione che senta la tempesta scatenarsi dentro di me, che il suo sguardo mi implori di fare qualcosa che lui stesso non capisce. Di porre fine alla nostra tortura. Ma di colpo lo squillo del mio cellulare interrompe la nostra connessione. Il suo sospiro triste, appena percettibile, mi raggiunge e mi spezza il cuore.

Colta alla sprovvista, mi avvicino al bancone e rispondo alla chiamata senza nemmeno guardare il nome sul display. Le due sillabe che risuonano nel mio orecchio mi gelano il sangue nelle vene. *Darling.*

Barcollo leggermente sullo sgabello. Mi tremano le mani e riattacco subito. Non è possibile. Deve essere uno scherzo. La bile acida mi risale in gola. Devo essere rimasta immobile per troppo tempo, perché, quando torno in me, Liam mi ha messo una mano sulla nuca e cerca di attirare la mia attenzione schioccando le dita.

«Luna? Guardami. Chi era?»

«Eh? Non è niente. Sono soltanto stanca.»

Sono consapevole di non aver risposto. Ecco perché la sua mano si stacca dalla mia pelle, lasciandomi una sensazione di freddo. Mi trattengo appena dal supplicarlo di tornare. Con la mano sinistra in tasca, mi scruta come fa ogni volta che cerca di leggermi nel pensiero. Con due dita mi solleva il mento e porta i nostri occhi allo stesso livello. Il mio cuore batte all'impazzata, non riesco a calmare il respiro. Non riesco a sostenere il suo sguardo, quindi lo abbasso per fissargli il naso.

«Guardami» ordina.

Con un movimento improvviso, mi libero dalla sua presa.

«Che succede, Luna? È l'ultima volta che te lo chiedo.»

Il suo tono minaccioso mi fa rabbrividire. Chi si crede di essere? Al lavoro mi tratta come un'estranea, un parassita di cui non vede l'ora di sbarazzarsi, e ora indossa un abito che non gli si addice più. Quello dell'amico preoccupato. Del mio protettore. Mi alzo per affrontarlo e inarco il collo per catturare il suo sguardo.

«Ti ho detto che sono stanca.»

Scandisco ogni sillaba per fargli capire che la sua curiosità è sgradita. Lui scuote la testa ed emette un sospiro rassegnato. I suoi occhi, che fino a pochi secondi fa erano pieni di preoccupazione, ora sono vuoti.

«Come vuoi. Vado a farmi una doccia.»

♪ Aspetto che la sua sagoma scompaia dietro l'angolo di un corridoio per sfogare tutta la mia frustrazione. Sono scossa da un mix di emozioni. Lascio che la furia mi consumi. Mi copro la bocca con le mani per attutire un urlo di rabbia. Il mio cuore batte come impazzito. Il mio telefono riprende a squillare, ma stavolta vedo un numero anonimo e lo spengo. Mi asciugo con rabbia la lacrima che mi scorre sulla guancia, perché ora la collera ha lasciato il posto alla vergogna. Mi vergogno di constatare che, nonostante tutti i miei sforzi, e le sedute di psichiatria all'università, sono ancora debole, anche dopo tanti anni. *Darling, apri la bocca e dammi quello che mi devi. Dov'è il tuo caro Liam? Forse gli piacerebbe vederti così.* Mi sento soffocare, come se le pareti si stringessero intorno a me. Quasi mi cedono le ginocchia quando la sua voce nasale inizia a girare in tondo nella mia testa.

Respira.

Respira.

Mi aggrappo al bordo dell'isola di marmo e chiudo

gli occhi, cercando di ritrovare la calma. Rivedo il suo sorriso soddisfatto nel vedere la mia paura, le sue iridi minacciose, le mani che mi stringono forte i capelli, le sue parole schifose, la mia voglia di morire.

Ho bisogno che Liam mi tolga queste immagini dalla mente.

Chiudo in un compartimento stagno i pensieri distruttivi e lascio che i miei piedi mi guidino verso di lui. Ho bisogno di toccarlo, di sentirlo. Ho bisogno che metta a tacere questi ricordi che mi impediscono di vivere.

Seguo il rumore dell'acqua ed entro in un bagno moderno e spazioso, con una vista mozzafiato. Oppure è la vista del corpo nudo di Liam nell'immenso box doccia a lasciarmi a bocca aperta. Afferro l'orlo della maglia da basket e me la sfilo da sopra la testa. Infilo i pollici nelle mutande e le faccio scivolare lungo le gambe. Sciolgo lo chignon, liberando i capelli che mi scendono fino alla vita. Senza pensarci troppo, metto un piede davanti all'altro ed entro nella doccia. Gli avvolgo le braccia intorno alla vita, premendo il mio petto contro di lui. Liam sussulta, il suo corpo si tende contro il mio. Stringo i denti quando l'acqua ghiacciata incontra la mia pelle calda.

Non allontanarmi. Ho bisogno di questo. Di te.

Senza dire una parola, regola la temperatura dell'acqua, che si scalda insieme al mio cuore. Sollevata, sorrido sulla sua pelle e gli accarezzo delicatamente lo stomaco con i polpastrelli. Risalgo sul suo petto e poi, quando gli sfioro i capezzoli, sento un ruggito che gli sfugge dal petto. In risposta, le sue dita affondano nella carne della mia coscia, strappandomi un gemito di dolore e piacere. Le mie mani scivolano verso i suoi fianchi, indugiando sugli addominali e poi sulla zona a forma di V che mi fa perdere completamente la testa. Non riuscendo più a trattenermi, gli sfioro lentamente l'erezione tesa contro la pancia. E di colpo Liam mi afferra la mano per fermarmi. Si gira e mi prende il viso tra le mani. Il suo petto si alza e si abbassa freneticamente. Fissa la mia bocca per un attimo, mi riempie il cuore di speranza, poi appoggia la fronte contro la mia. A occhi chiusi, cerca di calmare il respiro mentre il mio peggiora. Dentro di me tutto batte, brucia, esplode. Ho bisogno di lui, di cancellare il nostro passato e i nostri problemi. Quando apre gli occhi, le sue iridi verdi sono piene di domande silenziose.

«Vuoi sapere cosa penso?»

«No, ma me lo dirai comunque.»

«Stai cercando di calmare la tua rabbia con il sesso.»

«Forse.»

«Lo fai con tutti?»

La gelosia nella sua voce è una carezza per il mio ego. Il suo naso traccia la linea della mia mascella.

«No» ammetto.

«Allora perché io?»

Non dico niente. Conosce già la risposta. Ora è il suo ego a implorare la mia risposta.

«Eppure sai cosa provo per te.»

Il suo pugno si chiude intorno ai miei capelli bagnati. Alzo il mento e deglutisco prima di rispondere.

«Mi odi.»

«Ti odio, Luna» concorda, a pochi centimetri dalle mie labbra.

«È reciproco.»

«Dillo. Voglio sentirtelo dire.»

Non nascondo il mio sorriso soddisfatto. No, invece gli farò vedere quanto mi piace questo gioco.

«Ti odio.»

Risponde al mio sorriso con un ghigno irritante. Poi mi spinge contro la parete di vetro e i nostri corpi bagnati si uniscono. Il suo peso mi schiaccia, la sua erezione punta contro il mio stomaco e le mie dita affondano nei suoi capelli bagnati.

«Dillo ancora.»

«Ti odio, Liam.»

«Bene» sospira «perché non ho mai odiato tanto una persona in tutta la mia vita».

Quando gli affondo i denti nel collo gli sfugge un'imprecazione.

«Stai zitto e baciami. Inizio ad annoiarmi.»

Una risata appena percettibile mi fa rabbrividire.

«No.»

«Come, scusa?»

«Hai capito bene. Non voglio essere il tuo giochino per sfogarti» ringhia, afferrandomi il collo. «Voglio essere quello che ti fa soffrire. Vuoi dirmi chi è la persona che mi toglie il piacere di metterti in questo stato? Perché solo io ho il diritto di farti sentire così. E sto pensando alla paura e alla rabbia che ho visto nei tuoi occhi. Se un giorno il cuore ti farà così male che vorresti che smettesse di battere, sarà la mia mano a strapparlo via.»

«Forse l'hai già fatto.»

Sotto il peso delle mie parole, mi lascia andare e fa un passo indietro. Dovrei sentirmi vulnerabile, qui, esposta a lui in questo modo, ma il suo sguardo non si sposta mai sul mio corpo. Liam mi fissa. È verde tempesta nel mio grigio lunare, come se nient'altro avesse importanza.

«Parlami» ordina, più dolcemente.

Non rispondo. Liam torna alla carica, ma contro ogni aspettativa il suo tocco diventa affettuoso. Il suo pollice mi sfiora lo zigomo, i suoi occhi accarezzano ogni angolo del mio viso.

«Quando ti guardo, vorrei farti male quanto tu ne hai fatto a me. Vorrei che sentissi lo stesso dolore, che la mia assenza ti impedisse di respirare. Eppure, c'è una parte di me, nel profondo del mio cuore, che continua a volerti proteggere. Quindi te lo chiedo di nuovo: cosa sta succedendo? Perché eri così spaventata?»

Mi si sta seccando la gola. Sento che tutti i miei segreti si riflettono nei miei occhi, quindi abbasso lo sguardo.

«Va bene. Sai dove trovarmi, se vuoi parlare.»

Ma non esce dalla doccia. Esita a darmi le spalle. E in quel lungo istante in cui i nostri occhi si incontrano, ho davanti a me il mio migliore amico. Quello che mi lasciava sempre l'ultima caramella alla frutta e l'ultima fetta di pizza, quello che mi consolava quando mia madre non rispettava le sue promesse. Siamo di nuovo sull'amaca a Carolina Beach, con la musica come nostra unica speranza. E lo sente anche lui. Per questo interrompe il contatto.

«Parto per Chicago. Morgan ti porterà le tue cose pulite e ti accompagnerà dove vuoi» mi dice, mentre si asciuga.

Chi è Morgan?

«È la mia guardia del corpo» spiega, come se mi avesse letto nel pensiero.

Poi esce dal bagno senza darmi il tempo di rispondere. Non so per quanto tempo rimango sotto questa doccia a ripensare agli eventi delle ultime ventiquattro ore, ma alla fine chiudo l'acqua e mi avvolgo un asciugamano attorno al petto.

16
Liam

Liam 15 anni - Luna 13 anni

Luna non apre bocca da diversi minuti. È completamente terrorizzata. Cam e Tee sono impegnati a fare la piovra gigante mentre cerco di convincerla a venire con me.

«Morirò se salgo lì sopra!» esclama, con gli occhi fissi sulle montagne russe. «Guarda, vanno a testa in giù!»

«Dai Lu, sarà divertente, lo giuro. Prometto di tenerti la mano per tutto il tempo. Allora, ci stai?»

«Oh, no. Stavolta non mi freghi. Possiamo fare un giro sulla ruota panoramica.»

Faccio finta di infilarmi due dita in gola per vomitare. La ruota panoramica è per gli anziani in libera uscita serale dall'ospizio.

«Tu puoi andare, ti aspetto dove le mie dita dei piedi possono toccare terra.»

«No, non vado senza di te.»

«Liam, te l'ho detto giorni fa.»

«No.»

«Sì.»

«No.»

«Sei noioso.»

«Testa di rapa.»

«Faccia da ratto.»

«Faccia da scoreggia rancida.»

Scoppiamo a ridere. La notte è ancora calda, sono felice, ma con un angolo della mente penso ancora a Charlie. Luna e io l'abbiamo implorata di venire con noi stasera, ma non è servito a niente. Preferisce restare nella sua stanza a chattare sui forum online. La cosa positiva è che i suoi terrori notturni sono diminuiti. Ma qualcosa è cambiato in lei e l'abisso che si allarga tra noi ogni giorno mi fa soffrire. In Inghilterra eravamo io e lei contro quel pezzo di merda di Mike. Oggi più cresce e più mi scivola tra le dita.

Luna mi tira per il braccio e interrompe i miei pensieri. Ovviamente ha capito che qualcosa non va, perché con il pollice liscia la piega tra le mie sopracciglia.

«Sei un fantastico fratello maggiore, lo sai, vero?»

Accidenti. Come fa? Indovina sempre cosa mi passa per la testa. E trova le parole giuste per calmarmi. Annuisco, anche se ogni giorno che passa mi dimostra il contrario.

La serata continua. Testiamo le attrazioni meno pericolose. Vinco per lei un peluche di Ariel, mentre Luna spreca tutti i miei gettoni nel tentativo di fare canestro al minibasket. Riesce a piazzare un solo tiro e io fingo di lamentarmi che le serate passate a insegnarle a giocare non sono servite a nulla. Le nostre dita si sfiorano mentre aspettiamo in fila fuori dalla casa dei fantasmi. Lei non sembra accorgersene, anche se il mio cuore batte forte. Io e Luna siamo molto tattili. L'odore della sua pelle non ha più segreti per me. Mirtillo, vaniglia e cocco. Le mie labbra hanno già baciato ogni centimetro del suo viso senza temere un infarto. Ma ora mi prudono le dita, la gamba sinistra si muove freneticamente per i nervi tesi. *Tienile la mano, lo fai ogni giorno, lei non noterà la differenza.* Oh, merda. Intreccio le mie dita alle sue. Questo semplice gesto mi emoziona al punto che sto per vomitare i churros sui suoi sandali dorati, ma Lu gira la testa e mi sorride. *Sorridi, maledetto Liam.* Ci provo, ma temo di produrre qualcosa di più simile a una smorfia. Lei aggrotta le sopracciglia.

«Non dirmi che hai paura dei fantasmi, Davis.»

«Vedremo chi passerà il tempo a urlare, Collins.»

Mi fa la linguaccia e sorride di nuovo. Un soffio di vento le smuove i bellissimi capelli biondi e penso che potrei morire per quanto è bella. Per riflesso o per desiderio, le sistemo una ciocca dietro l'orecchio e giuro che smette di respirare. Se anche lei fa pensieri strani come i miei, lo nasconde molto bene. Dal nostro bacio fallito non ci abbiamo più riprovato e, se devo essere sincero, non vedo l'ora di rifarlo. Ma non appena raccolgo il coraggio per proporglielo, la vocina nella mia testa torna a perseguitarmi. E quindi finisco a dovermi sforzare per non fissarle le labbra. Non voglio fissarle. Perciò distolgo lo sguardo e comincio a lamentarmi del tempo trascorso in questa maledetta fila, quando Luna all'improvviso esclama: «Una cabina per le foto!».

Ci precipitiamo dentro. Iniziamo con pose semplici, poi continuiamo con delle facce buffe. Si arrampica sulle mie ginocchia, mi mette la mano intorno al collo.

«Baciami sulla guancia» dice, sorridendo.

Deglutisco e acconsento. Il flash cattura il momento. Noto che ha la pelle d'oca e avverto una scossa elettrica in tutto il corpo. Restiamo a guardarci per diversi secondi. Non respiro più. Lei non sorride più. I nostri corpi smettono di muoversi e il tempo si ferma. Mi chiedo se le sue labbra abbiano il sapore dello zucchero filato che ha appena mangiato. Mi chiedo come reagirebbe se mi chinassi a baciarla. Il suo cuore minaccerebbe di esplodere come il mio? Probabilmente no.

Luna trattiene il respiro. E lo so perché il suo petto, che è proprio sotto il mio naso, non si muove. Ho l'impressione di star sudando dalle orecchie. Non sapevo che fosse umanamente possibile. Quando la mia mano le sfiora la guancia, i suoi occhi si chiudono e il flash scatta di nuovo. La nostra bolla è andata in pezzi. Luna inspira a fondo, poi corre fuori. Mi ci vuole un attimo per riprendermi. Poi la raggiungo ed esaminiamo le foto.

«Camille è innamorata di Tee» dice all'improvviso.

«Ah, sì? Te l'ha detto lei?»

«Pensi che dovrebbe dirglielo?»

Giocherella con le foto tra le dita, gli occhi fissi sulle unghie dei piedi dipinte di un blu iridescente. Ed è lì che, senza pesare le parole, rispondo: «Ho paura che rovinino la loro amicizia se provassero a stare insieme».

Quando alza la testa, per una frazione di secondo,

mi sembra di scorgere la tristezza nel profondo dei suoi occhi grigi. Le sue labbra formano un sorriso tirato.

«Hai ragione. È meglio che rimangano amici.»

Mi tende la mano, ma i suoi occhi sono sfuggenti. Ignoro la fitta al cuore, la prendo e vado con lei, sicuro che la seguirei fino ai confini della Terra, se me lo chiedesse.

17
Liam

Luna nel mio attico. Luna nuda nella mia doccia. La morbidezza dei capezzoli di Luna contro il mio petto. *Il suo piercing, cazzo.* Il calore della pelle di Luna. Il sorriso di Luna. I segreti di Luna. Tutte cose che devo dimenticare se voglio riconquistare le funzionalità del mio cervello.

Appena metto piede nella «Città del Vento», provo una miriade di sensazioni. Belle, brutte, spaventose, a volte soffocanti. A bordo della mia Aston Martin, percorro North Michigan Avenue e, come spesso accade, mi lascio trasportare dai ricordi. Non saprei dire se sono stato davvero felice in questa città. Per molto tempo mi sono lasciato trascinare dal vento, e non è un modo di dire. Vagavo senza meta, con il cuore devastato dalla tristezza e dall'odio, al punto che il rancore era la mia unica forza trainante. Maledicevo ogni singolo componente dell'ingranaggio della mia vita che mi aveva portato lì. Perso, distrutto. Solo.

Dopo il dramma abbiamo lasciato Carolina Beach. Non avevamo più motivo di restare. Niente aveva più senso. Così siamo arrivati a Chicago qualche mese prima che compissi diciotto anni. Ci ha accolti la mia madrina, Odessa Smith, la migliore amica di mia madre da quando si sono conosciute al liceo in un remoto villaggio vicino a Londra. Mia madre ormai era una pallida copia della persona che era stata un tempo, e anch'io mi lasciavo inghiottire dai miei demoni. Il college era un sogno lontano. Uscivo tutte le sere, andavo a letto con un'infinità di ragazze diverse, provavo tutti i tipi di droghe, dalle più leggere alle più pesanti. Mi spingevo costantemente al limite. La storia della mia famiglia e il tradimento di Luna mi avevano anestetizzato. Non volevo che il mio cuore ricominciasse a battere normalmente. O forse volevo morire per non essere più solo. Mi sono lanciato nelle risse e nei furti d'auto con Matteo. Spacciavo anche droga, finché non sono stato beccato dalla polizia. All'inizio mi divertiva che mia madre venisse a prendermi in commissariato. Almeno la facevo uscire di casa. Fino al giorno in cui Odessa prese il sopravvento. In quei casi facevo meno lo sbruffone. Odie Smith ha un pugno di ferro in un guanto di velluto. È la capa della più grande azienda di cosmetici della costa orientale, e con lei si deve rigare dritto. Fin dall'inizio ho capito che aveva grandi progetti per me e per molto tempo ho odiato tutto l'amore e le attenzioni che mi riservava. Non sopportava di vedermi affondare, ma io mi rifiutavo di guarire.

Una sera, dopo una rissa, finii di nuovo in commissariato. Avevo fatto una stupidaggine di troppo. Si avvicinava il mio diciottesimo compleanno e quando il poliziotto menzionò la parola prigione fu come ricevere uno schiaffo in faccia. Uno schiaffo che sapevo di meritare. Quella sera Odie impiegò più tempo per venirmi a prendere. Quella sera le lessi in faccia che non avrebbe resistito ancora a lungo. Quella sera, la delusione che vidi nei suoi occhi spense qualcosa in me. Lei era tutto ciò che mi restava, ero terrorizzato all'idea che si sarebbe arresa. Quella sera ho capito che non sarei tornato a casa. Due giorni dopo sono stato trasferito in un centro di detenzione a bassa sicurezza per giovani adulti. Tre giorni dopo, Odie mi ha dato un ultimatum. Sei mesi lì e due mesi di lavori socialmente utili, dopodiché sarei tornato a scuola, mi sarei diplomato, sarei andato al college e avrei imparato un mestiere. «Quello che vuoi, basta che tu sia felice» mi disse, tra le lacrime. «Devi smetterla di distruggerti. Non è quello che avrebbe voluto. Ti voglio bene come se fossi mio figlio, torna da me.» Quel giorno, nel parlatorio della prigione, mi vennero le lacrime agli occhi e avrei voluto abbracciarla e piangere come un bambino. Ma ero orgoglioso, non dissi nulla. Mi voltai e tornai in cella con le sue parole che mi riecheggiavano in mente. Dovevo provarci, per lei, per me. Rialzare la testa. Guardare avanti. «Se stai attraversando l'inferno, non fermarti.» Quattro mesi dopo ho conseguito il diploma per corrispondenza e sono entrato all'università, specializzandomi in Management della Produzione Musicale. Ho lavorato come un pazzo. Tre anni dopo ho fondato la mia prima etichetta discografica indipendente, che gestisco tuttora.

Il tanfo di tabacco mi assale le narici appena varco la soglia. Mi tolgo la giacca, la metto sull'attaccapanni e corro in soggiorno. Le tende sono chiuse, ma, a differenza della mia ultima visita, almeno sono state fatte le pulizie. Raccolgo i pochi vestiti sparsi per terra e li butto sul divano. Mi sfugge un'imprecazione quando incespico su un paio di scarpe col tacco sul pavimento. Apro il frigo e mi accorgo che è mezzo vuoto. Ci sono più bottiglie di birra che d'acqua, per non parlare delle confezioni di cibo da asporto ormai andato a male. Pesco l'unica bottiglia nascosta tra due barattoli di maionese e la bevo tutta.

«Ah, sei qui? Mi sembrava di aver sentito un rumore.»

Giro la testa al suono della voce strascicata.

«Sì, resto qualche giorno.»

«Le farà piacere vederti.»

Mi limito ad annuire.

«Perché non sei al lavoro?» chiedo, pregando che non si sia fatto licenziare.

Simon Haynes, fidanzato di mia madre da due anni, trascina la sua grossa pancia sul divano ad angolo in pelle nera.

«È il mio giorno libero.»

Lo fisso, sperando che sia la verità. Simon non è una cattiva persona, è solo insipido. Non ricordo di aver mai avuto una conversazione con lui che sia durata più di cinque minuti o che non riguardasse il baseball. Sembra un orsacchiotto rovinato di cinquant'anni. Forse è per questo che mia madre l'ha scelto. Si stirerebbe un muscolo se provasse a metterle una mano addosso. È un venditore, viaggia in tutto lo stato per vendere prodotti dietetici alle donne. L'ironia della cosa sembra sfuggire soltanto a lui.

«Sei qui per lavoro?»

Sempre la stessa domanda. Evitare di alzare gli occhi al cielo mi richiede uno sforzo sovrumano. Grugnisco in risposta, ma poi la mia attenzione viene attirata da un buco nel muro della cucina.

«Che diavolo è questo, Simon?»

Addenta un hamburger che non era sul tavolo quando sono arrivato. Sospetto che ne abbia sempre uno in tasca.

«Tua madre ha perso le staffe una sera perché mi sono rifiutato di lasciarla uscire con un tizio conosciuto lì su... Blinder» dice, con la bocca piena, alzando le spalle come se mi stesse raccontando la sua giornata.

«Tinder» lo correggo, senza sapere perché. «E ricordami, perché accetti tutto questo?»

«La amo» si limita a rispondere.

«Sì. Ti piace vivere qui gratis» mormoro tra me.

Ho comprato questa grande casa a mia madre appena la mia prima etichetta ha iniziato a fruttare. Ho realizzato il suo sogno di vivere in una zona chic della città. Una casa nuova di mille metri quadrati, cinque camere da letto, un ampio terrazzo, un giardino. Il mio unico desiderio era che ritrovasse la gioia di vivere, che si rimettesse in carreggiata. L'ho vista riprendersi a poco a poco, e poi ha incontrato Simon, l'orso di peluche. Sto per sgridarlo per il buco quando si sente il tintinnio di una chiave. Sarah Davis irrompe in cucina con un vestito più corto dell'aspettativa di vita del suo compagno. Lancia la borsa a terra e i suoi tacchi rimbalzano poco più in là, poi si dirige verso Simon e lo bacia sulla fronte. Quando si accorge di me sussulta.

«Cosa ci fai tu qui?»

«Ciao, mamma. Tutto bene, e tu?»

Le metto un braccio sulle spalle fragili e inalo il suo profumo familiare.

«Mi dispiace, non volevo offenderti. È che non mi aspettavo di vederti, di solito ci avverti. Tutto bene?»

Le spiego che sono in città per lavoro. Rassicurata, prende una birra dal frigo e la stappa sul bancone di marmo bianco.

«Avresti dovuto avvisarmi. Stasera esco con le ragazze e domani vado ad Atlantic City.»

Per «ragazze» intende le ventenni con cui lavora al Kitomi, un bar/ristorante karaoke sul River Grove. Mia madre ha quarantacinque anni, ma rincorre la gioventù uscendo con gente con meno anni di lei. Decido di trattenermi dal commentare il suo comportamento infantile.

«Non importa, ho un sacco di lavoro.»

«E non mi hai detto com'è andata a New York.»

Abbasso lo sguardo per un secondo, ma per fortuna lei non se ne accorge. Per ovvi motivi, mi guardo bene dal rivelare il ritorno di Luna nella mia vita. Se da piccoli mia madre accettava la sua presenza, da sette anni a questa parte il suo nome è bandito in casa. Come se il solo pronunciarlo potesse provocare una catastrofe irreversibile.

«Alla grande. E il tuo lavoro?» le restituisco la domanda.

Sempre le stesse conversazioni superficiali. La maggior parte delle volte ho l'impressione che ci guardiamo senza vederci. Chiudiamo un occhio davanti alla reciproca sofferenza sperando che scompaia per magia. Non siamo mai stati dei professionisti della comunicazione ed è solo dal ritorno di Luna che mi rendo conto che non stiamo vivendo. Sopravviviamo. Da sette anni facciamo del nostro meglio per tenere la testa fuori dall'acqua.

La ascolto lamentarsi del suo capo. Si è rimessa in carreggiata qualche anno fa, ma non è più riuscita a trovare lavoro come segretaria medica. Ha smesso di bere e di prendere sonniferi, ma non è bastato. Ora fa la cameriera in un ristorante giapponese e sono sollevato che questo mese non abbia avuto problemi.

«Anzi, puoi darmi dei soldi per domani? Così non devo passare al bancomat.»

Mi pizzico il naso e sbuffo per la frustrazione. Inutile dire che immaginavo che me l'avrebbe chiesto.

«Il mio commercialista ti invia un bonifico ogni mese. Cosa fai con i trentamila dollari che ti mando? Non paghi nemmeno l'affitto!»

«Ma pago il cibo, le bollette, i vestiti.»

«...e le tue uscite» sibilo tra i denti.

«A volte do una mano alle ragazze, se hanno problemi, aggiunge» come se l'argomento avesse valore ai miei occhi.

La fucilo con lo sguardo, ma lei non batte ciglio.

Quasi mi tende la mano per invitarmi a darmi una mossa. La donna che ho di fronte è la copia sbiadita della madre che mi ha accudito e coccolato. I drammi l'hanno trasformata in una persona che non riconosco più. Ma il mio cuore di bambino la riconosce eccome, e per questo tiro fuori il portafoglio dalla tasca dei jeans e prendo una delle mie carte di credito.

«Non ho contanti, ma questa dovrebbe bastarti per qualche mese.»

«Grazie, tesoro.»

Sono sempre il suo tesoro quando vuole convincermi. I suoi occhi si illuminano alla vista della carta con un plafond di sessantamila dollari a settimana. Ma non glielo dirò, non ha mai saputo gestire bene i soldi. E non le dico nemmeno quanto ho guadagnato dall'inizio di questa conversazione. Tra le due case discografiche, l'Arena e il ristorante francese in centro, conduco una vita più che agiata.

Mia madre si infila la carta nel reggiseno e va ad aprire la porta.

«Deve essere Katrelle.»

«Non dirmi che esci di nuovo» borbotta Simon, emergendo dalla sua orgia post-fast food.

Lei gli lancia un'occhiata e un attimo dopo Katrelle appare sulla soglia. I suoi pantaloncini cortissimi rivelano la curva del sedere. I folti capelli rossi le ricadono sulle spalle, gli occhi verdi sono vitrei, come se avesse passato la giornata a fumare. Ha l'aria di una ragazzina che ha già visto troppo per la sua età, anche se non ha più di ventidue anni.

«Ciao, vecchio maiale» grida all'unico vecchio maiale nella stanza.

«Non hai un cazzo da succhiare?» replica lui.

Andiamo bene. Continuano a scambiarsi insulti finché lei non si accorge della mia presenza. Come il novanta per cento delle volte che incontro una donna, il linguaggio del corpo mi dice già tutto, prima che apra bocca. Un tempo la caccia mi eccitava, vivevo per questi momenti, ma più sentono che hai potere, più diventano docili e dicono quello che pensano tu voglia sentire. E Katrelle non fa eccezione. Mi basta guardarla per capire che se sostenessi di essere in preda a una frenesia da cannibale, mi offrirebbe una parte del suo corpo senza pensarci un attimo. Il gioco non è più divertente. È tutto troppo facile.

«È mio figlio» esclama mia madre.

Katrelle lancia un gridolino acuto che mi fa rabbrividire. Wow, calma, ragazza.

«Hai un'etichetta musicale, vero?»

«Così pare.»

Lei spinge il petto in avanti. E nella mia testa inizia il conto alla rovescia. Cinque, quattro, tre...

«Sono una cantante, lo sai?»

Cavolo, non mi ha nemmeno lasciato finire. Facciamo progressi.

«Come tutti gli adolescenti di oggi.»

Non raccoglie il mio sarcasmo, e non riesco a fare a meno di pensare che Luna mi avrebbe già risposto per le rime. I nostri scontri verbali sono una delizia. Cazzo, perché ora sto pensando a lei?

«Canta davvero bene. Dovresti farla diventare una star» interviene mia madre.

«Mmh. Sì.»

«Posso inviarti una demo? Il mio stile è un mix tra Madonna, Nicki Minaj e Céline Dion.»

Lo stronzo che è in me si sta sbellicando dalle risate. È il mix più improbabile del mondo.

«Certo, la farò ascoltare a qualcuno.»

«Davvero?» strilla, saltando su e giù e facendo oscillare il seno in tutte le direzioni.

Sì, sarei felice di darla a Luna per farla incazzare. Potrei anche costringerla a farle firmare un contratto e metterle a lavorare insieme.

Stanco della conversazione, comincio ad allontanarmi da Katrelle, la quale, senza che me ne sia reso conto, ha invaso il mio spazio personale. Le sue lunghe unghie viola mi afferrano il polso per trattenermi.

«Sento una forte energia in te» dice agitando le mani in aria. «Sei nostalgico, intuitivo e intraprendente. Cancro?»

«No, sono in ottima forma.»

Simon ridacchia, Katrelle aggrotta la fronte, a quanto pare ha il senso dell'umorismo di un salmone, e mia madre non ha capito niente. Nell'attesa che colgano il mio sarcasmo, ne approfitto per scomparire in fondo al corridoio.

«Vado nella stanza di Charlie.»

È stato quasi impercettibile, ma ho visto il fragile corpo di mia madre irrigidirsi.

18
Liam

♪ *Not About Angels* - Birdy

♪ Ogni volta che entro nella stanza di Charlie ho un senso di angoscia che mi opprime il petto. Come se avessi tutto il peso del mondo addosso. È la consapevolezza che niente potrà mai cancellare il sentimento di impotenza, rabbia e senso di colpa che provo ogni giorno.

È tutto sempre allo stesso posto. Ha voluto ricreare la stanza di Carolina Beach. Le stesse pareti arancioni e bianche, gli stessi mobili, disposti in modo identico. I poster di gruppi musicali ormai sciolti sulla parete sopra il suo letto mi ricordano un tempo in cui eravamo spensierati.

La mia routine è sempre la stessa. Faccio scorrere le dita sui libri di testo impilati sulla scrivania e poi sui fantasy che leggeva ogni settimana. Soffio via il sottile strato di polvere e mi lascio cadere sul letto. Poi apro il cassetto del suo comodino per rileggere la lettera, ormai ingiallita dal tempo. Secondo Sarah mi sto facendo del male, ma non capisce che ne ho bisogno. Ho bisogno di ricordare quella sera, di capire cosa ho sbagliato, anche se ogni parola mi lacera una parte dell'anima. Come possono poche piccole frasi essere così distruttive? Accarezzo le parole che cerco di cancellare da sette anni: «Promettimi che starai lontano da Luna. Mi ha tradita, e un giorno farà lo stesso con te».

Mi ci erano volute settimane per dare un senso alla lettera. E quando ho capito che ci aveva traditi entrambi nel mio cuore è divampato un fuoco inestinguibile. Sono stato costretto a riconoscere che la ragazza che amavo non era la persona che pensavo che fosse. Come avevo potuto sbagliarmi così tanto su di lei?

Esausto, cerco di schiarirmi la mente. Il mio respiro si fa più pesante, le palpebre sbattono fino a chiudersi. Ormai tutto mi stanca. Il lavoro, mia madre, quella maledetta Luna. A volte penso che sarebbe tutto più facile se potessi abbracciarla e lasciarmi il passato alle spalle. Inalare il profumo dei suoi capelli, sentire il suo cuore battere contro il mio petto mentre ci addormentiamo, come facevamo prima. Ma che razza di uomo sarei se le perdonassi tutto, infrangendo la promessa fatta a mia sorella?

I miei muscoli si rilassano, il respiro si fa regolare e cado in un sonno profondo. All'improvviso una mano fredda mi copre la bocca e delle dita mi pizzicano il naso. Mi sveglio di soprassalto, inspirando una gran boccata d'aria. Il cuore mi batte forte nel petto, ma rallenta quando sento una risata familiare e cristallina.

«Funziona sempre» ridacchia.

Charlie è seduta sul bordo del letto, il corpo che sovrasta il mio. I suoi capelli lisci e biondi ora le arrivano alle spalle.

«Che cazzo, Char, stavo per morire.»

«Esagerato.»

Alza gli occhi al cielo, ma non riesce a non sorridere.

«Lo sai che odio quando mi svegli così.»

Mi tiro su. Come ogni volta, il suo sorriso affettuoso non sembra sereno. E questo dettaglio mi stringe lo stomaco. Avvicino la mano alla sua guancia e i suoi occhi azzurri si chiudono per un attimo.

«Come sta il mio fratello maggiore preferito?»

«Sono il tuo unico fratello.»

«E il migliore» aggiunge, con un sorriso.

Le sue parole mi fanno più male che bene, quindi cambio argomento.

«Tieni d'occhio la mamma?»

Il suo sguardo si incupisce, mascherando a malapena il suo conflitto interiore. La loro relazione è sempre stata tesa, da quando abbiamo lasciato l'Inghilterra.

«È complicato» dice, con un tono distaccato che non riconosco. «E poi tu mi riempi di lavoro.»

«Io? Impossibile. Sono un angelo.»

Lei ride, poco convinta.

«Liam, non riconosceresti un angelo nemmeno se ci andassi a sbattere contro.»

Infastidito, provo a pizzicarle i fianchi, ma lei non reagisce. *Mannaggia.* Invece mi prende la mano e inizia a tracciarmi dei cerchi sul palmo con l'indice. La sua carezza è così leggera che quasi non la sento, eppure il contatto è sufficiente a farmi venire i brividi.

«New York ti fa bene» sussurra. «Aspettavo questo momento da un sacco di tempo.»

Aggrotto la fronte, confuso.

«Di cosa stai parlando?»

«Bisogna proprio spiegarti tutto, eh?» chiede, alzando di nuovo gli occhi al cielo. «Senti, lasciati andare e ti prometto che andrà tutto bene.»

«Come?»

«Attento a scegliere bene di chi fidarti, Liam. Le apparenze ingannano.»

Sussulto. Mi sembra di aver già sentito questa frase.

«Puoi cercare di essere più enigmatica?» la prendo in giro. «Non capisco.»

Per tutta risposta, mia sorella si rannicchia contro il mio petto. Mi godo ogni istante, ogni sensazione che mi regala il semplice sentirla tra le mie braccia, perché non so quando avrò la possibilità di rivederla.

«Luna lavora con me» finisco per ammettere.

«Lo so.»

«Ce l'hai con me?»

Il suo silenzio peggiora la mia angoscia.

«Cerco di starle lontano, giuro, è solo che quando sono vicino a lei tutto si confonde.»

«Liam» sospira Charlie, improvvisamente irritata. «Le apparenze ingannano.»

«Non capisco. Cosa significa?»

«Le apparenze ingannano» insiste lei.

«Smetti di ripeterlo. Non è divertente.»

«Mi dispiace, ho rovinato tutto, niente è andato come volevo. Giuro che ci ho provato.»

«Char, smettila. Mi stai spaventando.»

«Apri gli occhi, Liam.»

«Char.» Sono nel panico, il cuore minaccia di balzarmi fuori dal petto. «Spiegami.»

Le sue pupille si muovono in tutte le direzioni, le lacrime mi offuscano la vista mentre inizia ad allontanarsi.

«Apri gli occhi.»

Non capisco. Il battito del mio cuore rimbomba in ogni parte del mio corpo. La tengo per il polso, ma lei scivola via.

«CHARLOTTE.»

Non riesco a respirare. Sto soffocando.

«CHARLOTTE, aspetta!»

Grido fino a perdere la voce, ma lei non si gira. Poi arriva il vento, un vento gelido che mi penetra nelle ossa.

«Liam.»

Davanti a me appare una sagoma sfocata, ma non vedo niente per colpa delle lacrime. Perché cazzo sto piangendo?

«Liam!»

Due mani salde si posano sulle mie spalle. Mi fa male tutto. Sento che la testa sta per scoppiarmi. Terrorizzato, balzo in piedi. Simon è di fronte a me, con espressione stordita.

«Dov'è?» Sono furioso.

Gli serro le dita attorno al collo, spingendolo con forza contro il muro. E stringo sempre più forte.

«Se n'è andata» farfuglia lui.

È paonazzo, con il sangue concentrato nel viso e gli

occhi fuori dalle orbite, eppure emana una sorta di calma olimpica, quasi come se sapesse che non gli farò del male. Lo lascio andare appena realizzo cosa sto facendo. Con lo sguardo incollato a terra, barcollo all'indietro, mormoro una scusa insensata ed esco di casa di corsa.

Che cos'è successo? Mi basta rimettere piede a Chicago perché vada tutto al diavolo. Questa città è maledetta.

No, io sono maledetto. Da me non viene mai niente di buono. Batto più volte i pugni sul volante, urlando di rabbia. Con le guance bagnate di lacrime, compongo il numero di Charlie. «Ciao, sono Charlie. Ho sempre il cellulare in mano, quindi se non rispondo è perché non siamo amici. Liam, se sei tu, sai dove trovarmi.» *Bip*. Muoio lentamente ogni volta che sento la sua voce. Riascolto il messaggio in loop finché non entro nel parcheggio del mio loft. Mi fermo un momento a respirare prima di prendere il telefono. Ignoro le chiamate e i messaggi che ho ricevuto oggi e resto con il dito in bilico sul suo nome. Quattro piccole lettere. Dovrei soltanto schiacciare un tasto per parlare con lei. Risponderebbe? Ho bisogno di sentire la sua voce. Di farmi calmare dai suoi poteri magici. Soltanto stasera. Soltanto… No.

Dio, sono esausto. Mi avvio verso casa con la sensazione di pesare una tonnellata. Lascio le mie cose nell'ingresso. Dal soggiorno mi arriva il suono smorzato della televisione. Il mio sguardo si posa sulla borsa e sulle scarpe abbandonate lì vicino.

«Sophy?»

«In soggiorno!»

Alza la testa quando avverte la mia presenza. Mi siedo accanto a lei sull'enorme divano di pelle nera. Ho appena avuto il tempo di respirare che si è già messa a cavalcioni.

«Che fai?»

Preoccupato per la sua reazione, provo ad allontanarla con delicatezza. Non so mai come reagirà al mio rifiuto o quale lato della sua personalità mi offrirà oggi. Agli estranei, Sophy Smith può apparire timida, perfino severa. In fondo è cresciuta piena di soldi. Ma io so chi è veramente. Il suo numero da ragazzina schiva è la merda che serve a sua madre, la mia madrina. La nostra convivenza forzata per alcuni mesi da adolescenti ha portato ad alcune attività poco cattoliche di cui oggi mi pento.

Le sue mani scivolano sotto la mia maglietta.

«Soph, per favore, fermati.»

Lei mi ignora e comincia a strofinarsi contro il mio pene, che si rifiuta di sollevarsi. Continuo a pensare agli eventi della notte, e a dire il vero, a prescindere da tutto, non la toccherei.

«Ti voglio. Non mi tocchi da troppo tempo.»

Un anno e mezzo, per la precisione.

«Hai dimenticato cos'ha detto lo psicologo?»

Smette di muovere il bacino.

«Sto bene, Liam. Venire a letto con te non mi farà ricadere nelle mie vecchie abitudini. Smettila di trattarmi come una povera, fragile creatura.»

Veniamo ai suoi principali difetti. Drogarsi e minacciare di uccidersi a ogni discussione, a ogni fastidio. Eppure, nonostante la nostra relazione complicata, non le ho mai voltato le spalle. In primo luogo, per paura che potesse rovinarmi, e in secondo luogo perché non mi perdonerei mai se le succedesse qualcosa di brutto. Quante volte sono arrivato di corsa quando mi chiamava in lacrime, pronta a uccidersi? Anche se, nei suoi momenti peggiori, il suo gioco preferito era minacciare di morte Luna. Per testare la mia reazione. Per sentirmi dire quanto odiavo Luna e preferivo lei.

Di fronte alla mancanza di reazione del mio corpo, Sophy afferra l'elastico che ha al polso e si raccoglie i capelli in una coda di cavallo.

«Così va meglio?» sussurra, con gli occhi pieni di desiderio.

Non ci vuole molto perché mi diventi duro. Sono un vero stronzo. La sua camicetta di seta nera si apre, rivelando i seni abbondanti compressi in un reggiseno bianco. Conosco fin troppo bene il sorriso vittorioso che le illumina il volto. Eppure, sappiamo entrambi che il mio desiderio non è per lei. «Fai finta che sia lei» mi ha detto un giorno. I suoi capelli biondi e il viso da bambola mi ricordavano quello che non avevo più. Cambiava solo il colore degli occhi, quindi chiudevo i miei. E immaginavo di perdermi nella mia migliore amica. Sophy era contenta di quello che le davo. Mi incoraggiava, alimentava la mia fantasia malsana. Ma oggi il senso di colpa ha la meglio. Se la mia madrina scoprisse come tratto sua figlia, il suo affetto per me si trasformerebbe in delusione. E non potrei sopportarlo.

«Sono stanco, Soph.»

«Non devi fare niente» dice, slacciandomi la cintura.

Metto le mani sui suoi fianchi.

«Ho avuto una nottata difficile.»

Sbatte le palpebre più volte quando si rende conto che non cederò.

«Ne vuoi parlare?»

Me lo chiede più per gentilezza che per sincero interesse. Non le importa cosa succede nella mia vita. Ed è una delle cose che mi piacciono di lei.

«Non proprio.»

Affonda il naso nel mio collo e io le accarezzo la schiena.

«Mi dispiace. Volevo solo vederti un'ultima volta» sussurra.

«Lo so.»

«Posso chiamarti?»

«Se ti danno il permesso, sì.»

«Stavolta ce la farò. Sarai orgoglioso di me. Tornerò più forte che mai. E finalmente potremo stare insieme.»

Il mio cuore manca un battito. Per fortuna si addormenta all'istante contro il mio petto, sollevandomi dal dovere di rispondere. La porto nella stanza degli ospiti e vado a chiudermi nella mia. Domani entrerà in riabilitazione a Miami e non mi vergogno di dire che il tempismo è perfetto. L'ultima cosa di cui ho bisogno è che lei e la mia madrina scoprano che Luna lavora per me.

19
Liam

Le apparenze ingannano. Apri gli occhi.

È da quando sono tornato in città che cerco di dare un senso a queste parole. Invano. Mi divorano dall'interno. Mi causano dei terribili mal di testa. Non ha senso. Ricordo alla perfezione quel giorno. Ogni volta che ci penso vorrei infilarmi una mano nel petto per strapparmi il cuore, quindi evito di farlo, per non impazzire. E quella conversazione non è mai avvenuta.

Stamattina arrivo con l'intenzione di spingere Luna al limite, per piacere personale, per sentirla lamentarsi e scatenare i suoi insulti da nonna. Mi dà fastidio pensare di aver bisogno della mia dose giornaliera di L.E.C. Anche le sue iniziali suonano come il nome di un farmaco. Di un veleno che vorrebbe diffondersi nelle mie vene. Un veleno che mi è proibito, ma che crea dipendenza. Solo che appena chiudo la portiera mi pento di non essere andato nel parcheggio sotterraneo come sempre.

La noto subito vicino all'ingresso. Come se non bastasse, quando il ragazzino che era con lei all'Arena due settimane fa le si avvicina con un sacchetto e una tazza, Luna lo abbraccia per ringraziarlo. Avverto una fitta al cuore. Con i pugni stretti lungo i fianchi, mi avvicino a loro per entrare nell'edificio. Una parte di me scoppia di gelosia, l'altra cerca di convincersi che se Luna troverà un ragazzo sarà più facile mantenere la mia promessa.

Avvicinandomi, non posso fare a meno di notare il vestito color rosso granata che le arriva appena sopra i polpacci. Così stretto che sembra una seconda pelle. Soffoco un gemito quando il mio sguardo cade sulle sue décolleté nere con il tacco YSL. E quasi cado svenuto quando vedo i capelli legati in una coda alta e ondulata. Da mozzare il fiato. Come se potesse percepirmi, Luna gira la testa verso di me.

«Collins, sei in ritardo» dico senza fermarmi.

«Allora anche lei.»

Quella bocca insolente. Ingoio la mia risposta tagliente e continuo a camminare. Attraverso le porte girevoli e dal riflesso del vetro la vedo baciare la guancia di quella specie di ragazzino. Vorrei bruciare tutto.

Mi chiudo nel mio ufficio per buona parte della mattinata a parlare con potenziali investitori. Mentre l'open space si svuota per la pausa pranzo, prendo il telefono e premo il pulsante tre. La sua voce mielata risponde al primo squillo.

«Sì?»

«Nel mio ufficio. Subito.»

Riaggancio senza attendere risposta. Mi tolgo la giacca e la appendo allo schienale della poltrona. Appoggio una natica sul bordo della scrivania, allento la cravatta, mi arrotolo le maniche della camicia bianca e aspetto. In lontananza sento il rumore dei suoi tacchi sul pavimento, ed è il miglior anestetico a tutti i pensieri che mi tormentano. Il colpo alla porta fa esplodere l'adrenalina.

«Entra e chiudi la porta.»

Distolgo per un attimo lo sguardo per rispondere al telefono che ha iniziato a squillare. Quando mi giro verso la mia ospite, però, mi ritrovo di fronte Flora, la mia assistente, visibilmente a disagio. *Che succede?* Apre la bocca per dire qualcosa, ma cambia idea quando alzo l'indice per farla tacere e alzo la cornetta.

«Liam Davis.»

«Amico, fai schifo come tutti gli altri» si lagna Matteo. «Salutare come i comuni mortali è troppo banale per te?»

«Fanculo è abbastanza banale per te?»

Ascolto gli insulti di Matt domandandomi dove sia finito il piccolo demone. Ho premuto il pulsante sbagliato? Ma no, era la sua voce.

«Ci vediamo in palestra verso le otto?»

«Mmh» borbotto.

«Hai un infarto?»

Non mi ero nemmeno accorto che stavo emettendo una specie di ruggito irritato.

«Alle otto» riesco ad articolare. «Devo andare.»

«Luna mi ha chiesto di portarle questo» mi dice Flora con un sorriso tirato, porgendomi un foglio.

Curioso, lo prendo. Aspetto di essere solo per aprirlo. E per poco non soffoco. È la conferma che questa donna è un demone inviato sulla Terra per farmi soffrire.

Preferisco mangiare ghiaia piuttosto che correre da te quando mi fai un fischio.

La frase è accompagnata da un disegno di me ai suoi piedi, vestito da cane.

Sì, disegna ancora bene.

Arrivo alla palestra di Matt di cattivo umore per colpa di Luna. Quindici minuti dopo inizio a riscaldarmi correndo sul tapis roulant. Con l'ultimo album di The Weeknd nelle orecchie, il mio sguardo vaga sui grattacieli scintillanti di fronte a me. Vedo l'interno di un loft dove un uomo sta cenando con sua moglie. Accanto a loro, un ragazzino li osserva con gli occhi pieni d'amore. Un bambino si agita sul seggiolone con le braccia tese verso la madre. La fitta al cuore che provo è patetica. È una scena banalissima che milioni di persone vivono ogni giorno. E la maggior parte di loro dà per scontati questi piccoli momenti di vita quotidiana. Un tempo anch'io non apprezzavo quanto fossi fortunato ad avere una famiglia normale, un posto in cui mi sentivo al sicuro, una sorella che credeva che fossi il fratello maggiore perfetto. Facevo i capricci quando mia madre mi chiamava per la cena. Preferivo stare fuori a giocare a basket o esercitarmi con la chitarra. La mia vita era felice e semplice, finché tutto si è fermato. Un giorno sono uscito da scuola felice, impaziente di dire a mio padre che finalmente ero riuscito a suonare un accordo alla chitarra, e ho trovato mia madre piangente e ubriaca. Mio padre se n'era andato. Non le ho creduto, perché il suo amore per lei era palese. E poi era il mio eroe, quello che catturava i cattivi e li metteva in prigione, che ci proteggeva. Non se ne sarebbe andato senza salutarci, senza salutarmi, senza lasciare un indirizzo. Mi diceva sempre che gli piaceva suonare la chitarra con me, insegnarmi le sue canzoni preferite. Ho continuato a non crederci e mi sono chiuso in camera mia per esercitarmi sugli accordi più difficili, così sarebbe stato fiero di me. E non ci credevo nemmeno il giorno dopo, quando Charlie mi svegliò piangendo, con i vestiti del giorno prima e il letto inzuppato di pipì. Non ci ho creduto mentre vestivo entrambi e preparavo il pranzo da portare a scuola perché mia madre non aveva la forza di alzarsi. E nemmeno quando ci siamo seduti sul portico di casa ad aspettare che ci accompagnasse a scuola, come ogni mattina. E neanche quando la signora Appleby, la vicina, ci ha svegliati dopo che ci eravamo appisolati, preoccupata di vederci lì fuori da tutta la mattina.

Mia madre non è mai uscita dalla sua stanza e mio padre non è mai venuto a prenderci. Ho un ricordo molto nitido del momento in cui il mio cervello alla fine ha ceduto. La chitarra di mio padre non era più nell'ingresso e in quel momento il mio cuore di sette anni si è spezzato. Mio padre ci aveva lasciati. Mio padre non ci amava più.

Aumento la velocità e la pendenza del tapis roulant finché non sento i muscoli surriscaldarsi. I miei polmoni sono in fiamme. Mi viene da vomitare. Il ricordo è ancora troppo vivido. La sua partenza mi ha inflitto ferite insanabili. Sono cresciuto pensando che le promesse d'amore non significassero nulla, che prima o poi tutti se ne vanno, e che, non importa quanto io sia buono o cattivo, non sarò mai abbastanza. Mia madre beveva tutti i giorni. Mi sono preso cura di Char finché mia madre non ha portato a casa Mike, tre mesi dopo. Sorrideva di nuovo ed ero felice di rivederla così. Ero tornato a essere il suo principe. Purtroppo, il nuovo re si rivelò essere il diavolo.

Accanto a me, Matt agita le braccia in tutte le direzioni. Faccio finta di non vederlo e mi concentro sulle mie sensazioni. Il mio respiro diventa sempre più affannoso. Quando si piazza di fronte a me, accigliato, riduco la velocità finché il nastro non si ferma. Mi tolgo gli auricolari dalle orecchie e mi asciugo il sudore dalla faccia.

«Stai cercando di prendere il volo?»

Mi limito a grugnire e mi avvio verso la sala pesi.

«Sei di buon umore, che novità» scherza, seguendomi.

«Giornata complicata.»

«Una risposta lunga più di due sillabe, addirittura? Maledizione, ci sarà un terremoto. Signorina» dice, fermando una ragazza che ci passa davanti, «se muore stanotte è colpa sua. Stia lontana dai mobili pesanti.»

La rossa gli lancia un'occhiataccia prima di andarsene. Chi può biasimarla?

«Per favore, puoi smetterla di parlare di morte con gli sconosciuti?»

Gli do un pugno sulla spalla. Quell'idiota scoppia a ridere e risponde che entro la fine dell'ora si sarà fatto dare il numero di telefono. Non ne dubito minimamente. Scuoto la testa e stendo l'asciugamano sulla panca per i pesi. Mi sdraio lì, con i piedi a contatto con il suolo. Matt si mette dietro di me per sicurezza e io afferro il bilanciere.

«Centoventi chili, sei sicuro, amico?»

«Sì.»

«Pronto?»

Annuisco. È la prima volta con questo peso. Voglio soffrire. Le prime ripetizioni sono facili, alla sesta i muscoli si contraggono e la sensazione di bruciore mi galvanizza. Inspiro e abbasso la sbarra, controllando il movimento fino al petto. Il viso mi si contorce per il dolore, ma le endorfine che mi scorrono nelle vene mi fanno sospirare di soddisfazione. Nonostante il battito del mio cuore mi sento su di giri, come dopo una canna. Mi fermo all'ottava ripetizione, poi Matt prende il mio posto e toglie venti chili.

«Allora, vuoi dirmelo o devo tirarti i peli del naso?»

«Andresti d'accordo con Luna» mormoro sottovoce.

«Cosa?»

Alzo gli occhi al cielo e mi ripeto.

«Andresti d'accordo con Luna. Avete tutti i vostri modi di dire che nessuno capisce.»

«Ah, mi chiedevo se avremmo mai affrontato l'argomento Luna.»

Prendo un paio di manubri da trentacinque chili ciascuno.

«Luna è un non-argomento.»

«Non sono d'accordo. Stiamo parlando dell'amore della tua vita. Eri in uno stato terribile quando ci siamo conosciuti. E tutto a causa sua.»

«Non solo» gli ricordo, guardandolo.

«Scusa, hai ragione. Ma voglio dire che ti ha ferito. Pensavi costantemente a lei. Ricordi la notte in cui mi hai detto: "Che senso ha respirare se non condividiamo la stessa aria?". Mi hai sconvolto, amico.»

«Chi ha detto che parlavo di lei?»

Muovo i manubri, ruotando le spalle per sollevarli. Matt mi fissa come per dire che devo averlo scambiato per un idiota. È vero. Stavo malissimo. Era il compleanno di Luna, ero andato via da due anni e mi mancava così tanto che mi faceva male respirare.

«Sei venuto ad allenarti o a guardarmi?» brontolo, con Matteo che continua a fissarmi.

«Non mi piace quando rimani bloccato nei tuoi pensieri.»

Il suo volto torna serio. È raro che mi senta così stupido.

«Allora smettila di parlarmi di Luna. Non c'è bisogno che mi ricordi che ero pazzo di lei. Credimi, non rischio di dimenticarlo. Il mio cervello, il tatuaggio e il fatto di vederla ogni giorno fanno già un ottimo lavoro.»

Matteo non si lascia intimidire dal mio tono e torna alla carica. Se non fosse il mio migliore amico, gli darei un pugno in faccia per avere pace.

«Dimmi cosa provi, sinceramente.»

Finisco la bottiglia d'acqua e mi siedo sulla panca. Di colpo mi sento debole. Con la testa sepolta tra le spalle, la verità mi sfugge dalle labbra. Come se aspettasse di essere detta ad alta voce da settimane.

«Mi fa incazzare. Non so come comportarmi con lei. È una lotta costante contro l'istinto di prenderla in giro e ridere con lei.»

Il mio migliore amico annuisce e mi raggiunge sulla panca. Dopo una lunga esitazione, gli racconto tutto. I nostri battibecchi, l'afterparty del compleanno di Samantha, l'episodio della doccia, la mia curiosità per quella strana telefonata. A ogni frase Matteo stringe di più gli occhi, si massaggia la nuca, e diverse volte trattiene le risate. Mi fa piacere che la mia vita sia un buon intrattenimento. Alla fine, ci guardiamo negli occhi. Aspetto una sua reazione, ma quell'idiota resta in silenzio. Gli lancio in faccia il mio asciugamano bagnato.

«Non hai niente da dire?»

«Un sacco di cose, ma sto cercando la formulazione meno offensiva.»

Si strofina la barba e io alzo gli occhi al cielo.

«Allora, sei l'imbecille più intelligente che abbia mai incontrato. L'idiota del villaggio, lo scemo di città.»

«Ah. Che carino.»

Scoppio a ridere.

«Ascolta.» Mi stringe la spalla e sento l'improvviso bisogno di allontanargli la mano. «Stando ai tuoi deliziosi e fin troppo lunghi aneddoti, ipotizzo che tu voglia tenere le distanze per poter mantenere la promessa, ma il tuo cuore sembra avere altri progetti. Quindi, o fai il grande passo con lei, oppure devi trovare il modo di non incontrarla così spesso. In ogni caso, prendi una decisione. Aggiungo anche che dovresti fermarti un attimo e chiederle conto di cos'è successo quel famoso giorno. Ho paura che esploderai a forza di rimuginare.»

Come ogni volta che le sue parole mi toccano troppo da vicino, mi comporto da scemo.

«Scusa, mi ero perso la tua laurea in Psicologia. Mi stavo masturbando.»

Matteo mi dà una pacca sulla nuca.

«Scherza quanto vuoi, ma ho ragione.»

«Il mio cuore non c'entra niente. Non sono più innamorato di lei.»

«Non ho detto che lo sei. Ho detto soltanto che stai giocando con il fuoco. So cosa ti scatena.»

Uno tsunami di emozioni devastante. Un incendio incontrollabile. Un odio soffocante. *Un desiderio pericoloso.*

Il biondo guarda oltre la mia spalla e saluta.

«Devo andare, Polly mi sta chiamando.»

È la responsabile dell'accoglienza in sala.

«Andiamo a caccia stasera?» chiede, sistemandosi una cravatta immaginaria.

«No, voglio andare a letto presto.»
La sua smorfia di disgusto mi provoca una risata.
«Non dirlo mai più. Ho quasi vomitato.»
«Stronzo.»

Di ritorno nel mio attico, accasciato sul divano, con la testa di Hendrix appoggiata sulle ginocchia, lascio che la chiamata dal centro di riabilitazione di Sophy venga inoltrata alla segreteria. Non ho la forza di affrontarla stasera. Le parole di Matt mi frullano per la testa. Sono sicuro di quello che sto facendo con Luna? Certo che no. Sto cercando di proteggere il mio cuore tenendola a distanza? Quale cuore? È lì, eppure il mio petto sembra vuoto. Forse ho voglia del suo corpo, di recuperare il tempo perduto, ma non le darò mai accesso al cuore. Si trasforma sempre più in pietra ogni giorno che passa. Non sentire nulla mi fa bene. Mi piace il mio personaggio cinico e senza cuore. *Niente può toccarmi*, mi rassicuro. Ma quando il cellulare squilla di nuovo e appare il nome della mia madrina mi sento esplodere la testa, perché so che dovrò affrontare le conseguenze delle mie decisioni.

20
Luna

Luna 13 anni - Charlie 11 anni

Busso due volte alla porta della camera di Charlie. Nessuna risposta. È venerdì sera. Il sole è appena tramontato, dovrebbe essere in casa. Riprovo, dopodiché abbasso piano la maniglia e infilo la testa oltre lo stipite della porta. *Pumpkin* è lì. Sdraiata a pancia in giù, con i piedi che dondolano in aria e le cuffie arancioni sulle orecchie. Per farle uno scherzo, come sempre, corro verso di lei e salto con entrambi i piedi sul letto. Per fortuna lei non sente niente, perché il suo grido di sorpresa mi spacca i timpani. Poi si accorge che sono io e scoppia a ridere. Mi lancio addosso a lei, e d'impulso Charlie scivola dal letto e ci fa cadere a terra. Rido così tanto che mi viene il singhiozzo. Senza fiato, restiamo a terra per riprenderci.

«Lulù, mi sono quasi fatta la pipì addosso.»

«Non è una novità, no?»

Torniamo sul letto, ma prima mi fa una boccaccia. Poi spegne l'iPod. Allungo la mano per prendere il diario che si è trascinata dietro cadendo. Il colore non mi sorprende. Arancione. È il suo preferito. Ed è abbastanza ovvio, se si guardano le pareti della stanza e le cuffie. Char si riprende il suo bene più prezioso e lo posa sul comodino. Di colpo il suo viso da bambola si illumina. La osservo incuriosita mentre si dirige verso il cassetto della scrivania. Tira fuori un altro diario.

«È per te. L'ho comprato una settimana fa, ma ogni volta mi dimentico di dartelo.»

«Per me?»

Perché mi commuove così tanto che mi abbia fatto un regalo? È grande all'incirca quanto un quadernetto, con un tramonto sulla copertina. Il colore predominante, tanto per cambiare, è l'arancione. I dettagli glitterati assumono colori diversi a seconda dell'inclinazione del diario.

«Grazie, *Pumpkin*.»

Le bacio entrambe le guance.

«Tu cosa scrivi nel tuo?»

Si sistema una ciocca di capelli biondi dietro l'orecchio.

«Dipende. I miei segreti, se durante la giornata è successo qualcosa di interessante. Ma la cosa che preferisco è scrivere racconti. Inventare storie. Mi piacerebbe diventare una scrittrice un giorno.»

Il suo sorriso si allarga.

«Pensavo volessi fare la collaudatrice di materassi.»

Charlie ride e nasconde la faccia nel cuscino.

«Ucciderò Liam» borbotta. «Avevo sei anni quando gliel'ho detto. Dormire era il mio passatempo preferito. Non ci credo che va in giro a raccontarlo.»

«Ebbene sì, tuo fratello è pazzo di te. Scommetto che potresti convincerlo a fare qualsiasi cosa.»

Ride come se stessi dicendo una sciocchezza, ma nel profondo sa che ho ragione. Suo fratello si lancerebbe nel fuoco per lei. Ogni sera alle dieci torna a casa per addormentarsi con Charlie. Per essere sicuro che stia bene. È il loro momento. Non mi intrufolo mai nella sua stanza a quell'ora.

«Tipo portarmi a un concerto in città?»

«È quello che stavi ascoltando quando sono entrata?»

Annuisce.

Ci accomodiamo a pancia in giù, appoggiandoci sui gomiti.

«È un gruppo rock di adolescenti che ho scoperto su Internet. Gli Ultraviolet. Abitano a un quarto d'ora da qui!» esclama, tutta entusiasta. «Sono sicura che un giorno diventeranno famosi. Non lo so, mi sento bene quando li ascolto.»

«Quando? Dove? A che ora?»

Le sue risposte mi preoccupano. Non perché Liam rifiuterà, ma perché bisogna avere almeno sedici anni per entrare in quel bar. Ma dato che i membri del gruppo hanno un'età compresa tra i diciassette e i ventuno anni, forse i buttafuori chiuderanno un occhio.

«Potrai chiederglielo presto, andiamo.»

«Dove?»

«I genitori di Tee sono fuori fino a mezzanotte, quindi abbiamo organizzato una serata con film horror in piscina. Per questo sono venuta a chiamarti.»

I genitori di Tee sono entrambi avvocati molto noti

in città. E casa sua è perfetta per le feste, perché è più grande e molto più bella delle nostre.

«Travis ci sarà?»

Giro la testa verso di lei. Riconosco quell'espressione. Guance rosse. I denti che sfiorano il labbro.

«Charlotte Ava Davis... Hai una cotta per il migliore amico di tuo fratello!»

Un cuscino in faccia mi spegne subito la risata in gola.

«Che bello!»

«Smettila! Tutte le ragazze adorano Tee. Riley ha cominciato a parlare con me soltanto perché ha scoperto che lo conoscevo.»

Riley è una delle sue amiche. La sua unica amica, a dire il vero. Carina, simpatica. Sono felice che la sua amicizia con lei stia andando bene. Anche gli incubi sono diminuiti.

«Lo so, sono troppo piccola, ma ti ricordo che Blake Lively ha undici anni di differenza con suo marito.»

«Vedo che hai fatto ricerche» la prendo in giro.

«Almeno ho il coraggio di ammettere che ho una cotta...»

La peste inarca un sopracciglio. Mi sono appena fatta fregare da una undicenne?

«Non so di cosa stai parlando» dico, alzandomi. «Muovi il culo, *Pumpkin*. Non ci aspetteranno.»

«Puoi farmi le trecce, per favore?»

Dico di sì e vado in bagno a prendere la spazzola che ha lasciato lì. Nel corridoio quasi mi scontro con sua madre. E la sorprendo a fare una smorfia, prima di rilassarsi.

«Mi dispiace, signora Davis, non l'avevo vista.»

Soltanto dopo averlo detto mi rendo conto che è l'unica tra le madri dei miei amici che non chiamo per nome. Trascorro più tempo qui che a casa mia, eppure non mi sono mai concessa questa intimità. In realtà non sono sicura di piacerle. Nella migliore delle ipotesi, tollera la mia presenza a casa sua. Per fortuna è quasi sempre al lavoro.

«Che ci fai qui? Liam non c'è.»

Okay.

«Lo so, sono venuta a prendere Charlie per portarla a una festa da Travis.»

«Non è un po' troppo giovane?»

Cosa pensa che abbiamo in mente? A parte abbuffarci, non sarà niente di che.

«Torniamo entro mezzanotte. Guardiamo soltanto un film e facciamo un bagno in piscina.»

Dalla sua stanza, Char mi chiede perché ci sto mettendo tanto. Vorrei saperlo anch'io. Sarah Davis mi scruta con espressione indecifrabile. Ho l'impressione che voglia dirmi qualcosa, ma non lo fa mai.

Torno dentro a pettinare Charlie con una strana sensazione e le prometto che domani la accompagnerò a comprare dei reggiseni. Il suo corpo si è sviluppato molto nell'ultimo anno. E so che si paragona ad altre ragazze la cui pubertà è meno visibile. Ma mi rattrista che Sarah Davis non si accorga che sua figlia ha bisogno di biancheria intima nuova.

Il fine settimana successivo, con il gruppo, abbiamo programmato un'altra serata da Tee per andare allo spettacolo degli Ultraviolet. Il buttafuori prova a respingerci, come previsto, ma io e Cam ci lanciamo un'occhiata e decidiamo di manipolarlo. Scoppiamo in lacrime davanti ai suoi occhi, inventando storie tragiche. *Bingo.* Dopo averci fatto promettere di starcene tranquilli in un angolo e di non bere alcolici, ci ha lasciati entrare. Charlie ha cantato tutta la sera. Cam e Tee non hanno litigato neanche una volta. E le braccia del mio migliore amico non si sono mai staccate dalla mia vita.

Il ritorno è stato meno divertente. Abbiamo perso l'autobus notturno. E per venirci a prendere abbiamo chiamato il genitore meno propenso a sgridarci, ovvero la madre di Camille. Ma l'avevamo sopravvalutata, perché siamo stati tutti puniti per la nostra imprudenza.

A oggi, rimane uno dei miei ricordi più belli con Charlie.

21
Liam

«Davis.»

«So che non voleva essere disturbato» dice la voce della receptionist. «Ma c'è una certa Odessa Smith che insiste per vederla.»

Porca pu…

«La lascio entrare?»

Faccio appena in tempo a rispondere che all'altro capo del ricevitore risuona la voce della mia madrina, evidentemente alterata. Sospetto che glielo abbia strappato dalle mani.

«Che sta succedendo, Liam Jude Davis? Come spieghi il fatto che devo chiedere il permesso per vederti?»

Esasperato, alzo gli occhi al cielo. Questa donna ama la commedia. Come al solito, riattacca senza darmi la possibilità di dire una parola. Dal rumore dei suoi tacchi sul pavimento, concludo che sto per passare un brutto quarto d'ora. E un secondo dopo, a conferma dei miei sospetti, la porta del mio ufficio si spalanca con uno schianto infernale.

«Pulcino mio!» esclama lei.

Mi sono sbagliato. È anche peggio. È di buon umore.

«Odie, ti prego, smettila con quel soprannome» la imploro, lisciandomi il completo tre pezzi blu scuro.

«Sarai sempre il mio pulcino.»

E mi abbraccia, ridacchiando felice come un'adolescente. Sulla cinquantina e con i capelli biondi corti, rimane una donna magnifica. I suoi occhi azzurri come l'oceano non lasciano indifferenti. O si amano o si temono. Odessa non si fa mettere i piedi in testa da nessuno. Con lei si riga dritto, punto e basta. E se sono qui, con il mio abito costoso, a fare un lavoro che amo, è grazie a lei.

«Non rispondevi ai miei messaggi» mi rimprovera mentre si siede.

«Sono molto impegnato.» È una bugia solo a metà.

Mi siedo sul bordo della scrivania per guardarla. Ho un buon motivo per evitarla, anzi due, anzi tre, e l'ultimo si trova a pochi uffici dal mio.

«A preparare l'incontro con gli investitori, spero.»

Eccoci qui.

«È tutto sotto controllo, Odie. Non hai nulla da temere. L'etichetta discografica sta andando bene.»

«Bene, mi fa piacere. Sai che mi fido di te.»

«E sei venuta a New York da Chicago per dirmelo?»

Incrocia le mani sulle ginocchia.

«Sono venuta perché l'ultima volta che sei stato a Chicago mi hai evitata.»

«Addirittura! Non esagerare, ero soltanto di passaggio. Ho avuto appena il tempo di masturbarmi» la prendo in giro, sperando di alleggerire l'atmosfera.

«Modera il linguaggio» sibila. «Temevo che ce l'avessi con me per aver costretto Sophy ad andare in riabilitazione. So quanto tieni a lei.»

Dovrei ringraziarti per avermi liberato di lei, in realtà.

«So che non è una ragazza facile, pulcino» continua Odie, «ma sono felice che tu ti prenda cura di lei. Sai che aspetto soltanto una cosa. Che lei guarisca così che voi due possiate finalmente darmi dei nipoti.»

La saliva mi va di traverso. Ma spero che nulla nella mia espressione lasci trasparire che l'idea mi dà il voltastomaco. I suoi piani sono sempre stati chiari. Io e Sophy finiremo insieme. E il fatto che mi abbia sorpreso a sgattaiolare fuori dalla sua stanza di mattina presto, anni fa, non ha aiutato. Quando ha insinuato qualcosa a proposito del fatto che eravamo innamorati, non ho mai osato dirle che la sua adorata figlia mi era servita solo per svuotarmi le palle e che non mi sarei mai innamorato di una stronza manipolatrice come lei.

Mentre dentro di me infuria una tempesta, i suoi lineamenti si addolciscono e i suoi occhi brillano di orgoglio. Per una volta, vorrei urlarle: «Perché non te ne prendi cura tu?». Ma nemmeno questo servirebbe. Nel profondo, mi stupisce sempre quanto poco conosca sua figlia. Satana sarebbe più empatico di Sophy, ma per Odie sua figlia è semplicemente «esuberante». Per calmare i nervi, prendo il pacchetto di sigarette dalla scrivania. Ho bisogno di sentire la nicotina che mi pizzica la gola. Ma Odie me lo strappa dalle mani e finisce a terra.

«Almeno abbi la decenza di rispettarmi. Anzi, ora che sono qui, che ne dici di farmi fare un giro per mostrarmi cosa sei riuscito a fare?»

Sento che l'ossigeno mi sta abbandonando i polmoni e l'unico modo per respirare sarebbe fumare una sigaretta. Ironico, lo so. Lancio un'occhiata all'orologio a muro dietro di me. Sono quasi le dodici e trenta. Luna non è ancora andata in pausa pranzo con Kimberley. Girare per i corridoi con Odie sarebbe un suicidio.

«E se andassimo prima a mangiare qualcosa?» suggerisco. «Sto morendo di fame, stavo per fare una pausa.»

«Fammi vedere almeno uno degli studi. Ho sentito che hai ingaggiato un'artista promettente. Quella con il nome di un fiore. Come si chiama? Ne parlano tutti.»

Ovviamente.

Invece di rispondere, prendo il portafoglio e le porgo la borsa per incoraggiarla a uscire.

«Odie, hai appena fatto un lungo viaggio. Andiamo a pranzo nel mio ristorante e stiamo un attimo tranquilli. Ti racconto tutto mentre assaggiamo il pesce cucinato da Michel. Ti ho parlato di lui, è il mio nuovo chef francese.»

Alzati, ti prego. Sospiro di sollievo quando lei inizia a muoversi verso l'uscita. Ma proprio in quel momento la porta si apre ed entra Luna.

Porca puttana.

«Liam, visto che me l'hai chiesto così gentilmente,

ecco il programma delle prossime sessioni di registrazione di Orch…»

Luna tace di colpo quando si accorge che ho compagnia.

«Quando ti deciderai a bussare?» sbotto.

Lo sguardo della mia madrina si sposta da Luna a me, incupendosi. Sento gli ingranaggi del suo cervello supersonico che rimettono insieme i pezzi.

«Mi dispiace» si scusa Luna, disturbata dalla durezza della mia voce. «Lo darò a Flora.»

Gira i tacchi, ma il mio karma negativo ha altre idee.

«Aspetti» tuona Odessa. «Come si chiama?»

No.

Il mio cuore salta un battito. Cerco di lanciare un'occhiata a Luna per farle capire di uscire in fretta. Purtroppo, però, tutta la sua attenzione è rivolta alla mia madrina. Si avvia verso di lei, con aria innocente e la mano tesa, senza sospettare minimamente di aver appena messo piede nella tana del diavolo.

«Sono Luna Collins.»

Odessa guarda la sua mano tesa come se Luna fosse portatrice di una malattia contagiosa. Il disgusto le contorce il viso, poi arriva la rabbia. Di fronte a lei, il mio piccolo demone percepisce il cambio di atmosfera. Una delle cose che temevo di più al mondo si sta svolgendo davanti ai miei occhi e nulla di ciò che dirò potrà impedire la catastrofe. Gli occhi di Odessa ardono di rabbia. Le sue pupille mi trafiggono come una lama.

«Liam, cosa ci fa qui questa persona?»

«Chiedo scusa? Ci conosciamo?»

Rivolgo subito la mia attenzione a Luna, pregandola in silenzio di non dire altro. Supplico tutti i santi che riceva il mio messaggio. La prego con tutte le mie forze di lasciar perdere. La imploro con gli occhi. Ma lei non si muove, non batte ciglio. So che per lei è difficile non difendersi. Alla fine, mi lancia uno sguardo che significa «mi aspetto una spiegazione» e si avvia fuori. Sospiro di sollievo, ma dura poco.

Una volta chiusa la porta, l'uragano Smith non vede l'ora di abbattersi su di me.

«Ti ho fatto una domanda.»

«Lavora qui» farfuglio, alzandomi.

Cammino avanti e indietro sotto il suo sguardo furioso. Mi faccio piccolo, nonostante il mio metro e novanta. Tutto il disprezzo che prova nei confronti di Luna è stampato sul suo volto.

«L'hai assunta tu?»

«No, era già qui quando sono arrivato.»

«Allora licenziala» si infervora. «Non la voglio qui. Non ti ha già ferito abbastanza?»

«Non l'ho dimenticato» brontolo, sul punto di esplodere. «E ci ho provato, ma il suo contratto è intoccabile.»

«Coinvolgerò il mio avvocato.»

Merda. Perché mi sono sentito come se mi avessero dato un pugno nello stomaco quando ho immaginato Luna che preparava le sue cose per andare via?

«Lasciami gestire la mia azienda come voglio. Sono io il capo e sono io a decidere chi resta e chi va. Possiedo il cinquantuno per cento delle quote di questo posto, e

Luna non va da nessuna parte. Senza di lei, Orchid non avrebbe mai firmato. E non la incontro quasi mai.»

«La *tua* azienda? Grazie a chi sei qui oggi, Liam? Ti ho dato tutto. Ti ho aiutato e ti ho sempre trattato come un figlio. Ed è così che mi ringrazi? Non dimenticare che ho ancora il potere di cambiare tutto. Non farmi ripetere, sbarazzati di quella seccatura.»

Tutto il sangue del suo corpo è concentrato sul suo viso, mentre il mio ribolle sotto la pelle.

«Odie, con tutto il rispetto, non insultarla mai più davanti a me.»

Il mio tono è calmo, freddo, eppure Odie fa un passo indietro, con una mano sul petto, come se le avessi dato uno schiaffo.

«Gesù, ti ha già incasinato il cervello.»

«Non esagerare» mi irrito. «Mi prendi per un ragazzino?»

«È per questo che non hai più tempo per rispondere ai miei messaggi? E Sophy? Cosa ne pensa di tutta questa storia?»

Di fronte al mio silenzio, mi rivolge un sorriso sprezzante.

«Come pensavo.»

Cazzo. Mi avvicino a lei, le metto le mani sulle spalle e le do un bacio sulla fronte.

«Senti, è una dipendente come le altre. Fidati di me» sussurro. «Non c'è pericolo che dimentichi il passato. E al primo errore la licenzio.»

«Devo andare» dice all'improvviso.

«Odie» sospiro.

Si avvia verso la porta, ha fretta di uscire. Non sopporto la delusione sul suo volto.

«Non dimenticare il male che ha fatto alla nostra famiglia, Liam. Quel tipo di ragazza cerca soltanto i soldi. Smetti di pensare con il pisello e usa il cervello. Non penso sia una coincidenza che sia venuta a lavorare per te dopo che sei riuscito a farti un nome. Ti creerà solo problemi» aggiunge, prima di lasciare la stanza.

Il mio cervello sa che ha ragione, ma il cuore...

22
Luna

♪ *Maybe It was Me* - Sody

Mamma canta sempre per papà. Li guardo ogni mattina, seduta in fondo alle scale. Ridono come bambini. Lui la guarda con le stelle negli occhi. Lei lo guarda come se fosse un re. Vorrei che guardasse me in quel modo. Con amore. Papà dice che l'amore tra figli e genitori è diverso. Dice che la mamma mi ama. E gli credo, perché è mio padre. Si alza per ballare con lei. Si stanno baciando. Chiudo gli occhi. Che schifo. Smettila di fare la bambina, mi rimprovera mamma. Ma è una bambina, sussurra papà. Mi prende e mi fa volteggiare tra le sue braccia. Penso che a mamma non piaccia quando papà balla con me. Poi la mamma non canta più. Se n'è andata. Niente più canzoni. Niente più risate. Solo silenzio. Odio il silenzio. Ho paura. Mi fischiano le orecchie. Voglio strapparmele. Sento il battito del mio cuore. Debole, pronto a fermarsi. Sto male perché papà è triste. Lo sento camminare per i corridoi. Non dorme più. Non tornerà, mi ha detto papà, ma io non vado da nessuna parte. Gli credo, perché è mio padre.

«Lulù, svegliati.»

Mi sveglio di soprassalto. Mi ci vuole un attimo per ricordare che sono a letto a New York e non a Carolina Beach. Sotto lo sguardo preoccupato di Camille, seduta sul bordo del letto, mi asciugo il sudore che mi imperla la fronte con il dorso della mano.

«Stavi piangendo nel sonno» dice, preoccupata.

Mi porto le mani al viso. È bagnato di lacrime.

«Sicura di stare bene, Lulù? Forse è meglio se resti a casa.»

Faccio una smorfia e mi tiro a sedere.

«Sto bene Cam» la rassicuro. «E poi, ho un sacco di cose da fare oggi prima delle sessioni di registrazione di Orchid, tipo chiamare il suo avvocato che mi angoscia per rivedere alcune clausole. Non posso restare a letto per un incubo.»

«Arriva fra poco, vero?» ipotizza la mia amica, ignorando le mie deboli scuse.

Mi sento il cuore in gola.

«Non c'entra niente Emma. Sono stressata di più per la tizia che ho incontrato ieri nell'ufficio di Liam.»

«Ti ha detto chi era?»

Scuoto la testa.

«Mi ha evitata per il resto della giornata, ma secondo le voci di corridoio è la sua madrina. Alcuni l'hanno vista uscire in fretta e furia e di pessimo umore. Comunque, devo andare a lavorare. Sempre che abbia ancora un lavoro» scherzo.

«Chiamami se hai bisogno di sbarazzarti di un cadavere.»

«O due.»

Ed è questo che faccio tutta la mattina. Lavoro. Mi concentro su questioni burocratiche per non pensare a mia madre, che arriverà presto a New York, e alla spada di Damocle che mi pende sulla testa. Soltanto che non riesco a smettere di pensarci. Non so perché continuo a rivivere il giorno in cui se n'è andata. Non sono più una ragazzina, la mia infanzia è stata bellissima nonostante la sua assenza. Ma appena cerca di avvicinarsi, mi richiudo nel mio guscio. È il mio meccanismo di difesa. La spingo via prima che possa farlo lei. Attacco prima di restare di nuovo delusa. Non so più quante volte avrei voluto chiederle se ne è valsa la pena, andarsene. Scegliere la sua schifosa carriera che non è mai decollata invece della sua famiglia. Mi rendo conto che non tutte le donne hanno l'istinto materno, ma lei non ci ha nemmeno provato. Non mi ha mai voluta, e non me l'ha nascosto.

Mi fermo a guardarmi allo specchio del bagno. Mi sono chiesta spesso come abbia fatto mio padre a continuare ad amarmi. Odio il fatto di assomigliarle così tanto. Odio il silenzio che ha lasciato dietro di sé. *È il passato, Luna. È solo un grembo che ti ha tenuta al caldo.* Ingoio le lacrime che trattengo da stamattina, mi rifiuto di soffrire anche soltanto un secondo di più.

Mentre torno nel mio ufficio per recuperare la borsa e andare a pranzo con Tee, mi sento chiamare da Benji, un tizio delle comunicazioni.

«Ehi, Luna!»

«Ehi!» rispondo, con lo stesso tono. Il suo sorriso è contagioso.

«Volevo chiederti se ti va di venire a pranzo con me.»

Ha un forte accento francese che trovo molto carino. E si passa nervosamente una mano tra i riccioli biondi nell'attesa della mia risposta. Mi preparo a rifiutare con delicatezza quando una voce profonda alle mie spalle dichiara: «È impegnata».

Non ho bisogno di voltarmi per sapere a chi appartiene. Liam si permette di comparire dal nulla e di parlare a mio nome, e la mia anima femminista a quanto pare non sa come reagire. In piedi accanto a me, immobile come una statua, riesco a percepire il calore del suo corpo anche se non mi tocca. È come se il suo sangue avesse lasciato il posto alla lava. Sta ribollendo dall'interno.

«Magari domani?» insiste Benji.

L'atmosfera è tesa. Mi viene quasi voglia di fargli un applauso per non essere scappato.

«Sarà impegnata anche domani.»

«E apprezzerebbe che non si parlasse di lei come se non fosse presente» sbotto. «Grazie per l'invito, ma oggi non ho tempo di pranzare.»

Benji mi fissa, ma alla fine si ritira.

«Ok… ehm. A presto, Luna. Mi dispiace averti disturbata.»

♪ Lui si allontana e io resto interdetta dall'atteggiamento possessivo di Liam, il quale, senza aggiungere altro, entra nel suo ufficio e si chiude la porta alle spalle. Mia madre, la sua madrina e il suo comportamento da cavernicolo mi stanno facendo impazzire. Ne ho più che abbastanza dei suoi sbalzi d'umore e delle persone che si permettono di decidere per me. Mi precipito nel suo ufficio senza bussare e mi sbatto la porta alle spalle con uno schianto assordante. Sa che sono io, ma non fa nemmeno lo sforzo di alzare lo sguardo dal computer. No, è troppo orgoglioso. La sua calma si scontra con il mio caos interiore. Esplodo.

«Non osare mai più parlare a mio nome.»

Silenzio.

«E guardami quando ti parlo» aggiungo, alzando la voce.

Finalmente solleva la testa. Così lentamente che mi si rizzano i peli sulla nuca. Ed è allora che noto i dettagli. Le occhiaie scure, i capelli leggermente arruffati, come se si fosse appena alzato dal letto, la carnagione pallida. Il suo sguardo incontra il mio e non vedo nulla, tranne freddezza, ma diversa dal solito. Letale. Malsana.

«Perché sei qui, Luna?» chiede con calma. «Intendo qui in azienda. È una coincidenza che lavori per me?»

Il suo accento inglese diventa più marcato quando è arrabbiato. E stavolta era così pronunciato che ci ho messo un po' a capirlo. Il mio cervello è riuscito a distinguere le parole a una a una, ma non a metterle insieme. Di fronte al mio silenzio, si slancia verso di me, allargando le narici.

«Perché sei qui?»

«Non capisco la domanda. Che succede Liam?»

Si passa la mano tra i capelli e cammina avanti e indietro. Qualcosa lo tormenta e sento l'istinto di aiutarlo.

«Sei licenziata» sbotta all'improvviso. Lo stomaco mi scende nelle scarpe.

«Come?»

«Non farmi ripetere.»

La rabbia mista al panico crea un'ondata di adrenalina nelle mie vene.

«È per via della tua madrina? Ti ha chiesto di licenziarmi? Sul serio, Liam, vuoi ascoltare…»

Lui si ferma.

«Non ti volevo più qui da tempo.»

Crac.

«Le sessioni di registrazione con Orchid iniziano tra due giorni. Mi hai detto che ti fidavi di me. Poi si presenta lei e tu mandi tutto all'aria. Di cosa mi incolpa?»

«Me lo stai chiedendo sul serio?» si infervora, come se la mia fosse una domanda stupida. «Lei sa tutto, Luna.»

Il mio cuore manca un battito. Sono stanca di tornare sempre allo stesso punto.

«Ci sono sempre due versioni di ogni storia, Liam.»

Torna di fronte a me.

«E qual è la tua? Eh? Ti ascolto, Luna. Illuminami. Dimmi cosa mi sono perso. Dimmi perché non mi hai risposto quando ti ho lasciato un messaggio vocale in lacrime e poi sei tornata fresca come un fiore una settimana dopo.»

La verità si agita nel mio cervello, creando una cacofonia insopportabile. Con il petto ansante e lo sguardo implorante, il mio migliore amico d'infanzia mi tende una mano per porre fine alla nostra miseria. Ma le parole mi restano bloccate in gola. Il respiro mi muore nei polmoni.

«Ecco, proprio come pensavo» sospira, deluso. Si avvicina al minibar e si versa un bicchiere di whisky. «Odessa vuole coinvolgere i suoi avvocati. Se ti vuole fuori di qui, prima o poi accadrà» dice, rassegnato.

«Allora combatti per me» replico. «Pensavo che le cose andassero meglio tra noi. Che saremmo riusciti a comportarci in modo professionale.»

Vuota il bicchiere in un sorso. E la sua risatina mi fa gelare il sangue.

«Pensavi che le cose andassero meglio tra noi? E su che basi? Perché abbiamo avuto un paio di conversazioni cordiali? Perché ti sei strofinata contro il mio cazzo sotto la doccia?»

Un'ombra offusca il suo sguardo. Affondo le unghie nei palmi per non tirargli un ceffone. Non si libera del suo sorriso meschino. Alzo il mento per sfidarlo.

«Non è perché non mi vuole che mi licenzi» sibilo. «Ti stai liberando di me perché vuoi sfuggire al nostro passato, vero? Sei un codardo, Liam.»

Si passa una mano sulle guance prima di scoppiare in una risata minacciosa.

«Ti butto fuori perché non mi piace più giocare con te.»

«Giocare? Quindi la mia carriera è un gioco per te? Da quando sei diventato così odioso?»

Mi pento subito della mia domanda, perché lui alza gli occhi verso di me e li fissa nei miei così intensamente da inchiodarmi sul posto.

«Da quando ho commesso l'errore di innamorarmi di una persona egoista. E uso questa parola per gentilezza.»

Liam sputa la parola «innamorarmi» con così tanto disprezzo che mi vengono le lacrime agli occhi. Allora è così che mi vede. Pensa che sia egoista.

«Ho commesso *un* errore, Liam. *Uno*. E me ne pento ancora oggi. Avrei dovuto essere lì per te e per Charlie. Ma non sono più la stessa, e nemmeno tu. Potremmo provare a essere amici, per il bene dell'etichetta.»

«Stai zitta, Luna. Stai zitta! Non voglio essere tuo amico. Mai più, capito? Le tue parole non hanno più valore. Sei ovunque. Vederti mi fa incazzare. Il tuo sorriso. Il tuo profumo. Sentire la tua risata ogni volta che metto piede nella mia maledetta azienda.»

Il silenzio che segue è assordante.

«Molto bene» dico, con calma. «Dato che mi licenzi, porterò Orchid con me, e sai che mi seguirà. Credo che la sua carriera andrà meglio senza uno stronzo come te a capo della sua etichetta.»

Con il cuore a pezzi, mi giro per lasciare questa stanza soffocante. Ma mentre sto per aprire la porta, Liam mi spinge contro il muro. La mia schiena colpisce la superficie dura, facendomi sussultare dal dolore. Le sue dita forti mi stringono il collo per tenermi ferma.

«Come mi hai chiamato?» sibila, vicino al mio viso.

«Dovresti stringere più forte. Mi piace quando fa male.»

Lui obbedisce, aumenta la pressione e so che sente il mio battito pulsare contro il suo pollice.

Quindi sorrido.

«Sei uno stronzo» ripeto. «Ti piace farmi male? Puoi provarci, ma ti avverto, ho la pelle dura. Non sei il primo e non sarai l'ultimo. E mi rialzerò sempre.»

Le sue dita lasciano la mia pelle così bruscamente che il mio corpo rimbalza contro il muro. Si muove in tutte le direzioni, cammina avanti e indietro, borbottando sottovoce parole che non capisco prima di tornare davanti a me, i pugni stretti lungo il corpo muscoloso.

«Sei scappata, Luna!» grida. «Quando avevo bisogno di te, te ne sei andata!»

«E sono tornata appena ho potuto» urlo più forte di lui.

Il suo viso si contrae per la rabbia, la vena del collo è pronta a scoppiare.

«Soltanto quando ti ho supplicata di farlo. Se avessi mantenuto la promessa fatta a me e Charlie, non saremmo qui. E visto che sono un idiota, posso anche fidarmi di te al lavoro, ma fuori da qui non lo farò mai più. Non ti permetterò mai di avvicinarti abbastanza da…»

Spezzarmi il cuore.

Un grido di frustrazione mi brucia la gola e non riesco a trattenere le lacrime. Le sento scorrere sul viso. Un perfetto riflesso di quello che sta succedendo dentro di me. Liam rimane stoico per qualche secondo, poi fa un passo esitante verso di me e alla fine torna indietro, come se avesse paura di toccarmi.

«Non piangere» mi implora a denti stretti.

Finalmente colma la distanza tra noi. Le sue mani stringono il mio viso e la sua fronte trova la mia.

«Non sopporto di vederti piangere. Per favore, smettila.»

Ma non mi fermo. Sto versando tutte le lacrime che ho trattenuto dal suo ritorno. Il mio cuore minaccia di smettere di battere, ma è quello che fa dopo a spezzarlo definitivamente e poi a rimettere i pezzi insieme. Liam mi inclina la testa per portarmi gli occhi all'altezza dei suoi e poi le sue labbra catturano le lacrime che mi scendono lungo le guance. A una a una. Come prima.

«Luna...»

«Mi hai detto che mi amavi e te ne sei andato senza darmi la possibilità di spiegare» singhiozzo.

Stringe le mani intorno al mio viso, continuando ad accarezzarmi delicatamente le guance e il mento.

«Ora sono qui» aggiunge, così piano che non sono sicura che le sue parole siano rivolte a me.

Faccio un respiro profondo e rispondo: «Anch'io».

Per un attimo mi chiedo se sto sognando, perché il tempo sembra essersi fermato. Mi rendo conto che è tutto reale quando la sua bocca mi scivola lungo il collo. Il suo pollice mi accarezza gli zigomi, poi le labbra. Il mio battito accelera, le mie labbra tremano di desiderio mentre lo guardo lottare contro una forza invisibile.

«Non piangere mai più per me, Luna.»

Scusa se me ne sono andata, vorrei dirlo per la millesima volta, ma invece sussurro: «Baciami».

Le nostre fronti sono ancora incollate, Liam chiude gli occhi come se le mie parole lo colpissero dritto al cuore. E la sofferenza che vedo sul suo viso è anche la mia.

«Devo sapere se è...»

«Ancora così potente» conclude lui.

«Sì.»

«Non chiedermelo» sussurra, aprendo gli occhi.

Le sue iridi verdi, come un lago, riflettono tutta la sua disperazione, tutto il desiderio che reprime. Bruciante. Devastante. Lo sta consumando lentamente.

«Non posso, Luna. Se inizio, non riuscirò a fermarmi. Perché lo so. Lo so. Non ho bisogno di baciarti per sapere che mi manderà il cuore in pezzi.»

«Non andrò da nessuna parte, Liam» dico, scostandogli una ciocca di capelli dalla fronte. «Non vado da nessuna parte.»

Tutto il suo corpo trema, le barriere si sgretolano e Liam mi bacia. Implodo lentamente, dolcemente. È come se tornassi a respirare dopo anni. L'intensità e la passione del suo bacio mi prendono fino alle viscere. Come quando ascolto una musica che mi trascende, ho l'impressione che mi sia stato strappato il cuore e che lui lo stia rimettendo a posto. Il suo cuore batte in simbiosi con il mio. Le sue labbra mi fanno sentire come se volassi. Vorrei che non si fermasse mai. La sua lingua sfiora la mia e gemiamo in contemporanea. Un suono che vale più di mille parole. Che grida «mi sei mancata, voglio di più, non fermarti». Approfondisce il bacio mettendomi una mano sulla nuca e ne approfitto per avvolgergli le gambe attorno alla vita. Mi raggiunge, lancia un'imprecazione quando gli succhio il labbro e una delle sue mani affonda nel mio fianco. Mi stringe così forte che mi sciolgo dentro di lui.

«Piccola Luna...»

«Ancora...» imploro mentre le sue dita mi stringono il piercing al capezzolo attraverso il tessuto della maglietta. Nonostante la barriera dei jeans, mi strofino contro di lui. La sua erezione preme contro il mio clitoride, togliendomi il respiro. Si abbassa a mordicchiarmi la mascella, poi la sua lingua mi scende sul collo. Gli afferro i capelli, ed emette un basso ruggito.

«Liam» ansimo, sul punto di esplodere.

Qualcosa sta crescendo nel mio stomaco, e non posso credere che sto per venire in questo modo. Così facilmente. È delizioso, sorprendente. Affondo la testa nel suo collo per nascondere le mie grida. E all'improvviso si ferma.

La nostra bolla sta scoppiando.

Ansimando, Liam appoggia la fronte contro il muro dietro di me, vicino alla mia testa. La stanza dove risuonavano i nostri gemiti ora è silenziosa e non lo sopporto. Nonostante tutto, riesco a sentire quello che la sua bocca non osa dire: si è pentito.

«Liam...»

«Dovresti andare, devo lavorare» mi interrompe, e mi si gela il sangue. «Quanto a te, puoi terminare le due settimane entro la fine del mese. E se vuoi ti scrivo una lettera di raccomandazione.»

Quando le sue dita lasciano la mia pelle e i miei piedi toccano il suolo, il cuore che aveva guarito si spezza di nuovo. Il mio ex migliore amico ritorna al suo posto dietro la scrivania senza guardarmi, aumentando la sensazione di vuoto che provo. Le lacrime mi bruciano gli occhi, ma trovo la forza di dire: «Non ho bisogno del tuo aiuto per trovare un lavoro. Sono così brava che la gente viene a cercarmi. Ora, per una volta nella vita, tira fuori le palle e dimmi il vero motivo per cui vuoi liberarti della tua dipendente più promettente».

Ho voglia di fare a pezzi tutto l'ufficio. Stringo la maniglia della porta. I suoi occhi si velano e per un secondo percepisco la sua tristezza. Ma poi svanisce con la stessa rapidità con cui è arrivata. Non avendo ottenuto risposta, giro i tacchi, con il cuore così pesante che mi viene la nausea. Poi Liam apre la bocca e con le sue parole mi porta via un altro pezzo di cuore: «È più facile odiarti se sei lontana da me».

23

Liam

Liam 16 anni - Charlie 12 anni

Charlie sbatte la porta della sua camera mentre la inseguo su per le scale, ma riesco ad aprirla un attimo prima che la chiuda a chiave.

«Una settimana, Char!» ruggisco. «È una settimana che non vai a scuola. Per quale motivo?»

Lei alza gli occhi al cielo e crolla sul letto. Odio quando mi riserva il trattamento del silenzio. Allora mi accovaccio di fronte a lei, ma mi dà le spalle.

Dopo l'allenamento di basket, il preside, non riuscendo a contattare mia madre, mi ha chiamato per andare a prenderla a scuola. A quanto pare, ha insultato un'insegnante che voleva sequestrarle il cellulare. E così ho scoperto che non ha messo piede in classe per tutta la settimana, anche se l'ho accompagnata lì ogni mattina.

«Il ruolo di padre non ti si addice, Liam.»

«È un colpo basso, Char. Sono la cosa più vicina a un padre che hai. Sono l'uomo di casa. Dovrei prendermi cura di te, proteggerti.»

Mia sorella scuote la testa come se avessi appena detto una sciocchezza.

«Non voglio che tu mi protegga. Ho bisogno di un fratello. Non facciamo più niente insieme, ci vediamo a malapena.»

«Sei ingiusta. Sono sempre qui, Char. Sei tu quella che continua a respingermi. È da un po' che sei strana. I tuoi incubi sono tornati?»

Nel momento stesso in cui formulo la domanda, mi odio perché non conosco la risposta. Ho approfittato della calma degli ultimi mesi per passare più tempo con Lu. Sapere che si sente abbandonata mi spezza il cuore. Char mi ignora e si mette le cuffie sulle orecchie. Gliele strappo via un po' troppo violentemente.

«Perché all'improvviso ti interessa tanto? A te e alla mamma non frega niente di me. Lei lavora tutto il tempo e per te contano solo i tuoi amici e la tua Luna.»

«Lo sai che non è vero. Dimmi tutto. Se non mi parli, come faccio a capire cosa c'è che non va?»

«Odio questo posto, ok?» urla a squarciagola. «La città, la scuola. Le persone false che si fingono mie amiche. Non ne posso più.»

«Hai litigato con Riley?»

«Non me ne fotte niente di lei» sibila la mia sorellina, con una volgarità che non riconosco. «Ci sono persone che tengono a me, sai? Ma non qui. Ora lasciami in pace, Liam. Ho bisogno di aria.»

Char si precipita fuori dalla stanza, poi corre giù per le scale e si scontra con Luna, che è appena arrivata.

«Charlie, torna qui!»

I grandi occhi luminosi della mia migliore amica mi scrutano attentamente. Esco dalla trance quando sento la porta d'ingresso sbattere forte.

«Lasciala calmare… Che succede?»

Luna mi tiene il braccio per impedirmi di correrle dietro. Non esito un secondo a dirle tutto quello che so. Le assenze di Char, il suo comportamento strano, mia madre che si disinteressa di tutto. Luna ascolta con attenzione. Mi sposta le ciocche che mi cadono sugli occhi e il mio cuore sussulta come sempre. Dio, perché mi piace così tanto quando lo fa?

«Hai notato che passa un sacco di tempo a inviare messaggi al cellulare? Forse ha un fidanzato» ipotizza Lu. «Forse salta le lezioni per stare con lui.»

«Un fidanzato…» La mia voce si spezza.

«Non fare quella faccia, Liam» mi prende in giro. «Le parlerò, forse si sentirà più a suo agio con me.»

Sarebbe compito di mia madre, vorrei ribattere, ma il loro rapporto è così caotico che Charlie non potrà mai confidarsi con lei.

«Lo faresti?»

«Certo! Sai che le voglio bene come se fosse mia sorella.»

«Quindi sarei tuo fratello?» chiedo, piegando la testa. Mi viene la nausea al pensiero che possa considerarmi così.

«No» dice Luna, con una smorfia.

«Risposta esatta.»

Ho parlato prima di riuscire a fermarmi. Non cerco di interpretare la sua smorfia e lei non fa domande sulla mia reazione. Invece la attiro a me, seppellendo il viso nel suo collo mentre le sue mani mi afferrano la nuca e mi accarezzano i capelli, facendomi formicolare la pelle. Inalo il suo profumo e la stringo più forte. Ignoro il gemito che le sfugge dalle labbra, così come il battito del mio cuore, perché io e Luna siamo amici. È la mia migliore amica. La parte migliore di me. La più preziosa. La più proibita. Non importa che il mio cuore minacci di sciogliersi ogni volta che la vedo.

«Cam e Tee ci ammazzano se arriviamo di nuovo tardi, vogliamo andare?» sussurro contro il suo collo.

«Ancora due minuti.»

Oppure rimaniamo così per sempre. Boom, boom, boom.

«Ah, questo sì che fa bene!» sospiro, sentendo l'alcol intorpidirmi la gola.

Sbatto il bicchiere di whisky sul tavolo, rovesciandomene un po' sulla mano. Ormai sono da almeno due ore in questo bar con Matteo e Andréa e posso dire che nelle mie vene scorre più whisky che sangue.

«È la prima volta che apri bocca da quando siamo arrivati!» mi fa notare Andréa.

La sorella di Matt mi strappa il bicchiere dalle mani e se lo scola in un sorso.

«Ha qualcosa a che fare con la ragazza del supermercato?»

«Quale ragazza?» chiede Matteo, improvvisamente attento.

«La ragazza che ha tentato di far ingelosire fingendo di stare con me. Questo idiota mi ha chiamata "cuore mio". Stavo quasi per vomitare la cena» dice, con un brivido di disgusto.

«Piantala Réa. Non aspettavi altro che la mia lingua in bocca, bugiarda. E so che l'hai riconosciuta.»

«Ah, allora sai parlare?» mi prende in giro. «Certo che sapevo chi fosse. Perché pensi che le sia andata a sbattere addosso? Ci hai angosciato così tanto con lei che ormai mi sembra di conoscerla. Luna di qui, Luna di là. E la cosa peggiore è che sono dovuta restare ad ascoltarli parlare di sesso proprio sotto il mio naso!»

«Luna! È veramente una ragazza dolce» dice Matt.

Sì, come una caramella che alla fine ti lascia l'amaro in bocca e finisce per soffocarti. Una morte lenta e dolorosa.

«Spero che tu le stia lontano» continua Réa con le sopracciglia aggrottate.

È più facile odiarti se sei lontana da me. Quello stupido organo che la gente chiama cuore ha parlato prima che la mia bocca capisse cosa stesse succedendo. Luna è rimasta così sorpresa che ci siamo fissati per diversi secondi prima che scomparisse senza dire una parola. Una parte di me voleva costringerla a restare, così da poter finalmente mettere le carte in tavola e vomitare tutto il mio risentimento. Mentre l'altra voleva stenderla sulla scrivania e scoparla fino a farle perdere la capacità di parlare. *Baciami.* Una parolina innocua, ma che mi terrorizzava, perché sapevo l'effetto che avrebbe avuto su di me. *Accidenti, il suo sapore.*

«Per quanto possibile» rispondo.

«Matt, sono più brava a mentire di lui, vero?»

Quell'idiota scoppia a ridere.

«Va tutto bene, Réa. Non sono più un ragazzino. Non le permetterò di manipolarmi. So cosa sto facendo. E poi presto non sarà più un problema.»

Non so cosa provare quando penso che non la vedrò più tutti i giorni. Mi infilo le mani in tasca per nascondere il tremito e il mio migliore amico mi chiama, scuotendo la testa. Seguo il suo sguardo che si ferma su una donna asiatica che mi fissa.

«Non ti stacca gli occhi di dosso da un secolo.»

Mi giro verso di lei. Altezza media, curve mozzafiato, capelli castani a caschetto e bellissimi occhi scuri che brillano di una luce maliziosa. *Perfetta*. Per una volta nella vita, voglio allontanarmi il più possibile dalle brutte copie di Luna. Nera, rossa, calva, non importa, basta che l'immagine di lei scompaia dal mio cervello. Finisco il drink di Matt il più velocemente possibile e faccio un passo verso di lei. Quando la raggiungo, mi passa le dita intorno al collo e preme la bocca contro la mia, infilandomi la lingua fra le labbra. Non mi faccio pregare per ricambiare il favore.

«Tira fuori la lingua» mi ordina.

Obbedisco senza batter ciglio. Lei ci posa sopra una pillola bianca e la ingoio senza pensare, divorandole la bocca senza nemmeno respirare. Non mi interessa di cosa si tratta, voglio soltanto offuscare il ricordo dei gemiti di Luna, dimenticare la sensazione delle sue labbra sulle mie, dimenticare quanto mi è piaciuto, dimenticare che sto giocando a un gioco pericoloso con lei e che ogni giorno che passa infrango la promessa fatta a mia sorella. Quando ho visto le sue lacrime non ho saputo resistere. Ho dovuto cancellarle. Se Luna piange, la mia anima soffre. Le sue lacrime sono ancora la mia debolezza. E lo odio. Stasera voglio togliermela dalla testa e questa estranea mi aiuterà.

Gli effetti della pillola non tardano a farsi sentire. Il cuore mi martella contro la gabbia toracica, il mio corpo sembra sfidare le leggi di gravità. Tutto si muove e poi rallenta. Accidenti, è un'estasi. Sono nel bel mezzo di un trip. Non mi sentivo così da anni. I colori intorno a me sono più intensi, mi lascio trasportare, il mio cervello si ferma.

«Abito qui vicino» mi sussurra la sconosciuta all'orecchio.

«Dimmi cosa vuoi.»

La sua risposta viene interrotta da una gomitata che mi affonda nella schiena e mi spinge in avanti.

«Oh, scusa» dice una bionda con i capelli lunghi.

Mette la mano sul mio avambraccio e fissa i suoi occhi azzurri nei miei prima di continuare per la sua strada. Il mio battito rallenta così all'improvviso che mi gira la testa. Le tempie mi pulsano, cancellando la musica rap che risuona nel locale. Non è possibile. Cosa ci fa qui? Le corro dietro e stringo le dita attorno al suo avambraccio, fermandola. Si gira a guardarmi, e mi sento soffocare.

«Charlie?»

«Come, scusa?»

«Che ci fai qui? Ho provato a… Dov'eri?»

«Non capisco.»

Mia sorella mi sposta le dita per scappare, come se avesse paura di me. Perché mi teme? *Non si fida più di te. Hai infranto la promessa.* No. La tengo per il gomito. Un lampo di dolore misto a pietà attraversa i suoi occhi azzurri.

«Mi fai male» strilla.

«Mi dispiace, Charlie. Non ho mantenuto la promessa. Non andartene, per favore.»

«Lasciami andare» urla.

Mi rifiuto di arrendermi, le stringo forte le spalle. Nonostante la musica, le sue grida attirano gli sguardi curiosi dei presenti, compresi i miei amici. Li guardo muoversi verso di me al rallentatore. Anche loro mi osservano con espressione impietosita. *Smettetela di guardarmi così, per favore.*

Mi scoppia la testa. Tutto fa male. Voglio solo che finisca.

«Che succede?» ruggisce Matteo.

«Charlie è…»

Gli occhi dei miei amici si spalancano per lo stupore e poi si posano sulla mia mano, ancora saldamente stretta attorno al braccio di Charlie.

«Lasciala andare, Liam» mi rimprovera Matt.

«No. Se ne andrà di nuovo. Deve stare con me. Ho sbagliato, amico, ho sbagliato con Luna, ma… Cazzo. Mi sta incasinando il cervello. Charlie, ascolta, vieni a casa con me e stavolta prometto che mi prenderò cura di te.»

Andréa fa un singhiozzo e i suoi occhi si riempiono di lacrime. Non capisco perché sia triste. Charlie è qui. Perché non sorridono?

Andréa libera la mia sorellina, che scappa a tutta velocità. Ma io la seguo, sgomito per farmi strada tra la folla.

«Cosa stavi cercando di dirmi, Char?» mormoro, senza fiato. «Per favore, dimmelo. Riguarda Luna, vero?»

Non mi importa se sembro patetico. Mi rifiuto di lasciarla andare di nuovo.

«La stai spaventando, Liam, fermati» supplica Andréa.

Matt torna alla carica e dà a Charlie l'opportunità di filarsela.

«Perché lo hai fatto?» gli urlo in faccia.

Lo spingo forte, ma lui posa le mani ruvide sulle mie guance e mi fissa, con una smorfia.

«Cosa hai preso?»

Scuoto la testa. Ma il mio amico mi schiaffeggia forte.

«Cosa ti ha dato?» chiede.

«Niente… non lo so, una pillola bianca. Perché lo hai fatto?» Sto singhiozzando.

«Non era Charlie» sussurra.

«Sì, era lei. L'ho sentita. L'ho vista.»

«Guardami Liam, guardami. Hai preso una droga. Charlie se n'è andata, capito? Mi dispiace.»

Charlie se n'è andata. Se n'è andata. Le sue parole affondano nel mio cuore come un pugnale, facendomi sanguinare. Non distinguo più il vero dal falso. Ho visto mia sorella. I suoi occhi erano pieni di delusione. Perché non ho saputo proteggerla, perché ho messo le mani su Luna, perché ho tradito la promessa che le avevo fatto. Ma non è colpa mia. Nonostante tutto il rancore, Luna sa come insinuarsi dentro di me. Mi brucia dall'interno, lascia il segno. Luna è la mia debolezza e starle lontano è una delle cose più difficili che abbia mai dovuto fare.

Non c'è niente di più doloroso di rinunciare a qualcuno a cui il tuo cuore vuole restare aggrappato.

24
Liam

♪ *Aimed To Kill* - Jade LeMac

Due giorni più tardi la dura realtà mi colpisce e mi rendo conto di aver fatto un'enorme cazzata. Mi vergogno. Evito i miei amici per non vedere la pietà sui loro volti. Evito anche Luna. *Cazzo, Luna*. L'ho licenziata. L'informazione mi ritorna come un boomerang. Quando ci incrociamo nei corridoi, non è rabbia quella che leggo sul suo volto, ma delusione. Ha ragione. Non ho lottato per lei. *Combatti per me*, mi ha gridato nel mio ufficio. Ma ero di fronte a un dilemma che credevo impossibile da risolvere: andare contro la mia madrina o tenermi la ragazza la cui semplice presenza capovolge il mio mondo e rimette tutto in discussione. Se devo essere onesto, non ho mai avuto nessun dubbio su cosa scegliere.

Arrivo in ufficio in orario per l'incontro artistico del martedì. I corridoi fremono di eccitazione perché è il giorno di uscita dell'album di Olympe, una delle nostre artiste più promettenti. Fuori dalla porta della sala riunioni, sto rivedendo velocemente i dettagli della promozione con Sean, il suo addetto stampa, quando il mio sguardo viene catturato da una ragazza a dir poco atipica alla reception. È vestita di nero dalla testa ai piedi, dalla parrucca agli stivali con la zeppa, compreso lo smalto nero. Le calze a rete sono strappate in diversi punti, i pantaloncini di pelle a vita alta le abbracciano le curve e il reggiseno le schiaccia il petto abbondante. Nonostante gli sguardi insistenti, resta imperturbabile.

«Non mi piace il gotico, ma questa qui potrebbe farmi quello che vuole.»

Rendendosi conto con chi sta parlando, Sean chiude subito la bocca. Il mio sguardo gelido lo fa scappare come un coniglio.

Distolgo l'attenzione dall'attrazione del mattino e controllo le mie e-mail sul cellulare. Mentre mi preparo a invitare i miei dipendenti in sala riunioni, la donna cammina dritta verso di me, agitando esageratamente i fianchi. Di solito ammiro il coraggio di queste ragazze che osano avvicinarsi a me per realizzare il loro sogno di gloria, ma oggi sono di cattivo umore, pronto a distruggere chiunque osi contraddirmi. Ho a malapena il tempo di respirare prima di trovarmela incollata alle labbra, con le mani avvolte dietro la mia nuca. Resto paralizzato dallo choc. È solo quando sento il trambusto tutto intorno che mi allontano da lei, posandole le mani sulle spalle. Il rossetto nero si è sbavato sul mento. Non riesco nemmeno a immaginare in che condizioni sia la mia faccia. Mi pulisco con il dorso della mano.

«È abbastanza sexy per te?» sussurra lei.

«Che cosa?»

Controllo il tono di voce in modo che possa sentirmi solo lei.

«Ho portato il sangue» dice, passandosi le dita sulle labbra. «Possiamo farlo nel tuo ufficio.»

Mi guarda con evidente desiderio di divorarmi. Che diamine sta succedendo?

«Il sangue?»

«È mio, non preoccuparti.»

Cristo santo.

La guardo negli occhi, chiedendomi se è tutto vero o se sono ancora sballato. Deve essere frutto di una mia allucinazione, perché non vedo come mai una tizia che sembra un vampiro dovrebbe parlarmi di sangue nel bel mezzo di una stanza affollata. Distolgo lo sguardo da lei per controllare se anche gli altri la vedono. Ci stanno fissando tutti. *Allora non sono pazzo.* Poi noto Luna, ferma sulla soglia del suo ufficio, a pochi metri da me. Ha gli occhi rossi, come se avesse pianto, le braccia incrociate sotto il petto, il viso paonazzo, pronto a esplodere. È solo quando si morde le labbra che capisco. Non sta piangendo, si trattiene dal ridere. *Stronza.*

«L'incontro è annullato» ruggisco, fuori di me.

Afferro Vampirina per il gomito e la trascino nel mio ufficio. Una volta chiusa la porta, posa la sua merda sulla mia scrivania. Un coltello e un tubicino con dentro del liquido rosso. I suoi occhi scarlatti la rendono decisamente inquietante.

«Mi spieghi che ti prende?» esclamo, circospetto.

Lei si acciglia come se fossi io quello strano.

«Non ricordo se preferivi bere alla fonte o no.»

«Alla fonte di cosa? Ok, senti, metti via la tua roba e ricominciamo dall'inizio. Quanto ti ha pagata per questa messinscena?»

«Di cosa stai parlando? Hai cambiato idea?»

«Cambiato idea su cosa?»

Sono così arrabbiato che ho le palpitazioni.

«Ah, preferisci un gioco di ruolo? Allora io sono la cacciatrice e tu sei la mia preda.»

Vampirina fa roteare la punta del coltello sull'indice, le pupille dilatate per l'eccitazione. È troppo.

«Hai mezzo secondo per spiegarmi cosa diavolo ci fai qui, altrimenti chiamo la polizia.»

Sorpresa dal mio tono secco, fa un passo indietro.

«Che cazzo, sei schizofrenico o qualcosa del genere?»

Non è il peggior insulto che ho sentito questa settimana.

«Io? Sei tu che te ne vai in giro con un coltello e una fiala di sangue!»

«Perché mi hai detto che ti piaceva, bastardo.»

«Non ci siamo mai visti.»

«Lo so, ma sono settimane che parliamo su Vampdate.»

I pezzi del puzzle iniziano a combaciare e non so che emozione provare. Rabbia, divertimento, orgoglio.

«Come ti chiami?» chiedo con calma, mantenendo una distanza di sicurezza da lei.

«Sai che non possiamo dirci i nostri veri nomi.»

«Certo, che stupido.»

«Sicuro di stare bene?» si preoccupa, facendo un passo verso di me. «Sembri molto diverso.»

Questa storia comincia a darmi fastidio.

«Sarò onesto con te…»

«TightBlood» continua lei al posto mio, prendendomi per un rimbambito.

«Non sono io la persona con cui parlavi.»

«Che cosa? Sei tu che mi hai contattata dicendo che volevi scoparmi bevendo il mio sangue e ora ti defili?»

«Ci sono davvero persone che lo fanno?»

«È uno scherzo, vero?»

Il suo tono si indurisce.

«Ora calmati e vedi di cambiare atteggiamento.»

Lei tiene la bocca chiusa, le narici tremanti.

«Come ti dicevo, la mia ex deve essersi divertita a tendermi una trappola. Sei solo un danno collaterale.»

«Quindi sono un gioco, eh?» sbotta, mentre raccoglie le sue cose.

«Un gioco, un dado, una pedina, quello che vuoi, non mi interessa. Ma ora mi racconti tutto. Nei dettagli.»

Non le do scelta. È in trappola, quindi si arrende. E mi racconta tutto. Come Luna, fingendo di essere me, l'ha contattata su un sito di incontri per fan dei vampiri. Sono settimane che parlano. Luna le ha detto il luogo e l'ora in cui mi avrebbe trovato e come volevo essere accolto, ovvero pomiciando davanti a tutti. Faccio del mio meglio per non sorridere, ma è geniale. Vampirina parla della mia cosiddetta passione per il sangue umano, raccontando di quando ho tagliato la gola a una pecora con una mano mentre scopavo la mia ultima conquista. Forse avrei dovuto sussultare all'idea che mi abbia trasformato in un assassino di bestiame, ma è stata la follia della scena ad attirare la mia attenzione. Quel dettaglio avrebbe dovuto metterle la pulce nell'orecchio. L'immaginazione di Luna è notevole. Mi mordo l'interno della guancia per trattenermi dal ridere, ma mi passa subito la voglia quando sento la conclusione della storia.

Oh, no. Ha osato.

«Vaffanculo a entrambi» sibila, prima di uscire.

☽ ☽ ☽

♪ Mi precipito nell'ufficio di Luna. L'orgoglio che provavo per il suo piano ha lasciato il posto alla rabbia. Ha toccato gli intoccabili. La trovo seduta sulla scrivania, con le gambe che dondolano nel vuoto e un lecca-lecca in bocca. Il fatto che sia così tranquilla ad aspettarmi mi manda fuori di testa. Odio il fatto che anticipi le mie reazioni.

«Impotente ed eiaculatore precoce?» sbotto, inclinando la testa di lato.

«Era davvero commossa dal fatto che tu ti fossi aperto con lei» ridacchia, soddisfatta. «Era sicura di poterti "curare" facendoti durare più di un minuto. E quando le ho detto che la tua passione per il sangue era comparsa dopo aver visto il film di *Twilight*, non ne ha potuto più. Se avesse potuto adottarti, lo avrebbe fatto.»

Mi sento ribollire il sangue. La peste ha toccato la mia virilità. New York è una grande città, ma le voci si diffondono più veloci di un virus. Percorro gli ultimi metri che ci separano, pronto a cancellarle quel sorriso dalla faccia.

«Sei fiera di te?»

«Abbastanza, sì» sghignazza. «Ho pensato che fosse un bel modo per andarmene con stile.»

Parole che pesano come un miliardo di rimpianti. Ma seppellisco tutto. Invece, la guardo avvolgere la lingua attorno al lecca-lecca senza staccarmi gli occhi di dosso. Lo schiocco che risuona quando se lo toglie dalla bocca mi fa rizzare i peli sulla nuca. Esausto, glielo strappo dalle dita e lo getto a terra. Poi le prendo le cosce con entrambe le mani, costringendola ad aprirle per infilarmi dentro.

Siamo così vicini che l'odore del suo shampoo mi penetra nelle narici.

«Non puoi giocare con certe cose, Luna.»

«Se tu giochi con la mia carriera, io ti distruggo la reputazione. E a mia discolpa, quando ho scritto che era piccolo, non mi ci ero ancora strofinata.»

«Anche quando mi facevi le seghe da adolescenti, era più grande di tutti gli altri venuti dopo di me.»

«Rinfrescami la memoria» dice, passandosi la lingua sulle labbra.

Sorpreso da quello che ho appena sentito, mi blocco. Mi dico che deve essere tutto uno scherzo. Che nel momento in cui mi spoglio scapperà per punirmi per averla licenziata. Ma sono sicuro di poter vincere la partita, quindi avvicino la bocca al suo orecchio per sentire il suo battito contro le mie labbra.

«Se lo vuoi, vieni a prenderlo.»

Luna trema. Letteralmente. E capisco che non ne uscirò vivo. Mi afferra l'erezione da sopra i pantaloni, senza nemmeno sorprendersi di quanto sono duro. E lo sono da quando i miei piedi hanno toccato la moquette del suo ufficio. Mi slaccia la cintura, mi abbassa la patta. Le sue dita passano sotto l'elastico dei miei boxer, poi si lecca il palmo della mano. Deglutisco e serro i denti, mentre la sua mano umida mi stringe. *Cazzo, cazzo, cazzo.* Lo farà davvero.

Fisso i suoi occhi, la sua bocca, cercando il minimo dubbio, il minimo segno che mi dica che mi sta prendendo in giro. Ma vedo soltanto determinazione e desiderio. Respirando affannosamente, deglutisco quando la sua mano mi stringe con la pressione perfetta. Accelera il movimento, senza staccarmi gli occhi di dosso. Le labbra si aprono, ansima e immagino la morbidezza delle sue labbra attorno al mio cazzo. Affondo la testa nel suo collo quando il suo pollice passa sul mio glande, strappandomi un gemito. Mi sta toccando come se le appartenessi, come se stesse morendo dalla voglia di farlo da settimane. Le afferro i capelli, continuando a scopare la sua mano.

«La porta non è chiusa a chiave» geme, come se si divertisse tanto quanto me.

È l'ultima delle mie preoccupazioni. Luna sta per farmi venire con una sega. Quando la sua lingua mi accarezza il pomo d'Adamo e il mio cazzo inizia a pulsare sotto le sue dita magiche, mi allontano da lei per fermarla. Sono sicuro che per lei sia soltanto un gioco.

«Ho un appuntamento, mi stanno aspettando» mento. «Grazie di questo delizioso antipasto.»

La sua mascella si stringe e il mio sorriso si allarga.

«Andrai comunque a letto con lei?»

Bingo.

Mi accorgo subito che la domanda le è sfuggita. Sfioro le sue labbra con le mie perché il mio corpo sembra non aver capito l'ordine del mio cervello di allontanarsi subito. Le avvolgo le dita attorno al collo con una pressione sufficiente a farla sussultare e poi parlo contro la sua bocca: «Le darò quello che le hai promesso. Le toglierò il perizoma, mi metterò le sue gambe sulle spalle e la scoperò sulla mia scrivania. La prenderò in fretta, mentre lei urla il mio nome mentre viene».

Le sue labbra tremano contro le mie, ma non di rabbia. È eccitata. Faccio un passo indietro, incapace di trattenermi dal tirarle su il vestito, ma lei mi afferra per la cravatta, attirandomi tra le sue cosce.

«Puoi anche farlo, ma sappiamo entrambi che penserai a me.»

Non rispondo. Contraddirla sarebbe una menzogna patetica.

«Appena varcherò quella porta, morirai di gelosia» ribatto.

Mi lascia la cravatta per passarmi la mano tra i capelli. Rabbrividisco al punto da dover chiudere gli occhi. E cerco di nascondere l'eccitazione che ha scatenato quel gesto facendo diversi passi indietro.

«Non è gelosia. Sono arrabbiata. Mi hai licenziata senza scrupoli. Ma non dovrebbe sorprendermi. Certe cose non cambiano, Liam.»

«Ti consiglio di non aprire l'argomento» mi irrito.

Insensibile alla mia sofferenza, si avvicina.

«Non hai combattuto per me. Come in passato.»

«Stai zitta» ruggisco, stringendole le dita intorno alla gola. «Non sai di cosa stai parlando. Stai zitta, cazzo.»

Sento il battito del suo cuore contro le mie dita.

«Zittiscimi.»

E obbedisco. Premo le labbra sulle sue con tutta la rabbia che mi riempie quando penso che non lavorerà più per me. Le sue dita trovano il mio sesso, e io affondo le mie nella carne soda delle sue cosce, così forte che rischio di lasciare dei segni.

«Vaffanculo Luna, mi farai venire.»

Sorride mentre tutto il mio corpo inizia a vibrare. Mi sforzo di non godere e di prolungare il momento. È così bello che la stanza inizia a girare intorno a me. Quando la pressione della sua mano si allenta, le afferro la mascella.

«Se ti fermi ora, andrò seriamente a scoparla.»

«Non mi interessa» sorride, rallentando.

Le mie palle si contraggono. Stringo i denti per trattenermi dall'eiaculare.

«Sei bellissima quando menti.»

Sto per scoppiare. L'idea di venirle nel pugno come un adolescente mi eccita da morire.

«Vai.»

Mi sfida e mi lascia andare. Mi guarda a testa alta.

Sto per cadere in ginocchio per implorarla di continuare, ma non le farò questo favore.

«Molto bene.»

Faccio un passo indietro e mi tiro su i boxer. Il cuore mi pulsa nelle tempie. Luna continua a fissarmi, un sorrisetto arrogante sulle sue labbra carnose.

«Molto bene» ripete.

Una volta rivestito, resto lì, incapace di muovermi. Mi tiene in pugno, e lo sa bene.

«Ho delle cose da finire prima di andarmene. Non dovresti avere troppi problemi a trovare l'uscita.»

Mi tratta di merda, senza nascondere la sua gioia. Scuoto la testa, la frustrazione mi mozza il fiato. Il mio petto si solleva. Tengo i pugni chiusi lungo i fianchi, e poi, senza capire perché, mi precipito verso di lei come un animale che carica la sua preda e le mie dita le afferrano saldamente la mascella.

«Ti odio» sibilo, prima di divorare le sue labbra come un affamato.

«Anch'io ti odio...» sussurra lei tra i baci.

Nel momento in cui le mie labbra toccano le sue, mi sento come se stessi morendo. Come ho fatto a vivere senza tutti questi anni? Le sue dita si aggrappano alla mia nuca, le mie circondano la sua vita per unire i nostri corpi. La bacio intensamente, come l'avrei scopata. Ci assaporiamo con avidità, ci odiamo con passione. I suoi palmi trovano le mie guance, poi appoggia la fronte contro la mia, prendendosi un momento per riprendere fiato. Non mi interessa respirare. È qui che voglio morire. Con lei.

«Toccami, Liam.»

Ti prego, taci. Con gli occhi ardenti, Luna mi scosta una ciocca di capelli dalla fronte e il mio cuore si ferma. Posso farla godere senza toccarla, senza rischiare di perdere la sanità mentale e di infrangere la mia promessa.

«Dimostrami quanto mi vuoi, cuore mio.»

Le sue guance si arrossano.

«Togliti le mutande e allarga le gambe, Luna.»

Senza esitazione, si fa scivolare la lingerie lungo le gambe. Vorrei morderla tutta. La sua pelle perfetta, liscia e color miele, merita di essere idolatrata dai miei baci. Averla sotto di me diventa vitale quanto respirare.

«Di più…»

Emette un gemito che si imprime sul mio cazzo, poi si sdraia all'indietro, appoggiandosi sui gomiti, e quasi svengo. *Bellissima.*

«Sei fradicia, Luna. *Perfetta.*»

Le tiro su il vestito sopra la pancia e la bacio fra le cosce.

«Liam…»

Il suo gemito, un misto di desiderio e impazienza, aumenta la pressione nelle mie mutande. Le mie labbra scivolano dalla sua gola alla mascella per terminare vicino al suo orecchio, dove sussurro: «Non ti scoperò, Piccola Luna. Fammi vedere cosa fai quando sei tutta sola a letto e pensi a me. Voglio vederti venire sulle tue dita pensando che sia il mio cazzo».

Lei geme più forte, poi fa scivolare le dita fra le sue gambe. Fanculo, sto per morire. Le sue dita trovano il clitoride gonfio e lo accarezza lentamente. Troppo lentamente. Quando penso che stia per obbedirmi, ritira le sue dita bagnate. La guardo farlo, completamente perso. A che gioco sta giocando?

«No, voglio che tu mi faccia venire con la lingua» dichiara. «Penso di essermelo meritato.»

Meriti molto di più, cuore mio.

«Quindi inginocchiati davanti a me e fammi vedere quanto ti dispiace essere così stronzo.»

Il piccolo sorriso malizioso che le incurva l'angolo delle labbra quasi mi uccide. Dimentico tutto ciò che mi circonda, le prendo la mano con cui si è toccata e le lecco le dita a una a una. Grugnisco di soddisfazione nel vedere le sue guance infiammarsi.

«Sei autoritaria come sempre.»

So di giocare con il fuoco, ma metto comunque le mani sui suoi fianchi e la attiro verso il bordo della scrivania. Accidenti, non la rivedrò mai più così. Le allargo le cosce, poi mi inginocchio davanti a lei, senza mai interrompere il contatto visivo. Il suo respiro diventa ansimante. Con i pollici le apro delicatamente le labbra, rivelando il bottone di carne che aspetta solo di essere sfiorato. Mi avvicino e accarezzo il suo sesso per tutta la lunghezza.

«Liam, la porta» sussulta, in preda al panico. «Potrebbe entrare Kimberley.»

Chiudo le labbra attorno al suo clitoride.

«È quello che vorresti, vero? Che ne dici se le facciamo vedere quanto sei bella quando mi vieni sulla lingua?»

Luna non risponde, è troppo assorbita dal piacere

che le sto procurando. Ha la testa gettata all'indietro, i capelli in disordine. Non ce la fa più. Il suo sapore mi esplode in bocca. Comincio a masturbarmi. Maledizione, è calda e morbida. Chi ha bisogno di respirare quando la morte è così dolce? E dieci secondi dopo la donna più perfetta che la Terra abbia mai conosciuto esplode, mordendosi l'avambraccio, mentre ripete il mio nome come una dolce melodia. E capisco che, dopo la risata di Luna, sentirla venire è la mia seconda canzone preferita. Ancora senza fiato, si alza e mi prende tra le dita. La sensazione mi sconvolge. Affondo il naso nel suo collo, poi la bacio sulle labbra. Mi tocca più in fretta, più forte e io le vengo in mano, come la prima volta che mi ha fatto una sega al liceo.

Il mio orgasmo mi lascia tremante. Penso che il mio cuore stia per fermarsi. Appoggio la testa sul suo petto. Siamo entrambi soddisfatti. Mi sembra di sfiorare le stelle, il cosmo e tutto ciò che lo circonda. Una volta ripresasi, Luna si dimena sotto di me per costringermi ad alzarmi. Non so cosa provare, cosa dire. Allunga la mano e recupera un pacchetto di fazzoletti per asciugarsi.

«Aspetta, faccio io.»

«No, grazie. Non ti trattengo.»

E così mi sta mandando via. Non la biasimo. In fondo ho fatto la stessa cosa con lei qualche giorno fa. Mi vesto in fretta e mi dirigo verso la porta. Raccolgo il coraggio di lanciarmi uno sguardo alle spalle. Luna ha già dimenticato la mia esistenza, ha lo sguardo fisso sullo schermo del cellulare.

«Liam» dice, quando la mia mano è sulla maniglia.

«Mmh?»

«Ho deciso che oggi è il mio ultimo giorno» dice con tono gelido. «È stato un piacere lavorare con te.»

Il suo sarcasmo mi irrita e mi blocca le parole in gola. Ma la cosa che mi sorprende di più è il suono che fa il mio cuore quando capisco che non la vedrò più tutti i giorni.

25
Luna

Devo trovarmi un altro lavoro.

Sono seduta sul divano, con i piedi avvolti in calzini spessi, anche se in questa sera di inizio giugno la temperatura esterna è vicina a quella dell'inferno. Ho la testa così annebbiata che sto rileggendo la stessa riga del libro per la decima volta. Sì, voglio sapere se Lili andrà a letto con il fratello di suo padre, ma *che cazzo?* Riavvolgiamo il nastro. Devo essermi persa un passaggio. Il mio livello di attenzione è vicino allo zero a causa di diverse cose. Elenchiamole.

Uno. Il nostro piccolo rendez-vous di tre giorni fa nel mio ufficio occupa tutto lo spazio del mio cervello. *Rendez-vous* è una bella parola per descrivere quello che abbiamo fatto, eh? Molto più poetico di *il mio capo/ex che mi ha leccata fino a farmi tremare.* El Cabrón si starà divertendo un mondo.

Due. Il rendez-vous ha segnato il mio ultimo giorno all'etichetta discografica. Dopo quello che è successo con Liam e il modo in cui mi ha trattato la sua madrina, non potevo più pensare di restare. Quindi eccomi qui, disoccupata e senza un piano di riserva.

Una chiamata mi strappa un sorriso. Rispondo, con il cuore già più leggero.

«Sono felice di sapere che il tuo corpo non giace sul fondo dell'Hudson.»

«Ciao anche a te, papà.»

Mio padre e il suo umorismo nero.

«Stavo per toglierti dal testamento e inserire la vicina.»

«Mi manchi anche tu.»

Sono passate diverse settimane dall'ultima volta che abbiamo parlato. Tra il lavoro e la vita in generale, dimentico le cose più importanti.

«Aspetta, passiamo su FaceTime» dice. «Santo cielo, da quanto tempo non dormi?»

«È il tuo modo di dirmi che sono brutta?»

«È il mio modo di dirti che non dormi abbastanza.»

«Papà, quando è stata l'ultima volta che hai dormito tutta la notte?»

Impossibile non sorridere quando so di averlo appena fregato.

«Parlami del tuo lavoro» ringhia lui.

Ingoio il nodo che ho in gola. Come faccio a dirgli che non ho più un lavoro perché il mio passato con Liam è venuto a chiedermi il conto? Come faccio a dirgli che Liam era il mio capo? Odio mentirgli, ma mi ritrovo a raccontare com'è andato il primo giorno di registrazione del singolo di Orchid, che avrebbe dovuto svolgersi oggi, ma è stato rinviato perché si rifiuta di lavorare con qualcuno che non sia me. Invento, lo inondo di dettagli tecnici per confonderlo. Mi detesto.

«Tocca a te» dico, dopo aver snocciolato le mie bugie.

«Non ho reso nessuno cieco o tetraplegico, quindi direi abbastanza bene.»

La sua risposta mi fa scoppiare in una risata di cui non sapevo di aver bisogno. Mio padre ha un senso dell'umorismo che poche persone apprezzano.

«Hai sempre intenzione di venire a trovarmi a dicembre?» chiedo, con voce piena di speranza.

«Non mancherei per niente al mondo. E ho già comprato le protezioni per i testicoli per la neve» scherza.

«Sei terribile, papà.»

«Secondo te perché dicono tutti che hai preso da me? A proposito di Dna, hai chiamato tua madre?»

Eccoci qui.

«Perché dovrei farlo?»

«Luna» mi avverte.

Alzo gli occhi al cielo, infastidita dalla sua richiesta.

«Sta cercando di fare dei passi, tesoro.»

«Crudelia è in ritardo di anni, ma voglio essere gentile, quindi le darò… cinque, per l'impegno.»

Sospira, rassegnato.

«Se te ne parla, dille che ho provato a farti cambiare idea, ok? Devo andare. Ti amo, ma non troppo.»

«Anch'io ti amo.»

Ricado sul divano con già tutti i sintomi della Crudelite Acuta: emicrania, rabbia, sudori freddi. Sintomi che si curano soltanto a suon di cibo spazzatura e serie drammatiche. Ma quando sento i miei migliori amici litigare più forte del solito in fondo al corridoio, raggiungo il limite. Il mio sesto senso mi dice di scappare.

Lascio che i miei piedi mi guidino, con le cuffie sulle orecchie. Intorno a me la vita notturna continua, e nel mentre faccio fatica a mettere ordine fra i miei problemi. Una chiamata in arrivo da un numero sconosciuto interrompe la canzone e, senza sapere perché, rispondo. Il respiro affannoso che sento mi fa contorcere le viscere. Non per paura, ma per rabbia.

«Lo so che sei tu» sibilo. «Non so cosa vuoi da me, ma il giochetto è durato abbastanza. Sei solo un poverino. Se provi a contattarmi di nuovo, andrò dalla polizia.»

Riaggancio, con le mani tremanti, ma orgogliosa di me stessa. Cinque secondi dopo il mio telefono squilla di nuovo.

«Fanculo, figlio di puttana. Te lo ripeto…»

«Luna?»

Allontano il telefono dall'orecchio per leggere il nome.

«Calvin? Scusa, pensavo… comunque, stai bene?»

«Io sì, tu? Sembravi super agitata.»

«È soltanto un ragazzino che mi fa degli scherzi da qualche giorno. Allora, sei tornato?»

«Ok» sospira. «Meno male. Sì, sono atterrato stamattina.»

Non riesco a spiegare la natura della mia relazione con Calvin. Finora abbiamo avuto due appuntamenti che sono finiti con qualche bacio. Mi manda messaggi a cui rispondo quando mi ricordo e poi scompare per diversi giorni. Mi sembra di interessargli, ma a volte il suo comportamento cambia completamente. A tratti è scherzoso, ma poi, in un batter d'occhio, si chiude in se stesso. Come prima della sua partenza, stavamo guardando un film su Netflix in cui una donna sposata si intrometteva in una relazione perché era innamorata dell'uomo. I suoi commenti misogini mi hanno raggelata. Quando si è accorto della mia reazione, ha giurato che era soltanto per farmi ridere. Poi non ha parlato per il resto della serata. Sono stati Cam e Tee, lanciandosi frecciatine a vicenda, ad alleggerire l'atmosfera.

«Volevo scusarmi ancora per il mio comportamento.»

Vorrei dirgli che non ha importanza, ma sarebbe una bugia.

«Dammi la possibilità di dimostrarti che il mio umorismo non fa così schifo quando dormo più di otto ore.»

In fondo cosa può succedere di male?

«Ok.»

«Davvero?» esclama. «Ottimo, ho un sacco da fare durante la settimana, ma sentiamoci.»

«Certo. Buona serata.»

Mi augura anche lui buona serata e riattacco. Mentre torno sui miei passi, vado a sbattere contro un petto duro come il ferro. L'uomo si piega in due, fingendo di soffrire. La sua pessima recitazione mi fa alzare gli occhi al cielo.

«Stai esagerando, vero?»

Si raddrizza di colpo, confermando i miei sospetti. È di ben due spanne più alto di me. I capelli biondi raccolti in uno chignon gli danno l'aspetto di un surfista californiano impiegato dalla mafia. Ridacchio fra me per l'improbabile mix. Inclina la testa, stringendo gli occhi nocciola.

«Luna?»

«Forse. Tu chi sei?»

«Non ti ricordi? L'ultima volta che ci siamo visti non eri molto lucida, magari prova a piegarti come se volessi vomitare, così dovresti riconoscermi.»

Scoppia a ridere. Questa specie di surfista mafioso mi ha appena dato dell'alcolizzata?

«Tranquilla, Rapunzel… rimetti a posto gli artigli.»

«Chi sei? Rispondi o me ne vado. Questa conversazione comincia ad annoiarmi.»

«Non eri così rompiscatole quando vomitavi l'anima.»

All'improvviso mi ricordo.

«Matthew» esclamo, sollevata. «Ci siamo incontrati all'Arena. Sei il migliore amico di Liam.»

Il surfista scuote la testa, tra il divertito e l'indignato.

«So che hai occhi solo per il signor Nonsorridomai, ma mi chiamo Matteo. M-A-T-T-E-O.»

«Devo dirlo così ogni volta?»

«Ho capito, ti credi simpatica» risponde sorridendo. «Ti unisci a me? Stavo andando a bere qualcosa.»

Non ho nemmeno tempo di reagire prima che mi trascini in un bar, il Dark Horse. Ci accomodiamo a un tavolo semicircolare. Appena seduti sulle poltrone, mi guarda in modo strano, come se non potesse credere di avermi davanti.

«Stai cercando di ipnotizzarmi?»

Il suo sorriso si allarga, completamente fuori sincronia

con il suo linguaggio del corpo. Questo tizio è così grosso che potrebbe schiacciarmi come una mosca, se volesse.

«È strano vederti sobria» dice, senza battere ciglio.

«Ripetilo ancora, dai!»

«Sto scherzando, *Elsa*. Ma devo dire che sei più bella nella vita reale che in foto. Sei cresciuta molto.»

«E tu sei esattamente come immaginavo.»

«Eccezionale?»

«Se questa è la nuova definizione di fastidioso, sì.»

Lui ride, facendo ridere anche me. Il cameriere arriva a prendere il nostro ordine. Matteo chiede delle alette piccanti con patatine fritte, due tranci di pizza, anelli di cipolla e una birra.

«Vuoi qualcosa, bionda?»

Perché? Era tutto per lui?

«No, grazie» rispondo, divertita dalla quantità di cibo che ha appena ordinato. «Non ho fame.»

Lui congeda il cameriere con un gesto del mento.

«Non toccherai il mio cibo. Voi ragazze siete tutte uguali.»

«Vedremo» dico, facendogli l'occhiolino.

«Vedo che non hai paura di schiacciarti le dita.»

Forse dovrei sentirmi minacciata, ma mi sento stranamente a mio agio con lui, anche se non lo conosco per niente. Sta tutto nei suoi occhi. Non ci vedo né il male né la crudeltà.

«Non mi spaventa niente.»

La sua bocca rimane chiusa, ma gli occhi nocciola sorridono. Il cameriere torna con il cibo, lo ringrazio e subito allungo il braccio per rubargli una patatina.

«Ti avevo avvertita, bionda» ruggisce, dandomi una pacca sulla mano.

Lo fisso con sguardo divertito e lui capitola. Mi porge il cestino delle patatine fritte e le mangiamo senza dire una parola, mentre il suo sguardo si fa sempre più insistente.

«Allora, di cosa ti occupi, Matteo?» chiedo, per rendere l'incontro meno strano.

«Lavoro nel commercio. Sono un venditore di sogni.»

Mi acciglio.

«Vendi sogni?» ripeto, presa alla sprovvista. «Non mi sembra molto legale.»

Per tutta risposta, Matteo alza più volte le sopracciglia.

«Puoi spiegarmi meglio?»

Divertito dalla mia domanda, si copre una narice con il pollice e inala forte. I miei occhi si spalancano per la sorpresa, e lui scoppia a ridere.

«Sei scioccata?»

«Niente affatto» rispondo sinceramente. «Ognuno è libero di fare ciò che vuole.»

Ora è il suo turno di accigliarsi. Non è convinto della mia risposta, evidentemente.

«Possiedo una catena di palestre dislocate lungo tutta la costa orientale, bionda» aggiunge, alzando gli occhi al cielo.

«Certo, e io sono Virginia Woolf.»

«Bene, piacere di conoscerti, Virginia. Cosa pensi del Ventunesimo secolo? È sopravvalutato, vero?»

Restiamo un attimo in silenzio prima di scoppiare a ridere.

«Era vero?»

«Sì, ma ho altre attività collaterali.»

Aspetto che elabori, ma non aggiunge altro.

«Come vi siete conosciuti?» dico alla fine.

«Vi capita mai di parlare quando siete insieme?»

«Se per parlare intendi litigare, sì! E il tuo amico non è un tipo loquace, dovresti saperlo.»

Un sorrisetto gli squarcia il volto malizioso. Si lecca le dita piene di salsa barbecue e beve diversi sorsi di birra.

«Tutto quello che posso dirti, Elsa, è che un giorno il suo pugno ha salutato il mio zigomo, proprio qui.» E indica il punto. «Da allora è stato amore. Non c'è stupidaggine che non abbiamo fatto insieme.»

«Tipo vendere droga?»

Lui annuisce.

«Cosa vendevate esattamente?»

«Coca, eroina, funghi, quello che vuoi. Qualsiasi cosa faccia sognare. Ti interessa?»

«No, grazie.»

La sua risata esplode nella stanza.

«Rilassati, bionda. Scherzavo. Liam mi ucciderebbe se ti lasciassi toccare quella roba.»

«Non ne sarei così sicura.»

Ho l'impressione di aver detto un'assurdità, perché lo sguardo di traverso che mi lancia mi lascia perplessa.

«E quindi... è stato grazie alla vostra vecchia attività che è riuscito a comprare la Mem?»

Il bicchiere di birra che si sta portando alle labbra si ferma a metà strada.

«Tutto il denaro guadagnato è stato ben utilizzato, in particolare per le associazioni di…»

«Donne maltrattate?» concludo per lui.

«E prevenzione del suicidio… Quindi no, per rispondere alla tua domanda. Non ha comprato l'etichetta con soldi sporchi. Ha lavorato sodo, ha fatto funzionare la sua rete.»

«Sono felice per lui.»

Liam è riuscito a realizzare i suoi sogni. L'attico a New York, la musica, il successo. Matt ricambia il mio sorriso triste, poi la conversazione si sposta su di me e alla fine su di lui. Mangio quasi tutto quello che ha ordinato sotto i suoi occhi soddisfatti, poi mi passa il cellulare per mostrarmi la foto di una bellissima bambina bionda con gli occhi dorati. Ma è la donna accanto a lei che attira la mia attenzione.

«Questa è mia figlia, Satine. Ha cinque anni. Sta con me ogni due settimane.»

«Bellissima. E la bruna è sua madre?»

«Che cosa? Pensi che questo scarafaggio assomigli alla mia principessa?» sghignazza. «È mia sorella, Andréa.»

«Liam va a letto con tua sorella?»

La birra gli va di traverso, si batte più volte il pugno sul petto per evitare di soffocare.

«Credo ci tenga troppo alle sue palle per toccarla.»

«Sei sicuro?»

«Al cento per cento.»

Stronzo. Merita di mangiare gli escrementi di Hendrix per avermi fatto credere che stesse con lei. E perché, poi? Per ferirmi? Per farmi credere che qualcun altro abbia avuto accesso al suo cuore? La cosa peggiore è che odio che sia riuscito a turbarmi, perché sì, ho pensato che sarei morta quando li ho immaginati insieme.

Uno scoppio di risa nel locale riporta la mia attenzione sulla conversazione. Matteo mi racconta gli ultimi capricci di sua figlia e capisco da dove vengono i soprannomi da cartone animato che mi dà. Non so spiegare perché mi sento a mio agio in sua presenza. Forse perché è divertente. Rido così tanto che mi fanno male le guance. Mi ricorda il Liam di prima. Non è un caso se sono amici.

«Sei forte, Elsa. Mi piaci. Capisco meglio certe cose.»

Il suo commento suscita qualcosa in me. Vorrei chiedergli cosa intende, ma lo squillo del suo cellulare mi fa tremare il terreno sotto i piedi. Si scusa e si allontana per rispondere a una chiamata. Dopo qualche minuto riattacca e dice: «Eccoci, bionda. Ti riaccompagno?».

«No grazie» rifiuto educatamente. «Vado a piedi. Il mio appartamento è qui vicino.»

«Liam mi spezza le ginocchia se scopre che ti ho lasciata andare a casa da sola.»

Ridacchio per mascherare l'effetto che le sue parole hanno su di me. Non che immaginare un Liam violento mi ecciti, ma sapere che il suo lato protettivo è ancora lì, nonostante gli anni, mi commuove. Il surfista paga il cibo e i drink e io salgo sulla sua macchina, una magnifica Mustang nera. Nel giro di cinque minuti, accompagnati dalla musica, siamo sotto il mio palazzo.

«Dammi il telefono» ordina, una volta parcheggiato.

«Per fare cosa?» domando, sulla difensiva.

Tende la mano alzando gli occhi al cielo e finisco per obbedire. Matteo compone un numero.

«Perché ora siamo amici.»

Si fa uno squillo per prendere il mio numero e io gli poso una mano sul polso.

«Perché sei così gentile con me? Liam ti avrà raccontato la sua versione della storia, immagino.»

Scrolla le spalle.

«Rapunzel, sono bravo a leggere le persone. E dopo aver passato due ore con te credo di poter dire che c'è più di quello che vediamo. Penso che il dolore di quel famoso giorno abbia spinto Liam a dimenticare chi sei veramente.»

Deglutisco il nodo che si è formato in gola.

«Gli ho consigliato di parlartene» aggiunge. «Ma suppongo che non lo abbia fatto.»

«No.»

«Vuoi parlarne con me? Sono bravo ad ascoltare.»

Ridacchio piano.

«No.»

«Un giorno, magari. Ora scendi, mi stanno aspettando.»

«Tua figlia...»

«Andrei in prigione se facessi a mia figlia quello che sto per fare stasera.»

Un sorriso birichino gli illumina il viso. Una volta fuori, non sentendo la sua macchina partire, mi giro e alzo la voce per farmi sentire: «Che cosa stai aspettando?».

«Che la tua testona scompaia dietro la porta d'ingresso.»

Alzo gli occhi al cielo. Ma solo dopo aver chiuso la porta del palazzo sento finalmente l'auto allontanarsi. In casa trovo i miei due migliori amici seduti sul divano a guardare un film, visibilmente riconciliati. Do loro un bacio in fronte, salgo in camera mia e mi butto subito sotto la doccia, con la testa che vortica nei ricordi della conversazione con mio padre, di quella con Matteo e della telefonata che ho ricevuto poco prima di incontrarlo. Pronta per andare a letto, mi copro con una leggera trapunta quando lo schermo del mio cellulare mi mostra un WhatsApp di Liam. Cauta, lo apro con un occhio solo, perché non so cosa aspettarmi. E anche se mi ero preparata mentalmente, la foto davanti ai miei occhi mi toglie il fiato. Per la rabbia e la nostalgia.

Noi. Quella sera. Due adolescenti molto stupidi. Troppo innamorati. Troppo spaventati. *Ha un bel coraggio quello stronzo.* Nonostante tutti i miei sforzi per seppellirli, mi tornano in mente i ricordi, le nostre risate, gli odori di grasso e di fritto, la paura delle giostre, le sue dita intrecciate alle mie. Quella sera ero determinata a confessargli il mio amore, ma è bastata una frase perché il mio coraggio evaporasse come la brezza che ci sfiorava la pelle. Ha messo in chiaro che per lui la nostra amicizia era più importante.

Gli rispondo subito, con il pollice pronto a perforare lo schermo.

Io
Questa è una risposta automatica. La persona che cerca non vuole rivolgerle la parola né ricevere messaggi da parte sua. Prenda la sua faccia tosta e se la metta nel culo, così può provare il sapore della sua merda. Non credo che la infastidirà troppo. Cancelli questo numero. E soprattutto, non esiti a ripartire alla ricerca delle palle che ha perso.

In meno di cinque secondi il suo nome compare di nuovo sul mio schermo. Mi sta chiamando. La prima volta lascio entrare la segreteria. Le due volte successive declino la telefonata.

Stronzo
Rispondi.

Io
Se no?

Stronzo
Rifiuta un'altra chiamata e lo scoprirai in fretta.

Io
Quello che hai da dirmi non mi interessa. Invece mi piace un sacco vederti strisciare. Continua.

Stronzo
Piccola Luna, ti garantisco che sarai in ginocchio ai miei piedi.

Ovviamente tutto deve avere una connotazione sessuale.

Io
Hai la memoria corta :)

A quel punto mi richiama e io rispondo senza dire una parola, con la gola secca.

«Voglio che torni al lavoro.»

Non provo sollievo. Soltanto rabbia.

«Per caso la tua madrina ti ha dato il permesso di tenermi?» dico, in tono beffardo. «Sei proprio un cocco di mamma. Ben fatto.»

Alzo gli occhi al cielo perché non può vedermi, ma lo detesto per avermi licenziata senza esitare.

«In realtà no. Lei continua a non volerti, ma io sì.»

«Potrebbe avere qualcosa a che fare con il rifiuto di Orchid di lavorare con altre persone?»

«Accetti di tornare oppure no?» ringhia.

Bingo.

«No, grazie, non sono un vaso a cui puoi cambiare posto a tuo piacimento finché la tua madrina non scopre che le hai disobbedito.»

«Fino a prova contraria, è la mia etichetta discografica.»

Capisce subito di aver commesso un errore.

«Quindi avevi il potere di tenermi, ma hai scelto di non farlo.»

Silenzio.

«Ti odio ancora, quindi hai la tua risposta» dice alla fine.

«Ebbene, continuerai a odiarmi da lontano, perché non ho intenzione di tornare.»

Di nuovo silenzio. Poi lo sento muoversi, aprire lo sportello del frigorifero e richiuderlo. Da parte mia, affondo la testa nel cuscino e tiro la trapunta finché non sono completamente coperta.

«Ho capito, Collins, cosa ti farebbe tornare?»

L'irritazione nella sua voce mi fa piegare le labbra in un sorriso vittorioso. Ci rifletto per un secondo. Da un lato vorrei lasciare che il mio orgoglio prenda il sopravvento e cercarmi un altro lavoro, ma dall'altro ho così tanti progetti per l'album di Orchid e credo così tanto nel suo talento che sono sicura che vincerà il Grammy come rivelazione dell'anno.

«Voglio un aumento e voglio lavorare al prossimo album di Minsk.»

«Impossibile.»

So che sta dicendo di no soltanto a una delle mie condizioni. La più importante.

«Perché? So che non ha ancora firmato con noi, ma siamo in trattativa, giusto?»

Silenzio. Ancora.

«Torno soltanto se avrò la possibilità di lavorare con lui almeno su una canzone.»

«Non credo che tu capisca cosa mi stai chiedendo, Luna. Non lavora con i principianti.»

Sì, lo so che non è semplice. Minsk è un artista premiato decine di volte, con milioni di stream, e lavora soltanto con i migliori.

«Ricorda che sei tu ad avere bisogno di me, non il contrario.»

Liam mormora qualcosa sottovoce. Di sicuro non è l'elenco delle mie qualità.

«Ok, va bene» si arrende, e devo coprirmi la bocca con la mano per soffocare un urlo di gioia.

«Naturalmente metterai tutto per iscritto.»

«Vieni qui domani mattina alle nove» mi interrompe.

«Torno tra due giorni. Devo riprendermi dal danno psicologico di essere stata messa alla porta come un sacco di spazzatura.»

«Non perderò tempo a risponderti» dice, e riattacca.

Sposto la coperta, metto il cellulare in modalità selfie e sto per mandargli una foto di me tutta sorridente e con il dito medio alzato quando sento suonare il campanello e una sensazione spiacevole si deposita sulla mia pelle.

26
Liam

♪ *Pain's my only home* - Zevia

«La signorina Collins non può riceverla. Ha appuntamenti fuori per il resto della giornata.»

Sono uscito per incontrare dei potenziali investitori, e sussulto immediatamente a quella bugia. Alla reception vedo Kim con una donna bionda che sembra uscita direttamente da un negozio hippie.

«Quando torna?»

La donna cerca di nascondere la sua irritazione, ma il suono della sua voce è troppo acuto.

«Non lo so» dice Kim. «Mi ha chiesto di cancellare tutti gli appuntamenti della giornata.»

Un'altra bugia. Luna non è ancora tornata al lavoro. Cos'è questo pasticcio?

«Ci sono problemi, Kim?»

La bionda mi guarda, si liscia la gonna lunga e colorata e si scosta con grazia i capelli dalla spalla. Di colpo i suoi strani occhi grigi mi sembrano familiari.

«Salve, signor Davis» mi saluta Kim. «Va tutto bene.

Stavo spiegando alla signora Mills che Luna non è disponibile al momento.»

«La signora Mills?» chiedo.

Il nome mi colpisce come un boomerang. Sento subito un orrendo sapore amaro in bocca.

«È la madre di Luna.»

Non era una domanda, eppure lei annuisce come se fosse un complimento per un ruolo che non ha mai ricoperto.

«Ha notato la somiglianza?»

Mi offre un sorriso seducente prima di tendermi una mano perfettamente curata, piena di anelli costosi. A quanto pare cantare le ha fatto guadagnare un sacco di soldi. La sua mano si affloscia quando mi rifiuto di stringerla.

«Non proprio» sibilo, con la mascella serrata.

Osservo compiaciuto la smorfia che le appare sul viso.

«Mia figlia ha un numero di telefono professionale?» chiede a Kim. «Ho un volo per Filadelfia stasera e devo assolutamente parlare con lei.» Si gira di nuovo a guardarmi. «Luna ha fatto di nuovo uno dei suoi capricci da piccola viziata. Conoscendola, se non risolvo subito il problema, ne sentirò parlare per anni.»

Kim e io la guardiamo increduli. Il modo in cui parla di Luna mi lascia inorridito. È la prima volta che incontro Emma Mills, e giuro su Dio che se Luna mi chiedesse di sbarazzarmi di lei, lo farei senza battere ciglio. Sono sul punto di esplodere, ma faccio la cosa che mi sembra più sensata, a rischio di passare la notte in cella.

«Farebbe meglio ad andarsene.»

«Chiedo scusa?»

Chiamo Heroclyte dalla sicurezza con uno schiocco di dita.

«Da oggi l'accesso al piano è vietato alla signora Mills.»

«Capito, signor Davis. Mi segua, signora.»

«Chi è lei? Non me ne vado senza aver parlato con mia figlia» protesta, con le mani sui fianchi.

Le afferro il braccio abbastanza forte da farla sussultare, poi mi chino in modo che solo lei possa sentirmi.

«Sua figlia? Parla della ragazzina che ha abbandonato senza guardarsi indietro perché le impediva di fare la troia su un palco?»

Le mie parole sono taglienti. Ma Emma Mills ha fatto una scelta, e ha spezzato il cuore puro di una ragazzina dai capelli chiari come la luna. L'espressione di odio nei suoi occhi non mi disturba. Immagino che non mi inviterà mai al pranzo di Natale.

«Non sa di cosa parla.»

«L'unica versione che conta per me è quella di Luna. Ora se ne vada.»

Ordino a Hero di portarla via. Sento i suoi tacchi schioccare sul pavimento fino a scomparire.

«Luna c'è?»

Kimberley sembra scioccata dalla scena che si è appena svolta davanti ai suoi occhi. Immagino che abbia sentito tutto, ma almeno ha l'intelligenza di fingere il contrario.

«È nel suo ufficio… nel vecchio ufficio. Penso che abbia passato la notte lì. Non vuole essere disturbata.»

«Per me non vale.»

♪ Apro la porta del suo ufficio con il mio passe-partout. È così impegnata a camminare avanti e indietro, con lo sguardo fisso per terra, che non mi sente nemmeno entrare. Luna borbotta, si muove a destra e a sinistra, si mordicchia la pelle del pollice. Poi si accorge di me e si ferma. Indossa una maglietta bianca, un paio di jeans strappati e delle Doc Martens nere, e sembra molto più giovane, più vulnerabile. Lontana anni luce dalla femme fatale che ha il potere di mettermi in ginocchio.

«Sì, d'accordo, non avevo consegnato il badge, fatemi causa! Potresti lasciarmi in pace? Grazie. Se invece sei venuto a darmi il nuovo contratto, mettilo sulla scrivania e vai via, per favore.»

Sento a malapena le parole che le escono di bocca. Tutto ciò che noto sono i suoi occhi umidi, gonfi e iniettati di sangue. Mi si stringe lo stomaco a vederla soffrire per quella donna.

Luna smuove i fogli sparsi sulla scrivania, alla ricerca di qualcosa. Mi avvicino lentamente, finché non ci separa soltanto un metro.

«Se n'è andata.»

Le sue spalle si irrigidiscono. Smette di cercare e alla fine alza fiaccamente lo sguardo su di me.

«Di chi parli?»

«Di tua madre. Non tornerà. Le ho impedito l'accesso.»

I suoi occhi si chiudono per qualche secondo.

«Perché lo hai fatto?»

Non ha urlato. La sua voce è calma, eppure il suo respiro ansimante mi dice che vorrebbe urlare. Non contro di me. Ma contro quella madre incapace di capire quanto valga la pena conoscere sua figlia. Amarla.

«Ora cos'ha fatto?»

«Non voglio parlarne.»

Avanzo. Lei indietreggia.

«Luna.»

Il mio tono implorante intensifica il tremito delle sue labbra. Sta per scoppiare in lacrime, lo so.

«Luna» ripeto. «Vieni qui.»

Scuote la testa, una mano alzata per tenermi a distanza.

«Se mi tocchi crollo, e lei non se lo merita.»

Ma ha appena finito la frase quando la sua voce si spezza, lasciando scappare una lacrima dai suoi grandi occhi grigi. Non riesco a starle lontano quando riconosco il dolore che la tormenta. Il ricordo di lei rannicchiata fra le mie braccia ogni volta che sua madre la deludeva mi fa avvicinare di un altro passo. La prendo fra le braccia e la stringo il più forte possibile al mio petto. Per qualche secondo Luna lotta debolmente contro il mio abbraccio, ma non la lascio. Non ho intenzione di abbandonarla. Non in questo stato.

«Cosa ti ha fatto, cuore mio?»

Smette di lottare.

Smette di dimenarsi.

Mi stringe le braccia intorno alla vita e scoppia in lacrime. Con il mento sulla sua testa, la tengo vicina al cuore, mentre il suo corpo è scosso dai singhiozzi. Le sue mani si aggrappano alla mia giacca, le sue lacrime mi bagnano la camicia e sussurra: «Il problema ero io».

Continua a ripetere questa frase in un mormorio straziante, mentre il pianto aumenta di intensità. Faccio un passo indietro per guardarla negli occhi.

Il viso distorto dal dolore della ragazza che un tempo era la regina il mio cuore incrina ulteriormente il mio guscio.

«Parlami, Luna.»

Seguo il movimento delle lacrime che le scendono lungo le guance, le accarezzo il viso e le bacio le palpebre. Lei sussulta. Quando apre gli occhi, scopro che sono pieni di angoscia. E con sorriso triste e una voce dall'oltretomba, mi dice: «Mia madre è incinta e sta mettendo in pausa la carriera per occuparsi del bambino».

Liam 17 anni - Luna 15 anni

«Luna, apri!» esclamo.

Colpisco la porta con i pugni, così forte da farmi male.

«Collins! Apri.»

Non capisco se riesce a sentirmi, con la musica così alta, e la cosa mi sta facendo impazzire. Dieci minuti fa

Travis mi ha svegliato nel cuore della notte per dirmi che Luna aveva bisogno di me. Il che non aveva senso, perché sarebbe dovuta essere su un aereo per New York. E invece è a una festa a casa di Daniel Jones. Emetto un ruggito di frustrazione e sferro un calcio alla porta.

«Cazzo.»

Quasi mi si spezza il cuore quando la porta si apre. Luna ha il viso rosso di lacrime e una bottiglia di vodka quasi vuota in mano. La mia migliore amica mi guarda senza vedermi e si porta l'alcol alle labbra per berne un altro sorso. Sussulta quando sente il liquido trasparente bruciarle la gola.

«Gli avevo chiesto di non chiamarti» dice amaramente.

Mi addentro meglio in questa stanza senza grandi attrattive, dove l'unica cosa che risveglia la mia attenzione è una lampada rotta sul pavimento.

«Sei stata tu?»

Mantengo un tono il più neutro possibile, per non aumentare la tensione. Luna mi ignora, borbottando frasi a denti stretti.

«Fanculo, cazzo» ruggisce contro il telefono.

Le prendo delicatamente il viso per ancorarla alla realtà, ma lei scuote la testa, mi sfugge e prova di nuovo a fare una telefonata.

«Rispondi, per favore» singhiozza.

«Luna, guardami.»

Le sue sopracciglia si inarcano, formando una piega tra i suoi occhi. Le sue palpebre sbattono come se si fosse appena accorta della mia presenza nella stanza.

«Perché sei venuto, Liam?» ridacchia. «Sei venuto a vedere la povera bambina che è stata abbandonata ancora una volta dalla madre?»

L'ultima parola le strappa una smorfia di disgusto e sento che le lacrime mi annebbiano la vista quando capisco che quella strega ha di nuovo annullato il suo weekend con Luna. Era da giorni che parlava del viaggio a New York con sua madre. L'ho ascoltata, ho condiviso la sua impazienza, mi sono bevuto le sue parole per seppellire quello che nel profondo sapevo già benissimo.

Avrei voluto sbagliarmi.

Avrei dato qualsiasi cosa per sbagliarmi.

Luna prova a bere un altro sorso, ma le strappo la bottiglia di mano.

«Ridammela. Se ti avessi voluto, ti avrei chiamato. Lasciami in pace.»

«Perché non me l'hai detto quando abbiamo parlato al telefono?»

Il suo sguardo mi fa gelare il sangue. Ma è la sua risata senza gioia a pugnalarmi al cuore.

«Per farmi guardare con compassione? No grazie, amico.»

Mi dà una pacca sulla spalla, come farebbe un ragazzo.

«Sai che puoi dirmi qualsiasi cosa, vero? Sarei venuto a prenderti, avremmo passato la serata con Cam e Tee, non lo so, avremmo trovato qualcosa da fare, ma di certo non ubriacarsi fino al coma etilico. Tua madre non merita di metterti in uno stato del genere.»

«Non chiamarla così» mi avverte. «E poi sto benissimo, guardami.» Fa una giravolta, sorridendo.

Poi ricomincia a camminare e prova per l'ennesima volta a fare una telefonata.

«Perché non risponde?» urla, con le lacrime che continuano a scorrere.

«Chi stai cercando di chiamare, Lu?»

«Emma!»

Si siede sul bordo del letto e si prende la testa tra le mani. Dondola avanti e indietro, con le ginocchia strette al petto. Mi accovaccio di fronte a lei e le bacio la fronte. Luna chiude gli occhi, versando altre lacrime che finiscono fra le mie dita. Ho il cuore spezzato e sono così furioso che potrei distruggere tutto ciò che mi circonda. Sapevo che dietro i sorrisi di Luna si nascondeva una profonda sofferenza, ma ero convinto che stesse migliorando. Del resto, come si può guarire quando tua madre ti tratta come se non avessi la minima importanza?

«Perché non risponde?» geme, con voce triste.

«Non lo so.»

Come se le mie parole l'avessero risvegliata dal torpore, Luna raddrizza improvvisamente le spalle, si alza, si rimette in ordine la coda di cavallo e si asciuga con il pollice il mascara che cola. Poi, con un sorriso finto stampato sulle labbra, la mia migliore amica dichiara: «Non importa, anzi, meglio che abbia annullato, altrimenti mi sarei persa questa festa».

Si guarda allo specchio per rimettersi il rossetto.

«Luna, hai il diritto di essere arrabbiata.»

«Perché dovrei? Almeno stavolta mi ha mandato un messaggio. Un messaggio, capito?» aggiunge, con una risata amara che mi fa rabbrividire. «Mio padre si arrabbierà per aver comprato dei vestiti pesanti per niente, ma prima o poi li userò, giusto? Tu e io a New York, ricordi?»

«Mi dispiace.»

Non riesco a dire altro. Mi sento impotente di fronte alla sua angoscia. Ero convinto di aver guarito le sue ferite, almeno in parte, come ha fatto lei con la mia. Vorrei aiutarla, cancellare un po' del suo dolore. Vorrei che si lasciasse andare, che urlasse, che gridasse tutta la rabbia che ha dentro, ma la mia Luna si ostina a sorridere.

Sono io, Luna. Puoi mostrarmi tutta l'oscurità che ti divora, non ti abbandonerò mai.

«Risparmiati la pietà, Liam» sbotta, prima di mettersi a urlare. «Non sono più una bambina di sei anni che chiede al padre quando tornerà la mamma. Non devo più addormentarmi prima di lui per paura che mi abbandoni. La notte lasciavo la porta aperta e continuavo a ripetere "buonanotte, papà" ogni minuto, soltanto per essere sicura che fosse ancora lì.»

Il suo pianto è così straziante che sussulto. Ha il corpo scosso dai singhiozzi, il viso inondato di lacrime. Mi avvicino a lei per abbracciarla. Nessuno merita di soffrire così tanto. I nostri genitori dovrebbero amarci, sostenerci. Non traumatizzarci per tutta la vita.

La tocco, ma lei indietreggia.

«Non ho bisogno di lei, vero?» sibila, con voce piena

di disprezzo. «Non c'era quando ho avuto le prime mestruazioni, e non mi ha insegnato a truccarmi, ma come vedi me la cavo abbastanza bene. Sai quanto è difficile depilarti le sopracciglia senza fare casino, Liam? Ho imparato a leggere senza di lei, a pettinarmi senza di lei.»

La sua voce si incrina e crolla in ginocchio davanti a me, piangendo. Mi avvicino di nuovo a lei e la abbraccio forte, per dimostrarle che non deve soffrire da sola, che la capisco meglio di chiunque altro, che anche mio padre è uno stronzo. Che ce la faremo senza di loro. Perché insieme siamo più forti. E se vorrà amarmi, prometto di passare la vita a cercare di lenire questa terribile ferita.

Le bacio le lacrime salate e lei seppellisce la testa nel mio collo. Dopo lunghi minuti di silenzio, la terra mi crolla sotto i piedi quando la sento chiedere: «Che cosa ho fatto di sbagliato? Perché non mi ama?».

Sento gli ultimi frammenti del mio cuore andare in pezzi. La sollevo e ci spostiamo sul letto, dove appoggia la testa sul mio petto. Le accarezzo i capelli ed entrambi piangiamo per i genitori che ci hanno abbandonati.

«Io ti amo Luna... *Ad vitam æternam.*»

E quella notte non sapeva quanto fosse vero.

27
Luna

«Mia madre è incinta e ha deciso di mettere in pausa la carriera per occuparsi del bambino.»

Le dita di Liam si stringono sulle mie guance. La sua bocca si apre e si chiude più volte. È così sconvolto che sembra un cerbiatto abbagliato dai fari di un'auto. Ma la sua reazione è molto migliore della mia.

Ieri sera Crudelia si è presentata prima del previsto, con un sorriso finto e le braccia piene di cibo. L'ho fatta entrare in casa sotto lo sguardo preoccupato dei miei due migliori amici, che non si sono mossi finché non sono stati sicuri che stessi bene.

«C'è dell'aglio in cucina» mi ha sussurrato Travis prima di uscire.

Ho percepito che Crudelia aveva molto da ridire sul mio appartamento, sui piatti nel lavandino, sul cibo sul tavolino. Ma ha tenuto la bocca chiusa. Strano, come minimo ora starà nevicando ai Caraibi. L'ho lasciata sola mentre andavo a cambiarmi. Quando sono tornata ci siamo sedute sul divano, mantenendo una distanza di sicurezza, e lei ha aperto le confezioni di cibo. Sushi di tutti i tipi, la maggior parte ripieni di avocado. Giochereliavo con il telecomando e morivo dalla voglia di lanciarglielo in faccia. Ho persino dovuto reprimere una risatina quando ho immaginato il tonfo che avrebbe fatto quando le fosse atterrato in testa.

«Sono allergica all'avocado» ho detto, laconica. «E anche alla soia.»

La sua bocca si è contorta in una smorfia, come se me lo stessi inventando. Del resto, come poteva saperlo? Si sarebbe dovuta interessare a me per conoscere quei dettagli.

«Sei sicura?»

Avrei voluto strapparle le ciglia a una a una. Che domanda stupida era?

«Non proprio. Magari ne assaggio uno per vedere se mi sbaglio, che dici?»

Mi sono allungata per prendere un pezzo di sushi, ma lei me lo ha strappato di mano, sbuffando irritata.

«Se lo dici ti credo, Luna.»

Mi sono canticchiata una canzone in testa per calmare il battito del mio cuore. Si è presentata senza invito, dopo che l'avevo ignorata per settimane, e osava anche comportarsi in modo passivo-aggressivo. Ma di cosa mi stupivo?

Alla fine ho scelto il sushi che non mi avrebbe ucciso e abbiamo mangiato in silenzio. Almeno, io ho mangiato. Emma è rimasta seduta con la schiena dritta come un fuso a guardarsi intorno con il naso arricciato.

Sapevo che osservava con sguardo critico l'arredamento e forse anche la scelta del quartiere.

«Perché non mangi?»

«Non posso.»

Ho emesso un sospiro esasperato.

«Stai provando una nuova dieta in cui puoi soltanto guardare o annusare il cibo, per caso?»

Era una presa in giro, ma non ha avuto effetto. Si è limitata a rispondere. «Sono incinta».

Un chicco di riso mi è rimasto incastrato nella trachea e ho cominciato a tossire forte. Tossivo per non rannicchiarmi sul pavimento e piangere.

Incinta.

Incinta.

«Incinta?» Ho soffocato un singhiozzo.

Quindi era tutta una messinscena?

«Sì» ha confermato, a denti stretti. «Diventerai una sorella maggiore.»

Non sapevo che mia madre avesse i denti. Era la prima volta che sorrideva in mia presenza. Quei sorrisi erano sempre riservati a mio padre. Ho sempre pensato che non fosse fatta di carne e sangue come le altre, ma di fili elettrici e acciaio. Mi sono sentita un peso sul petto. Ho messo giù il sushi. E poi è arrivata la nausea, accompagnata da lacrime amare. Davanti a me, il suo sorriso brillava più luminoso che mai. Era così felice anche quando era incinta di me? Probabilmente no. Ai suoi occhi ero soltanto un parassita. Ho provato un sentimento di odio misto a gelosia, ma lei non se n'è accorta.

«Ho deciso di mettere in pausa la mia carriera per un periodo. Il dottore ha detto che la mia età può comportare dei rischi. Gli ho fatto notare che ho solo quarantaquattro anni, ma a quanto pare per la medicina ho già un piede nella fossa.»

Sono saltata in piedi e sono andata in cucina. Mi sentivo soffocare. Era come morire lentamente. Stava rischiando la vita per quel bambino, quando saltare una delle sue prove per assistere al mio saggio di danza sembrava al di là delle sue forze. C'è sempre stato qualcosa di più importante di me, di migliore di me. Mio padre veniva sempre, e dopo qualche anno ho smesso di chiedergli se ci sarebbe stata anche lei; quando ho capito che non sarebbe mai venuta ho smesso di ballare.

Emma mi ha raggiunta in cucina, ignara del mio desiderio di urlare fino a sgolarmi. Liam avrebbe capito che avevo il cuore a pezzi. E quel pensiero è stato un'altra coltellata, perché sapevo di non poter più contare sul suo conforto.

«Ho scelto il miglior ginecologo di Manhattan. Mi ha detto che per una prima gravidanza...»

«Una prima cosa?» l'ho interrotta, con il sangue che mi si ghiacciava nelle vene.

Lei ha riso.

«Ovviamente l'ho corretto. Ma aveva dato per scontato...»

Non l'ho più ascoltata. Mi sono diretta verso la console all'ingresso, ho preso la borsa, il telefono, le scarpe e sono scappata senza degnarla di uno sguardo.

«Chi ha avuto il coraggio di metterla incinta?»

Scoppio a ridere tra le lacrime. Nonostante i singhiozzi, lo sguardo di Liam mi colpisce dritto al cuore. Non mi sta giudicando. Capisce la mia reazione. Non sono più una bambina, dovrei essere in grado di sopportare tutto questo, ma non ne sono capace. Questa storia riapre una ferita che non si è mai rimarginata.

«Non sapevo che vedesse una persona.»

«Il poverino non ne andrà orgoglioso» scherza lui.

Ed eccomi di nuovo a grugnire come una scrofa per le risate. È incredibile quanto riesce a calmarmi.

«Non farmi ridere, dovrei essere triste.»

«E io dovrei prenderti in giro per le tue battute noiose.»

Liam cancella con i pollici le ultime tracce del passaggio di mia madre.

«Prendi la borsa, andiamo.»

«Eh? Dove? E il lavoro?»

«Cancellerò i miei appuntamenti.»

«Non devi, Liam.»

«Non lo faccio perché devo, lo faccio perché voglio.»

La luce che si accende nei suoi bellissimi occhi verdi mi fa venire le farfalle nello stomaco.

«E ora ci facciamo una giornata fuori.»

«Oh.»

«Potresti mostrare un minimo di entusiasmo.»

«Oooohhhh» esagero.

«Te lo giuro, a volte meriteresti di essere messa sulle ginocchia e sculacciata.»

«Non minacciarmi con le cose belle.»

L'atmosfera diventa subito elettrica. Le sue iridi scivolano sulle mie labbra proprio mentre le apro per ricordarmi di usare i polmoni.

«Attento, Davis, mi stai mandando dei segnali contrastanti. Mi odi, ricordalo.»

Ora ci divoriamo a vicenda con gli occhi.

«Non lo dimentico, Collins» dice, inumidendosi le labbra. «Non devo amarti per volerti far venire sul mio cazzo.»

Spalanco la bocca. La risposta mi muore sulle labbra. La distanza tra noi sta diminuendo. Ci fissiamo. Ci sfidiamo.

Io lo disarciono. Lui mi disarma.

Vorrei che mi sbattesse contro il muro. E che mi baciasse fino a farmi sanguinare. Ma Liam, da bravo aguzzino, interrompe il contatto e mi prende la mano per trascinarmi fuori dall'ufficio. Ridiamo come bambini che stanno facendo buca a scuola, ma la nostra risata viene interrotta dalla sua assistente che viene dritta verso di noi, con le labbra increspate. Ops.

«Signor Davis, gli investitori la aspettano nella sala riunioni numero quattro.»

«Rinvia l'incontro, ho cose più importanti da fare.»

A Flora non sfugge lo sguardo che mi lancia e le mie guance sono così rosse che bruciano.

«Liam» dice, rivolgendosi a lui con affetto. «Sono venuti a New York per incontrarti. Hanno un'agenda fittissima. Se annulli oggi, non so quando potremo riceverli di nuovo e tu sai benissimo quanto è importante questo incontro.»

«Flora ha ragione, ci vediamo dopo» intervengo, per non costringerlo a scegliere tra me e il suo incontro. Oltre al fatto che anch'io ho un sacco di cose da fare.

«No» insiste lui con fermezza. «Rimanda l'incontro. Inventa una scusa.»

«La diarrea funziona sempre» scherzo.

Liam sghignazza. Flora fa una smorfia. E io chiudo la bocca. Non ho mai avuto problemi con lei, ma in questo momento penso che vorrebbe farmi fuori.

«Liam, la tua madrina non sarà felice.»

«Va bene, anch'io ho molte cose da rimproverarle.»

«Dammi le chiavi.»

Agito le dita sotto il naso di Liam per farmi passare le chiavi della sua BMW i8 nera. Sono mesi che non guido e non mi ero resa conto di quanto mi mancasse. Solo che mi guarda come se avessi delle corna che mi crescono in testa.

«Hai mai guidato a New York?»

Scuoto la testa.

«Preferirei dare il mio uccello in pasto a delle api rabbiose che lasciare la mia bambina nelle tue mani.»

«Mi piacerebbe assaggiare il tuo miele» dico, inarcando un sopracciglio. Vendetta riuscita. È il suo turno di rimanere a bocca aperta. Nessuna reazione. Ridacchio.

«Lasciami guidare, ti prego» insisto.

Sporgo in avanti il labbro inferiore, esibendomi nella mia migliore espressione da cucciolo. Ma il cuore di pietra che ho di fronte mi ignora.

«Alla mia bambina non piacciono gli estranei.»

«La tua bambina non distinguerà il mio sedere dal tuo.»

Si finge offeso, con la mano posata sul cuore.

«Stai insinuando che è un'idiota?»

Liam si avvicina ai fari e accarezza la carrozzeria.

«Non ascoltarla, sussurra. Sei molto sveglia, amore mio.»

Il mio cuore batte più forte. Rivedo dei frammenti della personalità del mio migliore amico. Quando passavamo ore a parlare del nulla. E a ridere finché non ci faceva male lo stomaco.

«Sei incredibile! Fai pure, mia madre è incinta, sono triste, Liam» provo a convincerlo.

«Sei una stronza, Luna» ride. «Fanculo, ti amo.»

Il mio cuore smette di battere. Liam smette di sorridere. E la Terra sicuramente smette di girare.

«Parlavo del tuo umorismo. Mi hai sempre fatto ridere.»

Poi, come se nulla fosse, mi porge la chiave, ma non appena le mie dita la sfiorano se la riprende. Emetto un ruggito di frustrazione mentre lui sghignazza, ma alla fine me la consegna.

«Sul serio?»

«Sono debole» sorride. «Ma promettimi di abbassare un minimo il tuo livello di "testonaggine" e di lasciarti guidare. È molto potente.»

«Lo stress ti fa inventare le parole» lo prendo in giro.

Liam prova a fucilarmi con lo sguardo, ma non ci riesce. So che anche lui è felice. Noi due insieme. Per qualche ora. E soprattutto, è ovvio che non resiste al mio fascino. Si morde il labbro per trattenersi dal ridere e non far saltare la sua copertura da ragazzo senza cuore.

«Prometti.»

«E va bene» cedo, alzando gli occhi al cielo.

Poi allunga il palmo verso di me e facciamo il nostro rituale per suggellare l'accordo. Il gesto mi fa rabbrividire. Alla fine nessuno dei due lascia la mano dell'altro. Ci guardiamo con un sorriso complice sulle labbra, mentre sprofondo nel verde dei suoi occhi. Per calmare il battito felice del mio cuore, gli chiedo dove stiamo andando. Il suo sorriso sghembo non promette nulla di buono.

«Andiamo a fare casino.»

28
Liam

♪ *Revolution* - UNSECRET

Stiamo camminando da meno di un minuto quando il piccolo demone inizia a lamentarsi perché la costringo a tenere gli occhi chiusi. È convinta che potrei lasciarla attraversare la strada alla cieca. In effetti è una cosa che avrei potuto pensare, ma dopo la mattinata che ha passato la mia voglia di vederla schiacciata sotto le ruote di un taxi giallo è prossima allo zero. Le sue unghie mi stringono il bicipite così forte da perforarmi la pelle.

«Va tutto bene, puoi aprire gli occhi.»

Luna si strofina forte le palpebre. Una volta riacquistata la vista, si gira verso di me, confusa.

«Una Fury Room? E cosa sarebbe?»

«Un posto dove i sogni diventano realtà» le sussurro all'orecchio. «In due parole: spaccare tutto.»

«È quel posto dove puoi distruggere tutto quello che trovi?»

«Sì.»

Si mette a saltellare e a emettere gridolini degni di un roditore in fin di vita.

«È esattamente quello di cui avevo bisogno!»

Lo so, cuore mio.

Ci accoglie un uomo sulla trentina, calvo, di statura media.

«L'idea è semplice. Questo è il posto in cui la gente viene a spaccare le cose. Computer, piatti, schermi, l'unico scopo è sfogarsi, rilassarsi dopo una giornata di merda al lavoro, dopo la fine di una storia, o per il motivo che vi pare. Potete distruggere tutto. Anzi, è obbligatorio» conclude, con un sorrisetto soddisfatto.

♪Luna batte i piedi a terra con impazienza. L'uomo calvo ci porta in una stanza dove indossiamo una tuta, scarpe, guanti, un casco e una protezione per le schegge di vetro. Dopodiché io scelgo il piede di porco e Luna impugna la mazza da baseball.

Selezioniamo l'arredamento di un soggiorno con uno schermo televisivo e un tavolo pieno di stoviglie. Piatti, bicchieri, diverse bottiglie di alcolici vuote.

«Pronta?»

Luna saltella sul posto come un pugile pronto al combattimento, poi sbatte la mazza contro i bicchieri di vino su una mensola. Il rumore di vetri infranti esplode intorno a noi. Il suo grugnito di soddisfazione è liberatorio.

«Che meraviglia.»

Il casco lascia intravedere soltanto i suoi occhi, ma dal suono della sua voce so che sta sorridendo.

«Vai» mi incoraggia. «Prova anche tu.»

Il mio piede di porco fracassa lo schermo e la sensazione di calma che mi pervade mi sconvolge. Nonostante la violenza dei colpi che assestiamo a questi oggetti, c'è qualcosa di magico e di calmante nel farli a pezzi. Mi avvicino al computer per sfogare altra frustrazione. I miei muscoli sono tesi e ho il fiato corto, ma non mi sono mai sentito così bene. Luna è impegnata a fare a pezzi delle cornici e una libreria. Ruggisce ogni volta che la sua mazza si abbatte su un oggetto. I suoi colpi sono così brutali che smetto di muovermi per guardarla. Il mio piccolo demone si sta sfogando. Sta dando tutto. Si sta liberando di tutto ciò che la opprime. Mi faccio da parte per darle spazio.

«Vai, Piccola Luna.»

Il suo grido di furia mi gela il sangue.

«La odio» urla, spaccando con la mazza una bottiglia di whisky. «Cosa ho fatto per farmi odiare così tanto?»

Ora tocca a dei bicchieri da champagne.

«Perché questo bambino e non io?» continua.

Una pila di piatti si frantuma contro il muro.

«Come ha potuto abbandonare sua figlia?»

Luna urla di rabbia. È senza fiato, la mazza le scivola dalle mani, le sue spalle tremano dai singhiozzi. L'intensità dell'esercizio la consuma. Poi si gira verso di me e vedo solo i suoi occhi grigi, arrossati dalle lacrime. Il suo dolore scatena la mia rabbia. Impugno il piede di porco e inizio a colpire. Anch'io devo sfogarmi. Rancore e adrenalina si mescolano nelle mie vene. Riverso tutto il dolore che provo pensando alla mia infanzia, ai miei genitori, a Mike, a Charlie e a Luna.

«Avrei voluto che mio padre ci amasse abbastanza da restare» grido, a mia volta.

Spacco in due una sedia. La mia voce è irriconoscibile. È rauca. Amara. Mi fa male tutto. Così tanto che vorrei strapparmi la pelle.

«A volte vorrei che mia madre fosse morta» dice Luna.

Scaglia un pezzo dello schermo contro il muro.

«Sono arrabbiato con mia madre per essere rimasta con quello stronzo del mio patrigno.»

Rovescio il tavolo, ruggendo come un animale.

«E ce l'ho con me stesso per non essere riuscito a proteggere Charlie» continuo.

Una palla di fuoco mi si blocca la gola. Sto distruggendo tutto. Il mio rimorso mi travolge. Sto perdendo il controllo. Sento soltanto il rumore assordante delle cose che rompo e il battito frenetico del mio cuore. Al mio fianco, Luna non si muove più. Si è tolta il casco e ora i suoi occhi sono fissi su di me.

«Mi dispiace di averti lasciata» urlo, dando un pugno al muro.

Luna sussulta, senza capire che la mia frase era destinata a lei. Sono arrabbiato con me stesso per averla abbandonata senza ascoltare quello che aveva da dire. Per aver lasciato che il mio dolore e il mio odio mi accecassero. Ero pazzo di lei. Era la persona che mi ha tenuto in vita. Ogni battito del mio cuore era per lei. Era la parte migliore di me.

Il mio petto brucia, il cuore è consumato. Sono anni che cerco di metterlo a tacere. Di dimenticarla. Di annullare quell'amore per cancellare il dolore. Ma non ci sono riuscito. Luna era ovunque dentro di me.

La sua mano si posa sul mio avambraccio per riavvicinarmi a lei. I nostri petti si sollevano ansanti. Il passato ci divora. Guidato da una forza che va oltre la mia comprensione, mi tolgo il casco e i guanti e la bacio. La bacio come se fosse la prima volta. Le nostre labbra, salate delle sue lacrime, o forse delle mie, si scontrano. Mi stringe le braccia intorno al collo e le gambe intorno alla vita. È un bacio diverso da tutti gli altri. È impaziente. Pieno di rabbia, di disperazione. Tutto pur di mettere a tacere il nostro dolore e sostituirlo con altri ricordi. Nonostante le tute, sento il suo battito cardiaco accelerato. E gemo quando la sua lingua tocca la mia. La schiaccio contro il muro più vicino. Il caos che abbiamo intorno è un riflesso del disordine che regna dentro di noi. Ancora una volta il cuore prende il sopravvento sul cervello e mi lascio inghiottire dall'uragano Luna.

«Stiamo facendo una stupidaggine» sussurra.

«Lo so, ma è bello.»

«Bello è un eufemismo. È meraviglioso.»

«Ci sono posti più adatti per questo» gracchia una voce da un altoparlante. «Lasciate i vostri commenti nel box dei suggerimenti alla reception e forse in futuro penseremo di aggiungere dei letti.»

Mortificati, io e Luna scoppiammo a ridere. Ha le guance rosse e le labbra ancora gonfie per il nostro bacio. Ma sono i suoi occhi a commuovermi. La tristezza è scomparsa. La rivedo com'era anni fa, quando aveva il potere di farmi sorridere e di farmi dimenticare le mie preoccupazioni. E forse è questo che sono stato per lei oggi. Un amico, una roccia. L'idea mi piace.

La stringo ancora fra le braccia e le bacio le palpebre.

«Che ne dici di un panino?»

Scoppia in una risata a metà tra una nonna e una strega, poi annuisce.

29
Liam

«Perché sorridi?» chiedo a Luna, che mi sta fissando le mani.

«Te lo ricordi.»

Non capisco subito a cosa si riferisce, finché non mi guardo le dita. Come se non avessi mai smesso di farlo in tutti questi anni, ho preso il suo hamburger, ho tolto i sottaceti e li ho infilati nel mio.

«Ti sorprende?»

A essere sincero anch'io detesto i sottaceti. Li prendo soltanto perché so che a lei fanno proprio schifo e non sopporto gli sprechi, ma non glielo dirò mai.

«Non mi aspettavo che ricordassi ogni dettaglio.»

Divertito dal suo commento del tutto surreale, mi accascio contro lo schienale della panca, con le braccia incrociate sul petto.

«Hai ventisette lentiggini. E la cosa ti infastidisce perché è un numero dispari. La prima cosa che fai quando entri in una stanza è accendere della musica per coprire il silenzio. Dormi con il piumone tirato sopra la testa e ti mordicchi le pellicine delle dita quando sei in ansia. Ah! E ovviamente sei allergica all'avocado e alla soia.»

Mentre finisco di stilare la lista, mi rendo conto che la semplice esistenza di Luna fa vibrare ogni fibra del mio essere.

«Spaccone» dice, arrossendo.

«Ecco, ora sei in imbarazzo.»

«Basta!» squittisce. «Tu invece ti passi la mano tra i capelli quando ti do fastidio.»

«Niente affatto» mi difendo.

«Sì.»

«Bugiarda.»

«Fastidioso.»

«Insolente.»

«Stupido.»

Seduta sulla panca, si china verso di me per darmi un colpetto in mezzo agli occhi, come faceva sempre prima. Quando si allontana, le stringo il polso con una mano e l'altra le scivola dietro il collo per avvicinare il suo viso al mio. Siamo naso contro naso. Respiro contro respiro. Aspetto qualche secondo che mi spinga via, ma, quando rabbrividisce, la mia bocca cattura la sua. La sua mano mi afferra la maglietta, la mia le scivola attorno al collo per sentire il battito del suo cuore contro i polpastrelli. Dopo un po' interrompo il bacio, lasciandola disorientata.

«Perché?» chiede, senza fiato.

«È l'unico modo per farti tacere.»

Gira la testa per nascondermi il suo sorriso.

«Vado in bagno.»

La guardo allontanarsi e ne approfitto per mandare qualche e-mail dal cellulare. Cinque chiamate senza risposta da parte di Odessa, ma non mi sorprende. Mi ha anche mandato due e-mail e come minimo diramato un avviso di ricerca. Non ho dubbi che sappia che sono con Luna.

Il giorno in cui le ho comunicato che non volevo licenziarla, contro ogni previsione, Odie non ha urlato. Ed è questo il problema. Si è limitata a dirmi di non contattarla quando tutta questa faccenda mi fosse scoppiata in faccia. Non so perché la vita abbia rimesso Luna sul mio cammino, ma mi rifiuto di attribuirle cattive intenzioni. Quanto all'incontro che ho annullato, me ne assumerò la responsabilità e le conseguenze.

Luna torna tutta sorridente, senza sapere che il sorriso non le resterà a lungo. È il momento di affrontare l'argomento che ci ha portati qui oggi.

«Cosa hai intenzione di fare con tua madre?»

Si irrigidisce.

«Non lo so» risponde lei, con lo sguardo fisso sul gelato.

Forse pensa che se non mi guarda sparirò.

«So che ti fa male, ma penso che dovresti essere presente nella vita del bambino. Hai sempre desiderato una grande famiglia, no?»

Prende una patatina fritta e la intinge nel gelato alla vaniglia, ignorandomi.

«Il bambino non c'entra niente, e se tua madre si comporterà con lui come ha fatto con te, avrà bisogno del tuo aiuto. Sarai un'ottima sorella maggiore. Non c'è niente di più gratificante di un bambino che ti segue ovunque e cerca di imitare tutto quello che fai. Ricordo che Charlie...»

I grandi occhi grigi di Luna si posano su di me e mi rendo conto del nome che ho appena pronunciato. Mi fermo subito. Se c'è un argomento che mi rifiuto di discutere con Luna, è proprio Charlie. Lei se ne accorge e i suoi occhi si velano. Mi schiarisco la gola per liberarmi dal groppo che si è formato e continuo il discorso, ma Luna mi precede.

«Liam, dobbiamo parlare di quel giorno. Voglio che tu sappia che mi pentirò per il resto della vita di quello che ho detto a Tallulah.»

Serro la mascella e infilo le mani sotto il tavolo per nascondere il tremito. Stringo il bordo della panca così forte che mi fanno male le dita.

«Luna, per favore. Abbiamo pianto abbastanza per oggi, non credi?»

Apre la bocca, ma poi cambia idea. Sollevato dal fatto che abbia rinunciato a insistere, espiro l'aria dai polmoni e bevo un bel sorso di Coca.

«Ho paura» ammette, in un sospiro.

Aspetto che elabori i suoi pensieri. Si sta mordicchiando ferocemente la pelle del pollice.

«Ho paura che sarò invidiosa di quel bambino. Ho paura di odiarlo. Sembrava davvero felice, Liam. È pronta a dargli tutto quello che a me ha sempre rifiutato. Non sono sicura di avere la maturità di andare oltre la sofferenza che mi ha causato e accogliere questo bambino a braccia aperte. E se finissi per fargli del male, involontariamente?»

«Già il fatto che tu ti ponga il problema significa che non faresti mai niente di simile. Abbi fiducia in te stessa, Luna. Hai ancora diversi mesi per abituarti e forse è arrivato il momento di dire a tua… a Emma la verità.»

«Forse» dice, incerta.

Poi aggrotta la fronte, come per mandarmi un messaggio molto chiaro. Per stasera l'argomento Emma è chiuso.

Ma non siamo pronti per tornare a casa, quindi ci dirigiamo verso Central Park. Camminiamo fianco a fianco, con le braccia che si sfiorano, e questo semplice contatto mi conforta. Luna ha il potere di farmi sentire un adolescente. Spensierato. Libero. Me stesso.

«Grazie di esserci stato oggi» mi dice, fermandosi.

«Tu avresti fatto lo stesso» rispondo, sicuro di me.

«Se lo dici tu.»

«Lo dico.»

«Ok.»

«Molto bene.»

«Perfetto.»

«Super.»

«Dobbiamo smetterla» sbuffa lei alla fine.

Mai, cuore mio.

Le metto un braccio attorno alle spalle e rido, baciandole la testa, mentre attraversiamo il parco con un sorriso idiota stampato in faccia.

«Perché mi hai mandato la foto della serata al luna park?»

La sua domanda mi coglie così alla sprovvista che la

lascio andare di colpo. Ero nel bel mezzo di un attacco di nostalgia e sono andato a frugare tra le poche cose da cui non mi separo mai. E la nostra foto ne fa parte. Non avevo programmato di inviargliela, ma immagino che sia stato un momento di debolezza. Volevo condividere quel ricordo con lei.

«Avresti preferito che non lo facessi?» chiedo, ansioso di sentire la sua risposta.

«No, anzi. Quella serata è stata iconica...»

La sua voce perde fiducia. Ho l'impressione che si trattenga dall'aggiungere qualcosa. Sto per incoraggiarla a continuare, ma lei mi precede.

«Non ti ho mai...eri già innamorato di me? Voglio dire...»

«So cosa vuoi dire, Lu.»

Mi giro per guardarla negli occhi. Le metto un dito sotto il mento per sollevarle il viso.

«Non stai facendo la domanda giusta, Luna.»

Deglutisce, si morde l'interno delle guance.

«E quale sarebbe?»

Mi chino sul suo orecchio, inalo il suo profumo e sussurro: «Forse un giorno te lo dirò».

E mi allontano, con un sorriso beato sul viso, rabbrividendo al pensiero di essere stato a un passo dal mostrarmi così vulnerabile con lei. Ma le emozioni che questa ragazza mi scatena sono indescrivibili. Luna Eden Collins crea dipendenza. Come un'opera d'arte che non si riesce a smettere di guardare.

«Liam, non puoi dirmi così e poi scappare!» impreca, ma sono già molto più avanti di lei.

«Guarda, lo sto facendo!»

«Te lo giuro, ti odio.»

«Ti odio anch'io» cantileno, per infastidirla ancora di più. «Porta qui il culo, Lu.»

Arriviamo alla macchina e le apro la portiera mentre lei mi fulmina con lo sguardo. Alzo gli occhi al cielo, ma non posso fare a meno di sorridere. Non credo che smetteremo mai di comportarci come bambini. Quando siamo insieme succede qualcosa di chimico. È troppo forte, troppo potente, troppo intenso. E più nego l'ovvio, più mi sembra di impazzire.

Mi immergo nel traffico e, senza chiedermi niente, il piccolo demone collega il suo Bluetooth alla mia macchina, come se lo avesse sempre fatto. Come se il suo posto fosse sempre stato al mio fianco. La scena mi riporta indietro di qualche anno, a quando avevo appena preso la patente. Luna è stata la prima a cui l'ho detto e ci è bastata un'occhiata per decidere di metterci in macchina e guidare senza meta. Ben presto, senza rendercene conto, siamo arrivati a Charleston. A poco meno di quattro ore di distanza. Lei aveva quattordici anni, io sedici. Non avrebbe potuto lasciare lo Stato senza permesso. Ma non ci importava. Era solo un giorno. Io e la mia migliore amica. Ci sentivamo come in fuga. Bonnie e Clyde. È uno dei miei ricordi più belli con lei. Non ci eravamo ancora confessati i nostri sentimenti. Eppure, se avessi potuto, avrei passato il viaggio a guardarla. I suoi capelli mossi dal vento. La sua voce che si alzava nell'abitacolo, facendo attenzione a non cantare mai più forte della canzone. Il suo sorriso. Ero certo che nulla potesse separarci. Mi sbagliavo. Il suo amore per me è durato lo spazio di una canzone.

Lascio la strada dei ricordi quando sento suonare le prime note di *Triggered* di Jhené Aiko. Luna inizia a dimenarsi in modo sensuale e annuncia che adora questa canzone. Ovviamente non canterebbe mai se non avesse la base ad accompagnarla. Ma riesco comunque a sentire la sua voce calda e dolce, che mi trasmette un brivido di eccitazione dalle dita dei piedi al cuoio capelluto.

Non perché canti particolarmente bene, ma perché non smette di lanciarmi occhiate allusive e il testo è in tutto e per tutto un invito al sesso. Vuole farmi del male.

Wanna fuck you right now
I just turned the lights out now
And you know when the sun goes down
That's when it would all go down
Been a minute, been a while
Ain't let nobody hit it since you hit it
I know you always know what to do wit' it

«Smettila.»

Le lancio un'occhiataccia e la sorprendo a mordersi le labbra per non ridere. Con i pantaloni già stretti, abbasso il volume perché non toccarla sta diventando insopportabile.

«Ehi, è solo una canzone» dice, alzando il volume.

Il suo finto broncio innocente mi fa venire voglia di strangolarla.

«Luna, mi vuoi morto, vero?»

Scoppia di nuovo a ridere e riprende a cantare, mescolando i gesti alle parole. E io? Cerco come meglio posso di non farci finire contro un cartello stradale. La mia bionda si accarezza languidamente il corpo al ritmo del brano RnB, con il suo sguardo malizioso fisso sul mio. E visto che sono ossessionato, e il semplice fatto che lei respiri mi eccita, non voglio fare altro che infilarle una mano tra le cosce. Maledico l'idiota che ha inventato i jeans.

«Non macchiarmi i sedili in pelle.»

«Ehi, sei uno stronzo!» ride, e mi dà un pugno sulla spalla.

Sto per morire. Questa ragazza è troppo pericolosa.

Scuoto la testa, divertito. È troppo bello e naturale ridere con lei. Rallento all'ennesimo semaforo rosso e stringo le dita attorno al suo collo aggraziato per attirarla a me.

«Chiedimelo» sussurro, vicino al suo viso.

«Chiedere cosa?»

La sua voce è un bisbiglio. Adoro il fatto che stia morendo di desiderio quanto me.

«Chiedimi di entrare in un vicolo e di toglierti i jeans. Mi ricordo bene il tuo gusto e mi fa impazzire.»

Lei arrossisce ed emette un sospiro così erotico che sono sul punto di venire anch'io.

«Parti.»

In effetti il semaforo è verde. Merda. Guardo nello specchietto retrovisore, sorpreso che l'auto dietro di me non abbia suonato il clacson. Luna è così concentrata sul fare la DJ che non si accorge che sto andando nella direzione opposta rispetto al suo appartamento. Quando guardo di nuovo lo specchietto, il mio dubbio è confermato. Mi allungo per abbassare il volume.

«Liam, non mi siederò sulla tua faccia.»

«Ascoltami.»

Il mio tono è più serio di quanto volessi. Luna si irrigidisce.

«La Ford dietro di noi ci segue da quando abbiamo lasciato Central Park.»

Fa per girarsi, ma la fermo stringendole l'avambraccio.

«Non girarti. Guarda davanti a te.»

«Sei sicuro, Liam?»

Il tremito della sua voce accelera il battito del mio cuore. Se potessi accostarmi e abbracciarla, non esiterei un secondo. Ma sono sicuro che l'auto ci stia seguendo. Prima che riesca a rassicurarla, la Ford ci tampona, mandando a sbattere la testa di Luna contro il cruscotto.

«LIAM!»

Il suo grido terrorizzato mi fa gelare il sangue. Le lacrime le rigano le guance mentre la ferita sulla fronte inizia a sanguinare.

«Bastardo» ruggisco. «Lu, guardami, andrà tutto bene.»

Mi sforzo di assumere una voce neutra per non spaventarla, ma la sua espressione terrorizzata mi fa venire voglia di ammazzare qualcuno. La Ford tenta di nuovo di colpirci. Schiaccio l'acceleratore, superando di gran lunga il limite di velocità. Il motore ruggisce. È un rumore che di solito mi eccita, ma oggi mi fa sudare freddo. Stasera, per un qualche miracolo, in strada ci sono poche macchine. Sto guidando forte. Mi concentro sulla strada e sulla ragazza accanto a me, spaventata a morte. Mi metto la sua mano sulla coscia. Ha così tanta paura che le sue unghie riescono a penetrare la barriera dei miei pantaloni. Quando l'auto tenta di placcarci da sinistra, la blocco cambiando corsia. L'adrenalina pulsa nelle mie vene. Chi cazzo sono questi stronzi?

«Liam, il semaforo è rosso» grida Luna.

Ho due secondi per pensare. O mi fermo e mi faccio prendere in pieno da questo bastardo, oppure passo con il rosso e rischio un incidente.

Schiaccio il pedale dell'acceleratore, mentre Luna urla.

«Non ce la faremo!»

«Aggrappati alla portiera.»

Lei si rannicchia vicino alla portiera e chiude gli occhi. Vicino all'incrocio, serro la mascella così forte che sento in bocca il sapore del sangue. Sospiro di sollievo quando riusciamo a superarlo. Dietro di noi la macchina continua a seguirci e per poco non viene investita da un'altra che arriva da destra.

«Ho paura, Liam.»

«Lo so, cuore mio. Sono qui.»

Riesco a far scivolare il palmo della mano sulla sua guancia. La sua pelle è gelata. Con un movimento netto e preciso, sterzo a destra verso una strada quasi deserta. L'auto sbanda. Svolto di nuovo a sinistra, facendo slalom tra le macchine parcheggiate. Vado a tutta velocità. Non so se stanno cercando qualcuno o se sono solo degli stronzi che si divertono a spaventare gente a caso, ma cazzo, li troverò e li farò a pezzi a uno a uno.

Luna si guarda intorno agitata, implorandomi di liberarci di loro. Ignoro un'infinità di semafori rossi. Intorno a noi, sentiamo stridere i freni di chi prova a evitarci e gli insulti dei pedoni terrorizzati dalla nostra velocità.

«Luna, guarda se riesci a vedere chi c'è alla guida.»

Si gira e si asciuga gli occhi con mano tremante.

«Non vedo niente, Liam» grida, sull'orlo di una crisi di nervi.

«Respira. La targa la vedi?»

«Sì.»

«Segnatela sul cellulare»

Prende il telefono, ma la sua testa sbatte contro il vetro quando ci colpiscono per la seconda volta.

«Cazzo!» sbotto, sbattendo il pugno sul volante. «Parlami, Luna, stai bene?»

Il suo lieve cenno del capo non mi rassicura.

«Infila la mano sotto il sedile e prendi la mia pistola.»

«La tua cosa?» farfuglia. «Liam, perché hai una pistola?»

«Sul serio? Vuoi chiedermelo ora?» Scarto a destra, ma la svolta è troppo stretta. Le ruote colpiscono il marciapiede.

«Cuore mio, la pistola.»

Le spiego come recuperarla da sotto il sedile. Fatica a slacciare il velcro e armeggia un po' mentre io rimango concentrato sulla strada. Poi mi porge la pistola come se fosse una bomba. Prendo la mia Glock, con la sicura inserita. Avendo una macchina più potente della loro, ho approfittato della presenza di altre auto per riuscire a distanziarli. Imbocco una strada dove il traffico è un po' più intenso. Una volta che la Ford scompare dallo specchietto retrovisore, sterzo forte. Mi infilo in un vicolo buio tra due edifici. Schiaccio il freno. Le gomme stridono. Allungo il braccio davanti a Luna per proteggerla dall'impatto e poi spengo le luci. I secondi scorrono lenti. I miei occhi sono fissi sullo specchietto retrovisore, il motore ancora acceso, pronto a ripartire al minimo problema. O a sparare. Quando l'auto procede dritta senza notarci, mi butto contro il poggiatesta e sospiro.

«È finita, Lu.»

Trema come una foglia. La attiro a me e poso la fronte contro la sua, per calmarla.

«Sono qui» sussurro.

Le sue dita si aggrappano alla mia maglietta, non riesce a riprendere fiato. Infila la testa nell'incavo della mia spalla mentre le accarezzo la schiena, e diventiamo una cosa sola. Le sussurro che non è più in pericolo, che non permetterò a nessuno di farle del male. Dopo alcuni minuti, il suo respiro si calma, i suoi singhiozzi si attenuano.

«Non hai avuto paura?» chiede.

Mi guarda con gli occhi iniettati di sangue. Le afferro la mano e me la poso sul cuore che batte all'impazzata.

«Ero spaventato a morte.»

Non per me. Per lei. Perché se le fosse successo qualcosa di brutto, non me lo sarei mai perdonato.

Luna si slaccia la cintura e si mette a cavalcioni su di me. Sposto il sedile il più indietro possibile per farla stare più comoda e ci abbracciamo. Forte. A lungo. Cuore contro cuore. Si scioglie dentro di me, e inalo il suo odore. I sentimenti che provo per lei esplodono. Odio, rancore, mancanza. Che senso ha nascondermi? Non posso stare lontano da lei. Come se potesse sentirmi, le sue braccia mi stringono più forte. Non posso lasciarla andare. È lei la prima a staccarsi.

«Non lasciarmi sola stasera» sussurra, vicino al mio viso.

«Mai.»

Le bacio la punta del naso e lei mi fa un sorriso tirato.

«Andiamo, dobbiamo medicarti la fronte se vuoi evitare una cicatrice.»

«Da te?»

«No, da Matteo. Meglio restare lontani da casa mia finché non avremo capito meglio cosa sta succedendo. Merda, mi sono appena ricordato, non abbiamo la targa.»

«L'ho memorizzata.»

Sospiro di sollievo mentre lei mi attira di nuovo tra le sue braccia. La cullo. Vorrei che mi lasciasse per non sentire più niente e anche che mi stringesse più forte affinché questa sensazione duri per sempre. Tiene il naso nel mio collo e il suo respiro si calma, il suo battito cardiaco rallenta. Il mio accelera quando lo schermo sul cruscotto si illumina con un messaggio in arrivo. Lo leggo, confuso, con il cuore pesante. E poi mi ricordo che quello collegato al Bluetooth è il cellulare di Luna.

Sconosciuto
Darling, ho voglia di rivederti.

30
Luna

Luna 15 anni - Liam 17 anni

Liam ha una fidanzata da due mesi. Nausicaa. Sì, si chiama proprio così. Capelli scuri, ricca e popolare. Il tipo di ragazza che viene seguita da un gruppo di adulatrici in tutta la suola e pensa che le Converse siano scarpe da poveri. Io e Cam l'abbiamo ribattezzata Vomita perché ogni volta che li vedo insieme mi viene da vomitare. Per non parlare di quando lo bacia. Vorrei affondarmi le dita nel cranio e strapparmi via gli occhi. Tutto questo per dire che in questo momento Nausicaa sta urlando contro Liam dal fondo delle tribune. Con le braccia incrociate e le narici dilatate, sembra sul punto di svenire. Ma non è il mio giorno fortunato.

«Liam! Quante volte ti ho detto che odio attraversare tutta la scuola per cercarti?»

La sua voce stridula mi fa venire l'orticaria e la diarrea. Come sempre da quando siamo al liceo, dopo aver pranzato con Cam e Tee alla mensa, ci isoliamo in cima alle tribune del campo di football e chiacchieriamo di tutto. Ascoltiamo la musica. Ci raccontiamo cosa abbiamo fatto. È il nostro momento. Spesso interrotto dall'arrivo di Vomita.

Liam si infila una manciata di caramelle alla frutta in bocca prima di rispondere.

«E io quante volte ti ho detto che non ho bisogno della babysitter?»

Il suo sospiro si sente fin qui.

«Faremo tardi» ringhia, come un cane rabbioso.

Lui dà un'occhiata all'ora sul cellulare.

«Mi restano ancora… quattro minuti.»

Sorrido. Liam non interrompe mai uno dei nostri incontri in anticipo. Se devo essere onesta, direi che il liceo ci ha avvicinati. Ci incontriamo sempre durante l'intervallo, e anche per un minuto o un sorriso nei corridoi affollati. Come per assicurarci che l'altro sia lì. E quando siamo troppo impegnati parliamo via messaggio. A volte il nostro grado di dipendenza l'uno dall'altra mi spaventa. Ed è anche uno dei motivi per cui Vomita mi detesta. Ma può stare tranquilla, l'odio è reciproco. Del resto anche gli altri studenti hanno notato il nostro rapporto particolare e circolano un sacco di pettegolezzi. Ogni giorno sento storie nuove sulla nostra relazione. Ma è la piaga del liceo. La gente inventa storie e crea drammi per dimenticare le proprie disgrazie. Così ho imparato a ignorare le voci di corridoio. Ma sono abbastanza certa che siano la causa del mio essere ancora single. Nessuno vuole competere con Liam. Non possono essere alla sua altezza. Se troverò un fidanzato prima della fine del liceo sarà un miracolo, oppure il prescelto sarà dovuto passare sul cadavere di Liam. A essere sincera non mi dispiace che sia possessivo, mi piace credere che sia perché è segretamente innamorato di me.

«Che voto hai preso in disegno?» continua, come se Vomita non stesse schiumando rabbia a pochi metri di distanza.

«A+. Sta diventando troppo facile. Ho la sensazione di non imparare più niente.»

«Quanto ci teniamo a questo corso, Lu? Perché davvero, sei più brava dell'insegnante. Se vuoi la mia opinione, stiamo perdendo tempo.»

Parla al plurale. Mi piace quando si riferisce a noi come a una persona sola.

«Mi serve soprattutto ad alzare la media. Invitala a salire» aggiungo, lanciando un'occhiata a Vomita. «Brucerà sotto il sole.»

«Lo so che non ti piace. Non voglio costringerti a passare del tempo con lei.»

«Non è che non mi piace» spiego. «È solo che se la investisse un autobus probabilmente ci sarei io alla guida.»

«Dai, Lu» fa lui, fingendosi offeso.

Liam mi afferra la caviglia e la tira per trascinarmi verso di lui. Ridiamo come due idioti.

«Cucciolo, tutto bene?» grida Vomita.

Proprio in quel momento suona la campanella. Sbuffando, Liam raccoglie le sue cose, si tira su e tende la mano verso di me per aiutarmi ad alzarmi.

«Vieni con me?»

Me. Non noi.

«No, ho un'ora buca, vado in biblioteca» mento, pregando che mi creda.

«Non avevi lezione di matematica?»

«Il prof è assente.»

Se aggrotta la fronte sono fregata. Se stringe le labbra sono mezza fregata. Invece mi bacia l'incavo del polso.

«Ok. Scrivimi. Potrei annoiarmi a lezione di storia.»

Annuisco e guardo il ragazzo che mi piace allontanarsi con miss Vomita.

Sono le sei meno un quarto quando l'autobus mi lascia a cinque minuti dalla casa di Liam. Ho passato il pomeriggio in fila per comprare i biglietti per la partita di basket Bobcats-Patriots del prossimo fine settimana. Liam era devastato dal fatto di non poterseli permettere perché doveva riparare qualcosa che impediva al suo motore di fare qualcos'altro. Non ho presente i dettagli, ma ho intenzione di fargli una sorpresa. Non ho dubbi sulla sua reazione. All'inizio si arrabbierà, perché detesta quando uso i miei soldi per accontentarlo. Ma alla fine gli farò cambiare idea con argomenti inattaccabili: ignorarlo e tenergli il broncio finché non cede.

Riaccendo il telefono solo mentre cammino lungo la strada che porta al nostro quartiere, perché non volevo che tracciasse la mia posizione con l'App *Trova i miei amici.* Appaiono decine di messaggi da Cam, Tee e Liam. Rispondo ai primi due poi leggo quelli che Liam ha iniziato a mandarmi alle due e mezza.

Love
Ci hanno messi nell'aula che puzza di topo morto. Uccidimi. Tu che fai?

Cinque minuti più tardi.

Love
Sapevi che è successo qualcosa di terribile molto tempo fa alla gente che non aveva accesso all'elettricità? No? Ecco, neanche io. E fa schifo. Come va?

Love
Insegnami a dormire a occhi aperti. Sei ancora in biblioteca?

Love
Luna?

Love
Vengo a prenderti?

Love
Spero che tu non mi stia ignorando e che sia stata rapita da una banda di ninja nani mangiatori di bionde e allergici allo zucchero. Mi mancherai. :(

Ridacchio come una stupida. Quando arrivo all'ingresso del suo giardino, però, sento la sua voce e quella di Vomita. Non sono una santa, quindi mi fermo a origliare. L'argomento della conversazione non mi sorprende. Quella tizia non fa che pensare a me.

«Hai una relazione con lei o con me, Liam?»

«Domanda stupida, tesoro.»

Tesoro. Che schifo.

«Smettila. Non ti rendi conto di cosa dicono i nostri compagni. Sono tutti convinti che mi tradisci con lei, che sono una stupida ad accettare la vostra "amicizia", che andate a letto insieme da quando aveva tredici anni. È vero, cucciolo? Mi tradisci con quella ragazza, Liam? Ti avverto che non ti permetterò di farmi fare la figura dell'idiota. Suo padre è un chirurgo, ma il mio possiede mezza città. Non è al mio livello. E non capisco perché passi tanto tempo con lei. Siamo d'accordo sul fatto che è molto strana? Parla un sacco, e poi perché sorride sempre? Non voglio abbassarmi al livello di parlare dei suoi vestiti, ma tutti sanno che è popolare soltanto perché ti segue ovunque.»

Mio padre mi ha sempre detto di dare valore soltanto alle parole delle persone a cui tengo. «Gli altri diranno cose brutte su di te, perché non hanno il privilegio di parlarti.» Ha ragione. Non dovrebbe importarmi cosa pensa di me, ma le sue parole fanno male. Tutta la scuola la pensa come lei? Che sono l'ombra di Liam?

Da parte sua, il mio migliore amico ride così forte che ha difficoltà a riprendere fiato. Quando sbircio dalla porta, Vomita è furiosa.

Ride invece di difendermi? Sto per precipitarmi dentro e prendere quella stronza per i capelli quando la voce profonda di Liam rimbomba nell'aria.

«*Quella* ragazza, come l'hai chiamata tu, è la mia migliore amica, e questa è l'ultima volta che le manchi di rispetto.»

La sua voce è calma. Il tempo si è fermato. Non ha mai bisogno di alzare la voce per farsi ascoltare.

«Prima di tutto, quando abbiamo iniziato a frequentarci sapevi che faceva parte del pacchetto. Lei e io, *insieme*. Non cambio le mie abitudini per nessuno. Hai accettato le condizioni. Luna rimarrà nella mia vita finché non si accorgerà che è molto migliore di uno come me. Numero due, mi sembra che passiamo del tempo insieme noi due, no? E così con Lu, ma lei non mi fa scenate di gelosia quando non posso stare con lei a causa tua. E poi, Nausicaa, mettiamo le cose in chiaro: se dovessi scegliere, sceglierei lei. Sceglierei sempre Luna. Se vuoi che andiamo avanti, impara a rispettarla. Se la situazione non ti soddisfa più, sei libera di andartene. Terzo, io e Luna siamo amici e questa è l'ultima volta che mi ripeto. Se sento un'altra mezza parola dispregiativa su di lei perdo la pazienza. Ed è meglio per tutti se non succede. Ok?»

Il silenzio si protrae così a lungo che mi fischiano le orecchie.

«Ma lei è innamorata di te, è chiaro come il sole!»

«Luna non è innamorata di me, credimi.»

«Giurami che non lo sei neanche tu.»

«È la mia migliore amica. Ora stai zitta e baciami.»

«Ti amo, tesoro» sussurra lei.

«Anch'io.»

Sento nettamente la sua mano lacerarmi la pelle, affondare nel petto, strapparmi il cuore e dargli fuoco. Corro a casa in lacrime. Ho capito che non è interessato a me. *Lui non mi ama*. Ho capito che gli abbracci, i baci, tutte le attenzioni che mi fanno battere forte il cuore sono soltanto il segno della nostra amicizia. Le lacrime scorrono senza fermarsi. *Liam non mi ama.*

Dopo aver preso coscienza dei veri sentimenti di Liam, e aver inzuppato diverse federe con tutte le mie lacrime per una settimana, ho preso le distanze da lui. E ho cominciato rendendomi disponibile a trovare il mio primo ragazzo. Uno dell'ultimo anno si è distinto dalla massa. Daniel Jones. Bruno, alto, con gli occhi scuri e un bel sorriso. Usciamo insieme dopo la scuola. Di solito andiamo al centro commerciale o a casa. Daniel è intelligente, educato. Il nostro primo bacio, che in effetti è stato anche il mio primo bacio, è stato uno choc.

Si è sporto per baciarmi e non sono riuscita a fermarlo. Mi ha intristito sentire sulle mie delle labbra che non appartenevano a Liam. Volevo che fosse lui il primo, ma poi mi sono ricordata che è innamorato di un'altra, più bella, più ricca, meno «strana».

Continua a chiamarmi. Ho dato i biglietti per la partita a sua madre, pregandole di non dirgli che erano da parte mia, e mi sono concentrata sulla mia nuova relazione. Niente più chiacchiere dopo pranzo, niente più incontri notturni quando i nostri genitori dormono. Lo evito anche nei corridoi o invento una scusa per abbreviare le nostre conversazioni. Ogni volta che lo allontano la smorfia di dolore sul suo viso riflette quello che provo anch'io. L'unica felice è Nausicaa. Liam mi manca così tanto che mi sembra di avere un peso costante sul petto. Ma è per una buona causa, cerco di convincermi. Dobbiamo capire chi siamo da soli. All'inizio, quando passava da casa, non rispondevo oppure chiedevo a mio padre di dirgli che ero a casa di Daniel. Nemmeno Tee e Cam sanno come spiegargli il mio comportamento. I messaggi sono la cosa più difficile da ignorare. A ogni parola mi sento come se stessi soffocando. Voglio correre da lui ed essere sua amica per sempre. So di essere crudele con lui. Soffre. Non capisce. Ma stargli vicino è una tortura, anche se mi sento morire pure a stargli lontana.

Liam
Perché fai così, Luna?

Liam
Rispondimi, ti prego.

Liam
Ho fatto qualcosa di male? N. ti ha dato fastidio?

Due giorni più tardi.

Liam
Vieni stasera?

Liam
Smettila di dire a tuo padre di raccontarmi bugie.

Liam
Mi manchi, cuore mio.

Liam
Vai a farti fottere, Luna.

Era la prima volta che mi chiamava cuore mio. E anche la prima volta che mi insultava. Ma non era la prima volta che il mio cuore voleva smettere di battere, perché amarlo in silenzio faceva troppo male.

Sono ufficialmente la ragazza di Daniel da tre settimane e da altrettanto tempo io e Liam non siamo più niente.

Stasera c'è la festa dell'anno organizzata da Miss Vomita per celebrare la vittoria della squadra di basket di Liam. Dopo essermi fatta sanguinare i piedi per due ore sulla pista da ballo, vado alla ricerca del bagno. La casa è enorme, i corridoi sono infiniti. Vedo delle scale e provo a salire, anche se sono buie come l'anima di Satana. Mentre avanzo mi sento in un film horror, con tutti che pensano: «Non andare di là, idiota». Il mio cuore inizia a battere forte. Poi due braccia mi afferrano per la vita. Lancio un urlo che mi graffia la gola. Lotto per divincolarmi, ma quando apro gli occhi lo vedo.

Liam.

Mio Dio, è bellissimo.

Il mio battito riprende un ritmo normale. Senza capire cosa sta succedendo, mi ritrovo schiacciata contro il muro del corridoio. La mia schiena si irrigidisce al contatto con la superficie fredda. Lui fa un passo indietro per appoggiarsi alla parete di fronte.

«Cazzo, Liam! Mi hai fatto prendere un colpo!» grido, incrociando le braccia sul petto.

«A che gioco stai giocando, Collins? Perché mi ignori da un mese? Cosa ti ho fatto? Vuoi farmi impazzire?» chiede, passandosi la mano dietro la nuca.

«Sono stata molto impegnata, sai, con il disegno e tutto il resto» farfuglio.

Ma è una bugia ridicola.

«Troppo impegnata per parlarmi, per rispondere quando ti chiamo, per salutarmi, per darmi un segno di vita? E in più ho saputo che stai con quello stronzo di Jones» aggiunge, furibondo. «È stato lui a chiederti di starmi lontano?»

I suoi occhi sono due fessure. Mi odio per averlo fatto soffrire, ma è per il nostro bene.

«Vuoi la verità?» sbotto. «Ho deciso di mettere un po' di distanza tra noi, tutto qui.»

«Come?»

Liam si mette a camminare su e giù. Si ferma. Ricomincia. Si ferma di nuovo. Poi scoppia in una risata nervosa.

«Quindi io sono l'idiota per cui vieni prima di Nausicaa, prima di tutti gli altri, mentre tu mi allontani appena trovi un ragazzo? E senza spiegazioni?»

«Non ti ho mai chiesto niente, Liam!» strillo.

«E questa è la cosa peggiore» urla lui di rimando. «L'ho fatto perché volevo, perché tu e io siamo più importanti di una cotta del liceo. Siamo noi, Luna, *ad vitam æternam*. Pensavo che...»

«Sembri davvero innamorato della tua cotta» lo interrompo.

«E allora? L'amore va e viene. Oggi è lei, domani sarà un'altra.»

Le sue parole sono uno schiaffo in faccia.

«Wow» dico, allontanandomi da lui.

«Smettila di scappare» mi implora. «Spiegami perché fai così, non ti riconosco.»

Mi prende il viso tra le mani e appoggia la fronte

contro la mia, con gli occhi pieni di disperazione. Chiudo le palpebre, mi godo il calore della sua pelle, il suo respiro, il suo profumo. Mi godo lui. Semplicemente.

Ho le lacrime bloccate in gola, sono disgustata dall'idea di averlo ferito.

«Ho bisogno di prendermi una pausa dalla nostra amicizia, Liam» sussurro. «È troppo. Hai troppo bisogno di me. E io ho bisogno di esistere fuori di noi.»

E ti amo troppo.

«Che cosa? Da dove viene tutto questo? Ho bisogno di te quanto tu hai bisogno di me, Luna.»

«Non più.»

Fa un passo indietro, come se lo avessi pugnalato. E so che gli avrei fatto meno male con un coltello che con quello che ho detto. Per sfuggire al dolore nei suoi occhi, gli volto le spalle. Ma lui mi prende per il gomito e mi trascina in un ripostiglio, troppo piccolo per entrambi. Chiude la porta con un colpo del piede. Tiene le mani sui due lati del mio viso. È vicinissimo a me, eppure i nostri corpi non si toccano. Se giro la testa, le nostre labbra si sfioreranno. Se la sollevo, la affonderò nel suo collo. Il respiro di Liam diventa irregolare, come se stesse cercando di controllarsi.

«Liam...»

«Guardami. Guardami negli occhi e dimmi che vuoi essere lasciata in pace. Che fra noi è finita. Che la nostra amicizia non conta più niente.»

Chiudo gli occhi, incapace di pronunciare queste parole.

«Lo senti?» Mi mette la mano sul suo cuore che batte piano. «Ho paura che si fermerà, Luna. Ecco cosa succede quando sei lontana da me.»

Finalmente ho il coraggio di guardarlo. Liam mi fissa, i suoi occhi brillano di lacrime.

«Se sei sicura di non volermi più vedere, va bene. Ma devi stare lontano da quel tizio, Luna. Non è una brava persona, fidati di me.»

«Mi tratta bene» riesco a sussurrare.

Liam rimane in silenzio per qualche secondo, prima di accarezzarmi una guancia.

«Luna, non puoi stare con quel ragazzo quando so...»

«Quando cosa? Finisci la frase, Liam» lo imploro.

Ma le sue dita lasciano la mia pelle. Si strofina forte il viso, poi ruggisce di rabbia.

«Chiunque, ma non lui, per favore. So come tratta le ragazze e non voglio che tu sia una di loro. Lascialo.»

E con questo il ragazzo che amo esce di corsa dal ripostiglio, lasciandomi prostrata per diversi minuti, a cercare di riprendere fiato. La sua vicinanza, il suo sguardo, mi hanno sopraffatta. Le sue parole. Corro di nuovo su per le scale per raggiungerlo, ma non lo trovo da nessuna parte. Tee mi dice che se n'è andato dalla festa. Da solo.

31
Luna

Trentasei ore dopo

♪ *We're just friends* - Zevia

Il lunedì mattina successivo ho tutte le intenzioni di passare una bella giornata, libera dalle fastidiose domande che mi tormentano il cervello. Ma ho appena messo piede sul vialetto d'ingresso della scuola che avverto una sensazione sgradevole. Mentre cammino, sento l'insistenza degli sguardi puntati su di me. Poi le risate sommesse, i sussurri. Braccata come una bestia, stringo le dita sulla tracolla della borsa. Al mio passaggio alcuni distolgono lo sguardo, altri lo sostengono senza nascondere il loro disprezzo.

Abbasso la testa per stilare mentalmente un elenco per punti. Non ho dimenticato i pantaloni (controllo), non ho carta igienica attaccata alle scarpe (controllo), nessun brufolo purulento (controllo), nessuna macchia di sangue antiestetica (controllo). Allora cosa vogliono? Rialzo la testa e becco un gruppetto di ragazze a ridere, ma in fondo al corridoio vedo Camille che corre verso di me. Merda.

Mi trascina in un'aula vuota, tirandomi così forte da lussarmi una spalla. Sembra in preda al panico. Ma è la sua espressione compassionevole a farmi battere forte il cuore. Non ne posso più. Esplodo.

«Che succede? Perché tutti mi fissano?»

Il suo silenzio mi fa annodare lo stomaco.

«Cam, parla!»

Deglutisce, ma alla fine si decide.

«Dicono di averti vista... la sera della festa.»

«Mi hanno vista fare cosa?» chiedo, nervosa.

«Ti hanno vista uscire dal ripostiglio con Liam» sussurra Camille, senza più osare guardarmi negli occhi. «La storia sarebbe che gli hai fatto un pompino e poi sei andata da Daniel per fare sesso con lui.»

Comincio a ridere nervosamente, sempre più forte. Penso di non riuscire più a respirare. Sono in iperventilazione? Sì, credo proprio di sì. Conosco questo tipo di pettegolezzi. Un ragazzo riceverebbe i complimenti di tutti, ma la mia reputazione è distrutta. Non importa se è una bugia, ci sarà sempre il dubbio.

«Ci sono scritte dappertutto, nei bagni, sul tuo armadietto. Dicono che soltanto le troie prendono due cazzi nella stessa sera e che avresti fatto prima a fare una cosa a tre. Che hai giocato con i sentimenti di Jones.»

«E sappiamo chi ha messo in giro questa voce?» chiedo. Mi sento molto stanca.

«Nausicaa e Daniel.»

Sto per svenire. Camille se ne accorge e prende una sedia per farmi sedere.

«È una bugia» sussurro, esausta.

«Lo so» dice Cam, accarezzandomi i capelli. «E lo sto ripetendo a tutti, ma Daniel ha fornito un mucchio di dettagli. Ora vuole scaricarti per non rovinarsi l'immagine con una ragazza come te. Quel figlio di puttana!»

All'improvviso mi squilla il telefono. È Liam. La sua voce è calma. Troppo calma per il caos di stamattina. Mi chiede dove sono e mi ordina di non muovermi. Cinque minuti dopo entra in classe come una furia. I suoi passi sono affrettati, rabbiosi. I suoi occhi ardono di collera. Ho l'impressione che sia corso a scuola indossando la prima cosa che gli è capitata a tiro, ovvero una felpa e dei pantaloni neri della tuta. Le sue scarpe da ginnastica non sono allacciate. Quando i nostri sguardi si incrociano corre verso di me e posa i palmi sul mio viso. D'istinto le mie mani trovano le sue.

E il calore ricomincia a scorrere nelle mie vene.

«Stai bene, Piccola Luna?» sussurra contro la mia fronte. «Mi dispiace tanto. Lo ucciderò. Sistemerò tutto, lo prometto.»

Le sue braccia mi stringono e sento il suo cuore battere forte contro il mio. Lo ignoro da settimane, eppure al primo problema corre da me. *Il Fuoco della mia Terra.*

«Cuore mio» mi chiama, accorgendosi che non ho detto una parola. «Vieni con me, andiamo.»

Intreccia le dita alle mie e usciamo. A quest'ora i corridoi sono pieni di gente, eppure si sentirebbe cadere uno spillo. Daniel e il suo gruppo di amici ci passano davanti con dei sorrisi vittoriosi stampati in faccia. Liam mi lascia la mano, e mi si gela il sangue quando si lancia verso Daniel come una tigre che attacca la sua preda. Lo raggiunge in pochi passi e lo spinge con violenza contro gli armadietti. Il rumore dell'impatto è assordante. Il suo avambraccio preme contro la trachea di Daniel per tenerlo fermo. Lui riesce a liberarsi e dà un pugno in bocca a Liam. Volano gli insulti, il mio migliore amico si rialza e gli sferra un altro pugno, spaccandogli il naso. Daniel crolla sul pavimento, piagnucolando. Liam lo tira su, lo blocca di nuovo contro gli armadietti e gli rimette la mano intorno alla gola. Sotto gli sguardi spaventati dei suoi amici, che non osano intervenire, Daniel geme di dolore, con il naso che sanguina. Liam parla con una voce dall'oltretomba: «Allora, ho sentito che ti piace parlare. Perché non usi la bocca per ammettere davanti a tutti che sei solo un piccolo idiota frustrato che non ha ottenuto quello che voleva? Eh? Dillo! Di' che Luna non è venuta a letto con te!».

Lui non parla, e Liam sbatte il pugno contro l'armadietto, proprio accanto alla testa di Daniel.

«Io… non… sono andato… a letto… con Luna…» dice, quasi soffocando.

«Era tanto difficile?»

Le mie unghie affondano nel palmo della mano di Camille. Lei fa una smorfia, ma mi lascia fare. Poi, senza perdere la calma, Daniel fa un sorrisetto maligno e dice davanti a tutti: «La tua Luna è una grande seduttrice. Tutti sanno che è la tua troia. Ne volevo un pezzo. Tu e Travis ve la dividete? È a sere alterne o tutti insieme?».

Lo schiaffo che Liam gli sferra è così violento che la sua testa oscilla di lato. Nessuno osa respirare.

«Stai zitto!» abbaia Liam, con la vena del collo pronta a esplodere. «Non la toccherai nemmeno con un dito. Se la incontri in corridoio cambia strada, o ti giuro che non camminerai mai più in vita tua, Jones. Chiedile scusa. IMMEDIATAMENTE.»

Lui si gira verso di me e si scusa con un filo di voce e uno sguardo pieno di disprezzo e collera. Liam lo butta a terra. «E per l'ultima volta, non vado a letto con Luna, e anche se lo facessi non sarebbero affari tuoi. Alla prossima voce come questa vi renderò la vita un inferno, bastardi.»

In lontananza vedo Nausicaa circondata dalla sua banda di adulatrici. La odio con tutto il cuore. Sto per correre verso di lei quando Liam mi ferma. Le sue dita si chiudono sul mio bicipite. Con il pollice si asciuga il sangue dal labbro spaccato e sussurra: «Ricordi cosa ti ho insegnato?».

«Sì.»

Con la rabbia che mi pulsa nelle vene, attraverso il corridoio, determinata a mettere in pratica i suoi insegnamenti. Stringo il pugno, con il pollice all'esterno per non farmi male. Mi preparo e colpisco il naso di Nausicaa. Il suono delle sue ossa che si spezzano mi disgusta. La stronza urla e si afferra il naso, prima di cadere all'indietro sulle natiche.

«Me la pagherai» grida, fra le lacrime.

«Sai dove trovarmi.»

Mi precipito in bagno, con il battito che mi risuona

nelle orecchie. Camille appare pochi istanti dopo, euforica.

«È stato fantastico, Lu. Stavolta si darà una calmata.»

«Liam.»

Non riesco a dire altro, tremo da capo a piedi. Camille mi abbraccia per calmarmi, ma le sue braccia non sono abbastanza forti, non sono abbastanza virili, il suo profumo è troppo dolce. Voglio Liam.

«Non so dove sia.»

Poi la porta del bagno si apre ed entra la signora Chew, con le narici che fremono di rabbia. I problemi sono appena iniziati.

♪ Ho la sensazione che il materasso sia pieno di piccoli aghi che mi pungono la schiena. Non trovo una posizione comoda. Il desiderio di vederlo è insopportabile. Prima che mio padre mi confiscasse il telefono per il resto della settimana, Camille mi ha raccontato che Liam è stato cacciato per dieci giorni. Io sono stata sospesa per una settimana e mio padre mi manda da mia nonna a Miami per «punirmi». Lavorerò nella sua azienda di sapone biologico. *Uccidetemi.* All'una di notte non ne posso più. Mi metto un paio di pantaloncini sotto la felpa blu e scendo le scale in punta di piedi, evitando i gradini cigolanti. Monto in bicicletta e meno di due minuti dopo sono fuori dalla porta della sua cucina. Di colpo la paura mi stringe la gola: e se fosse chiusa? Forse non la lascia più aperta per me come faceva prima. Mormoro una breve preghiera e la mia mano trema sulla maniglia. Provo ad abbassarla. Si apre. Il mio cuore fa una capriola. Salgo le scale e spingo la porta della sua camera, che emette un cigolio familiare. Liam è sul letto, a torso nudo, addormentato in posizione fetale, con un paio boxer bianchi. I suoi capelli neri sono sparsi sul cuscino e mi ritrovo a sorridere stupidamente. Accidenti, mi è mancato. Voglio toccarlo, rannicchiarmi tra le sue braccia, respirare la sua pelle abbronzata.

Guidata dalla luce della luna piena, mi tolgo le scarpe e scivolo al suo fianco. Quando il materasso si piega sotto il mio peso, Liam fa una specie di gemito e mi mette un braccio intorno alla vita, stringendomi forte a sé. Come se non avessi mai smesso di venire qui. La mia schiena preme contro il suo petto caldo, il mio sedere contro il suo inguine. La sua mano trova istintivamente la mia e le nostre dita si intrecciano. Rimaniamo in questa posizione per un attimo, in silenzio. Si sente solo il rumore del nostro respiro, e per una volta il silenzio non mi disturba, perché è tutto ciò di cui ho bisogno. Quando sento il suo cuore battere forte contro la mia schiena, il mio segue il suo ritmo.

«Stai bene, Piccola Luna? Scusa, mi sono addormentato.»

La sua voce è un caldo sussurro contro il mio collo.

«Sapevi che sarei venuta?»

«Lo spero da settimane.»

Mi bacia i capelli e il mio cuore sprofonda.

«Mi dispiace» sussurro, vergognandomi.

«Ho… ho fatto qualcosa di sbagliato, Lu?»

La tristezza nella sua voce mi fa venire un nodo allo stomaco. Mi sforzo di non scoppiare in lacrime.

«No» dico, stringendo le mie dita nelle sue.

«Stavo impazzendo. Non farlo mai più.»

Il mio cuore esplode d'amore. E di vergogna per averlo ferito. Per non avergli detto la verità.

Liam mi gira e le nostre gambe si intrecciano. Affondo il naso nel suo collo.

«Lo prometto» sussurro.

Inala il mio profumo.

«Mi sei mancata, cuore mio.»

«Anche tu mi sei mancato… Grazie per stamattina.»

«Non devi ringraziarmi. Non permetterei mai a nessuno di prendersela con te. Anche se smetti di parlarmi e decidi di non essere più mia amica, ci sarò sempre per te.»

Il suo pollice mi accarezza lo zigomo, poi le sue labbra mi baciano la fronte, il naso, la guancia, e alla fine mi solleva la gamba sul suo fianco. Stasera condividiamo il cuscino. Condividiamo l'aria.

«Se sapessi quanto significhi per me» sussurra, a un centimetro dalle mie labbra.

I suoi sussurri mi scivolano sulla pelle e per un secondo mi tolgono il respiro. Mi si stringe il cuore nel petto a vederlo così vicino a me. Siamo fronte contro fronte, la sua mano calda ancora posata sulla mia guancia, che mi sfiora la pelle come se fosse qualcosa di meraviglioso. Quando gli scosto una ciocca di capelli dagli occhi, Liam risucchia l'aria attraverso i denti, come se il mio tocco gli facesse male.

«Anche tu significhi molto per me» sussurro.

Mi rivolge il suo sorriso insolente, poi fa una smorfia.

«Fa male?» chiedo, toccandogli il labbro inferiore spaccato.

I suoi occhi verdi si soffermano sul mio viso.

«Non più.»

Come per dare più peso alla sua risposta, Liam mi mordicchia il mento e mi fa ridere. Mi sveglierò, deve essere un sogno. Sono tra le braccia del mio migliore amico, i nostri corpi sono intrecciati come se volessero fondersi. I nostri cuori battono all'unisono. I nostri respiri si mescolano. Non mi resta che alzare la testa per sfiorare le sue labbra e morire di felicità. Non vorrei altro.

Poi le risate si fermano. I suoi occhi mi imprigionano. Ho l'impressione che mi faccia tante domande silenziose. Annuisco lentamente. Senza mai interrompere il contatto, la sua mano scende lungo il mio collo, mi accarezza la clavicola, si infila sotto la felpa, dove la pelle della mia pancia è calda, a tracciare il contorno del mio ombelico. Un brivido delizioso mi fa chiudere gli occhi. Questo abbraccio è diverso dagli altri. Lo vedo nei suoi occhi, nel modo in cui fissa le mie labbra. Come se volesse lasciare il suo segno, marchiarmi per tutta la vita. Forse finalmente condivide i miei sentimenti? Forse ha capito che il mio posto è qui, con lui, tra le sue braccia?

Tutte le mie emozioni stanno per esplodere come fuochi d'artificio. Mentre sfiora la curva del mio seno destro, mi sfugge un gemito. *Cavolo, Liam mi ha toccato il seno.*

«Liam» sussurro.

«Piccola Luna...»

La sua erezione poggia sul mio basso ventre e la mia intimità pulsa contro la sua coscia. Qualcosa cresce dentro di me, un formicolio allo stomaco, un calore pronto a esplodere. È lì, si gonfia nelle mie vene. Le sue labbra si avvicinano alle mie e le sfiorano. Le schiude, aspira la mia aria. Chiudo gli occhi, le mie unghie gli artigliano la schiena, poi un rumore in corridoio attira la nostra attenzione. I nostri corpi si tendono, allontanando il mio piacere pronto a scoppiare. Qualcuno bussa alla porta.

«Luna, sei qui? Tuo padre ti sta cercando» dice la madre di Liam.

La porta si apre di colpo. Io e Liam imprechiamo e ci stacchiamo subito. Restiamo seduti ai lati opposti del letto, con lui che dà le spalle a sua madre. Stento a sostenere lo sguardo di Sarah mentre i suoi occhi si spostano dall'uno all'altra, con le sopracciglia aggrottate.

«Luna, è meglio che te ne vada» dice, con il tono severo che usa sempre con me. «E tu, Liam, sei ancora in punizione.»

Alla fine, lui si gira, si mette un cuscino sulla parte superiore delle cosce e lancia un'occhiataccia a sua madre.

«Sì, non rischio di dimenticarlo.»

«Luna, non voglio vederti per il resto della settimana» mi comunica Sarah.

«Non parlarle così» la rimprovera Liam.

Gli animi si infiammano. Infuria una battaglia di sguardi.

«Non fa niente» intervengo. «Domani parto, comunque.»

La testa di Liam si volta di scatto verso di me.

«Dove vai?» chiede, in tono secco.

«Mio padre mi manda da mia nonna tutta la settimana per punirmi.»

I suoi occhi diventano duri.

«Quando avevi intenzione di dirmelo?»

La disperazione nella sua voce è una novità. Sono pronta a rassicurarlo, ma Sarah non mi lascia rispondere.

«È una buona idea. Vi farà bene passare un po' di tempo separati.»

Sono passate settimane dall'ultima volta che sono stata tra le sue braccia, ma tengo nascosta l'informazione. Non ne era al corrente, a quanto pare. Se avevo dei dubbi sul fatto di non piacerle, stasera è stato tutto confermato. Sarah non nasconde la sua felicità nel sapere che starò lontana da suo figlio.

«Luna, devi andartene» dichiara, poi si allontana, senza chiudere la porta.

Finalmente siamo soli. Ho paura di quello che sta per succedere, ma mi avvicino a lui. Perché i miei sentimenti sono troppo intensi per tenerli dentro. Chiedono di essere condivisi.

Ma mi basta uno sguardo per capire che non succederà stasera. Riconosco i segnali. Si massaggia il collo, sposta lo sguardo in giro. E capisco. Liam non si assume la responsabilità di quello che abbiamo fatto. O quasi fatto.

«Allora vado» dico, con il cuore a pezzi.

Dimmi che non te ne sei pentito.

Dimmi qualcosa.

Dimmi che mi ami.

«Ok.»

Liam mi dà il colpo di grazia tendendomi la mano per fare il nostro saluto. La contemplo incredula. Un batti cinque? Eppure è esattamente quello che si aspetta, come se quello che è appena successo in questo letto fosse amichevole. Stordita, lascio il suo braccio sospeso in aria e mi preparo a uscire.

«Ci vediamo tra una settimana, *amico*.»

32

Luna

♪ *23* - Chase Atlantic

Da piccola riuscivo a calmare le mie ansie più irrazionali disegnando o ascoltando musica. Ad esempio, avevo il terrore di essere rapita dagli alieni o di essere inghiottita da un gabinetto. Non lasciavo mai che i piedi penzolassero dal letto per paura dei mostri (in effetti, forse lo faccio ancora). Erano paure debilitanti, ma gestibili. Mi sedevo alla scrivania e facevo scorrere la matita sulla carta. Oggi, invece, ho paura di fallire, di non essere felice e di essere abbandonata. E proprio quest'ultima cosa stamattina mi ha spinta a prendere il primo pezzo di carta che ho trovato nella cucina di Matt per scarabocchiare le immagini che mi frullavano per la testa.

Sono passati quattro giorni dall'inseguimento in macchina e da quando Matteo mi ha accolto in casa sua e ha cominciato ad accompagnarmi al lavoro e venirmi a prendere. Dopo il nostro grande spavento, è qui che ci siamo rifugiati. Liam si è preso cura di me, mi ha messo sotto le coperte, e la mattina dopo mi sono risvegliata da sola, con Matteo che mi diceva che sarei rimasta con lui per qualche giorno. Cerca di essere discreto, ma lo vedo allontanarsi dalla stanza per rispondere alle chiamate di Liam.

Lui è rimasto stranamente silenzioso nelle ore dopo l'episodio. Presumo che la reticenza fosse dovuta in parte al calo di adrenalina, ma qualcosa mi dice che è preoccupato.

E se per un attimo avevo pensato che quella macchina fosse una coincidenza, il messaggio che ho ricevuto mi ha colpita come un pugno. L'ho cancellato subito, ma ero terrorizzata.

«Elsa.»

Sussulto e la matita mi scivola dalle dita.

«Mi hai nascosto il tuo talento.»

Matt si sporge sopra la mia spalla per dare un'occhiata, con il petto premuto contro il mio braccio, ma giro il foglio.

«È un disegno porno, per caso?»

Scoppio a ridere.

«Non mi piace far vedere i miei disegni» ammetto, sopraffatta da un'ondata di timidezza.

Lui stringe gli occhi e si passa la mano sugli addominali mentre si stiracchia. Senza volerlo, il mio sguardo si sofferma sul suo corpo. L'idiota se ne accorge e mi prende in giro.

«Hai visto qualcosa che ti piace?» chiede, inarcando un sopracciglio.

«Pff, non ti aiuterò a gonfiare il tuo ego.»

«Andiamo, Rapunzel. Cosa deve fare un ragazzo per ricevere un complimento da queste parti?»

Alzo gli occhi al cielo.

«Sembri la foto del "dopo" di una campagna dietetica. Contento?»

Matt scoppia a ridere e mi lancia uno strofinaccio in faccia. Ci siamo avvicinati molto in questi ultimi giorni. Ha fatto di tutto per distrarmi. Tra le serate videogiochi e pizza e altre in compagnia di Tee e Cam, entrambi preoccupati per me, si è confidato con me sulla sua vita, su sua figlia e sulla sua famiglia. E io ho fatto altrettanto, tenendo nascoste le parti più oscure. Non era obbligato ad accogliermi, ma dietro il suo aspetto a volte intimidatorio si nasconde un cuore gentile, che ogni giorno mi chiede in che stato d'animo mi trovo. Se qualcuno tempo fa mi avesse detto che questo surfista con l'aria da mafioso sarebbe diventato mio amico, mi sarei messa a ridere. Di gusto.

Matt si allontana per rispondere al cellulare. Inarca un sopracciglio, il pollice gli scorre distrattamente sul labbro. È così raro vederlo serio che il mio battito accelera.

«Tutto bene?»

«Ho appena ricevuto l'esito della ricerca della targa.»

«Mmh.»

«Non ti importa?»

«No» dico, scarabocchiando una luna sul foglio. «Penso che vi state preoccupando per niente. Era uno scherzo, lasciate perdere.»

«Almeno ora ne siamo sicuri.»

Alzo lo sguardo.

«Come mai?»

«Cara Rapunzel, avevi ragione. La macchina appartiene a un certo Eddy Flynn, un ragazzo di venti anni. Morgan, la guardia del corpo di Liam, ha recuperato la sua fedina penale per noi. Lo conosci?»

Esamino la foto segnaletica di questo sconosciuto e scuoto la testa con decisione.

«Andremo comunque a fargli una visitina.»

«Che cosa? No!» Vado nel panico. «Abbiamo la risposta alle nostre domande, è inutile insistere. Voglio solo smettere di pensarci. Eravamo soltanto nel posto sbagliato al momento sbagliato. Per favore, lascia stare.»

«Vuoi lasciare che questo idiota la faccia franca?» chiede lui. «Liam non accetterà mai.»

«Non è qui, mi sembra. Quindi la sua opinione sulla mia decisione non mi interessa.»

La mia aggressività lo coglie di sorpresa. Stando a lui, Liam ha delle questioni urgenti di cui occuparsi a Miami. Non capisco cosa ci sia di più urgente di starmi vicino. Gliel'ho chiesto, ma lui ha giurato che non era come pensavo. Non so cosa pensare, in realtà. So soltanto che non è qui. Con Matt indosso la maschera della ragazza forte. Rispondo alle chiamate preoccupate di Cam e Tee, chiacchiero con Calvin, ignoro Crudelia e lavoro con Orchid.

«Va bene, bionda, mi sembra una cosa stupida, ma rispetto la tua scelta. Giurami che non conosci questo tizio.»

«Te lo giuro, Matteo.»

Il suo sguardo penetrante mi osserva per un momento. Nei lunghi secondi che seguono, ho l'impressione che possa leggermi la verità in faccia. O meglio, la mia bugia.

No, non lo conosco quel tizio.

Sì, gli ho dato una targa falsa.

Il senso di colpa mi fa torcere lo stomaco ogni volta che ci penso. Perché so chi guidava quella macchina. E lo capisco dal sapore amaro che ho in bocca.

Daniel Jones.

Quello che ha ucciso una parte di me sette anni fa.

E se Liam scopre il suo nome, dovrò spiegargli perché il nostro vecchio compagno si sta divertendo a terrorizzarmi, il che porterà a una discussione che non voglio avere. Non ora. E se non ne parlo, se non ci penso, vorrà dire che quella sera non è mai esistita. Che è stato un incubo.

«Cercherò di convincere Liam a lasciar perdere, ma spero che tu riesca ad aprirti prima che sia troppo tardi.»

«Perché pensi che abbia qualcosa da dire?» chiedo, sulla difensiva.

Viene a sedersi sullo sgabello accanto a me.

«Sussulti ogni volta che ti arriva un messaggio. Perché non gli chiedi di aiutarti a risolvere il tuo problema?»

«Non ho nessun problema, Matt, e non ho bisogno di lui» sbotto. «Liam mi ha guardato negli occhi e mi ha detto che mi amava. E io gli ho creduto. Era il mio migliore amico, ma non mi ha fatto nemmeno una domanda quando ho cambiato atteggiamento. Avrebbe dovuto sapere che se non ero lì per lui e Charlie era perché non potevo. Invece mi ha voltato le spalle.»

Matt aggrotta la fronte.

«Di sicuro qualcosa non quadra nella vostra storia. Vi accusate esattamente della stessa cosa, non è normale. Dovete parlarne.»

«Non sono ancora pronta, Matt.»

Immergermi in quei ricordi è troppo doloroso.

«Luuuuna» risuona la voce della figlia di Matteo, facendomi subito tornare il sorriso.

Sua madre l'ha portata qui ieri sera e da allora non ho avuto un secondo per respirare.

«Ora ti chiederà di vestirla» mi avverte. «Ma non farti fregare, sa farlo benissimo da sola.»

«Solo perché ti comanda a bacchetta non significa che può farlo anche con me» dico, prendendolo in giro per come cede a ogni suo capriccio. «Dove andate?»

«Luuuna, vieniiiii!»

«Staten Island. Vuoi venire con noi?»

«Mi piacerebbe, ma devo fare un salto in ufficio prima del mio appuntamento. E poi penso che tornerò a casa mia.»

«Cosa?» si infervora lui. «Vuoi andartene? Bionda, lo sai che non mi dai nessun fastidio. E poi perché ti ostini a vedere questo Calvin? Mi spieghi cosa ci trovi di interessante in quel tizio?»

«Non posso restare a casa tua per sempre, altrimenti non s-c-o-p-e-r-a-i mai più. La tua ultima conquista mi ha quasi infilzata con i tacchi. E Calvin è carino, è una buona distrazione.»

«Non devi fare lo spelling se Satine non è nei dintorni.»

Gli faccio il dito medio.

«E poi non sono obbligato a portarle qui. Ci sono anche i bagni dei bar.»

«Lo sai che sei tremendo?»

Alza le spalle.

«Resta, per favore.»

«Perché insisti tanto? È Liam, vero? Ti chiede di fare il suo lavoro sporco mentre lui è chissà dove» mi lamento. «Ti ringrazio di avermi ospitata, ma non voglio disturbarti oltre.»

E lo pianto lì per raggiungere il mio piccolo concentrato di felicità.

Non credo di aver aperto bocca negli ultimi quaranta minuti. Ho già contato il numero delle persone presenti nel ristorante. Due volte. E ogni volta il risultato è diverso. Di fronte a me, Calvin mi sta subissando di aneddoti sul suo lavoro. Trovo davvero irrispettoso parlare tanto senza niente da dire. È ovvio che il suo lavoro lo irrita, e di conseguenza lui irrita me. Mi limito ai sorrisi e alle onomatopee. Il tutto cercando di non soffocare con il petto d'anatra. Siamo in un ristorante francese di gran classe. Pensavo che uscire stasera mi avrebbe distratta, ma non funziona. Mi rendo conto che più tempo passo con Calvin, più la mia opinione iniziale su di lui viene confermata. È troppo carino. Troppo calmo. Non potrà mai darmi quello che cerco. Non voglio un amore semplice e banale. Voglio il tipo di storia d'amore che ti cambia la vita. Voglio difficoltà, sofferenza. Voglio un amore devastante. Che ti segna, ti lascia in ginocchio. Voglio... *Non dire il suo nome.* Forse l'amore non dovrebbe ferire, ma io ho bisogno di sentirmi viva.

Devo smettere di usare Calvin se voglio dimenticare Liam.

Maledetto Matteo!

«Che ne pensi?»

Accidenti, di cosa stavamo parlando?

«È... una buona cosa» provo, a casaccio.

«Sul serio? Temevo che mi dicessi che sto correndo troppo. Il prossimo fine settimana va bene? Mi piacciono Camille e Travis, ma non vedo l'ora di restare da solo con te.»

Il suo sguardo speranzoso accresce il mio senso di colpa. Sono una persona spregevole.

«Calvin» comincio, «dobbiamo...»

Quando il suo cellulare-cabina telefonica mi interrompe, penso alle battute di Camille e mi viene da ridere. Lui si scusa profusamente e si allontana per rispondere. Da parte mia aspetto, ripetendo nella mia testa le parole giuste per rifiutare senza ferirlo. Quando ritorna, invece di sedersi, prende la giacca dallo schienale della sedia e la indossa.

«Mi dispiace, Luna, devo andare.»

Mi dà un bacio sull'angolo delle labbra.

«Certo» rispondo, senza capire cosa sta succedendo.

Raccolgo le mie cose per uscire con lui dal ristorante, ma lui posa una mano sulla mia.

«Resta. Prendi un dolce, penso io al conto.»

Calvin prende alcune banconote dalla tasca interna della giacca e le infila discretamente sotto il mio tovagliolo. Lo osservo con gli occhi socchiusi, per metà scioccata e per metà perplessa. Ora che ci penso, non credo di averlo mai visto portare con sé una carta di credito. Forse va di pari passo con la sua avversione per tutto ciò che è moderno. Ho appena il tempo di reagire che lo vedo precipitarsi verso l'uscita. Decido di distrarmi dalla stranezza della situazione dando un'occhiata alla carta dei dessert. Non mi dispiace mangiare da sola in un ristorante. E la sensazione di calma che provo dopo che è andato via mi conferma che devo smettere di vederlo. Sto già pensando con l'acquolina in bocca alla cheesecake che ho ordinato quando una voce demoniaca, calda come l'inferno, risuona sopra di me.

«Sei bellissima stasera.»

♪ Le mie dita si stringono sul menu. Lentamente, alzo lo sguardo verso l'uomo responsabile dei brividi sulla mia pelle. Liam è seduto di fronte a me, bello come una statua greca. Mi guarda con un'intensità letale. E capisco che quest'uomo è il mio veleno, e la morte non mi è mai sembrata così allettante. Indossa una camicia nera aderente, con il colletto leggermente aperto e le maniche arrotolate sugli avambracci che rivelano i suoi tatuaggi e le vene sporgenti. Immagino che i pantaloni neri gli stiano alla perfezione, e vorrei chiedergli di alzarsi per averne conferma.

«Fai beneficenza?» chiede alla fine.

Ah. La sua voce. Il suo accento.

«Come?»

«Non vedo per quale altro motivo dovresti continuare a vedere quel tizio. Come minimo porta i mutandoni sotto i pantaloni e mangia porridge a colazione. Insipido come lui. Per niente interessante.»

Trattengo una risata. Mi rifiuto di fargli sapere che sono ancora sensibile al suo umorismo.

«Ti viene naturale essere stronzo o prendi lezioni serali?»

Un sorrisetto gli incurva le labbra.

«Cosa ci fai qui, Liam?»

«Sono venuto a salvarti da una serata mortalmente noiosa.»

«È colpa tua se se n'è andato? Ti do un consiglio, faresti meglio a smetterla di immischiarti nei fatti miei, se non vuoi che ti pugnali con un coltello da bistecca. So dove colpire per lasciarti dissanguato in meno di venti secondi.»

E con questo lo pianto lì. Averlo vicino confonde il mio buonsenso. Non riesco a esprimere a parole ciò che sento in questo momento. La sua gelosia e il suo atteggiamento possessivo mi eccitano e contemporaneamente mi terrorizzano. La femminista che è in me dovrebbe ribellarsi all'essere trattata come se fossi di sua proprietà. Ma la verità è che in parte mi piace. Che disastro.

Nel bagno, con i palmi ai lati del lavandino, respiro e cerco di placare il desiderio di veder scorrere il suo sangue. Sento il rumore di una porta che si chiude. So benissimo che è lui. Ma mi rifiuto di guardarlo.

«Ho fatto quello che ti aspettavi da me» dice, con voce profonda.

Liam scivola dietro di me e incrocia lo sguardo con il mio riflesso.

«Cosa stai insinuando?»

Mi viene la pelle d'oca, come se il mio corpo volesse disintegrarsi sapendolo così vicino. Ai suoi occhi mi vedo nuda e, cavolo, mi piace.

«Volevi che interrompessi la tua serata, no?»

«Non gira tutto intorno a te, Liam.»

Tutta l'aria della stanza viene assorbita dalla tensione che ci circonda. Lui emana qualcosa di incandescente e pericoloso.

«Hai fatto di tutto per farmi sapere che avevi un appuntamento stasera. L'hai detto a Matteo, sei arrivata a prepararti sotto il mio naso… Volevi che ti vedessi.»

«Di cosa stai parlando?»

«Le telecamere.»

Sussulto quando sento il suo respiro sul mio collo.

«E ti ho vista, Luna» sussurra. «Non sono riuscito a resistere. Dovevo venire.»

Arrossisco. Dopo aver lasciato Matt, sono passata da casa a prendere i vestiti e sono andata al lavoro con l'idea di cambiarmi lì. Deglutisco immaginando lui che mi guarda spogliarmi sugli schermi. Dovrebbe scandalizzarmi, eppure mi eccita terribilmente.

«Dove sei stato, Liam?»

«A Miami. Problemi di famiglia.»

«Tua madre non vive lì.»

«Vedo che sei bene informata. In effetti ero con la

mia madrina. Sono atterrato due ore fa. Ti sono mancato?» sussurra, con gli occhi fissi nei miei attraverso lo specchio.

Annuisco, troppo imbarazzata per ammetterlo ad alta voce.

«Se ti sono mancato, perché hai ignorato i miei messaggi per tre giorni?»

«Perché hai scelto di non restare con me.»

«Me ne sono andato perché dovevo, non perché volevo. Ma sappi che se mi avessi chiamato e mi avessi detto che avevi bisogno di me, sarei tornato. In un batter d'occhio.»

La verità che emerge dai suoi occhi mi disarma.

«Come posso farmi perdonare?»

Mi sposta i capelli dalla spalla e la bacia dolcemente, strappandomi un sospiro di desiderio.

«Usa l'immaginazione.»

La sua risata sommessa mi fa vibrare il collo.

«Non dovrebbe essere difficile. Il tuo sguardo mi implora di baciarti. Muori dalla voglia di sapere quanto potrebbero andare bene le cose tra noi, vero?»

La sua voce è bassa, ardente.

«Ho ragione?» insiste.

«Mmh.»

Che sto dicendo? Stai zitta, Luna.

«Posso toccarti?»

«Sì» sussurro.

Stai zitta.

«Dove? Qui?» chiede, sfiorandomi le punte dei capezzoli. «O lì?» continua, accarezzandomi l'interno delle cosce per una frazione di secondo, prima di infilarsi le mani in tasca.

Non sono in grado di rispondere. Voglio che mi tocchi ancora, per alleviare il fuoco che brucia fra le mie gambe. Ma tiene le mani ben lontane dal mio corpo. Liam mi tortura mentre lo insulto mentalmente. Lo sento sorridere contro il mio collo e mi maledico per essere così espressiva.

«Sono giorni che non faccio che pensare a te, Luna. Mi fa impazzire. Il tuo corpo, i tuoi gemiti mi tormentano. Tu.»

I suoi denti mi mordicchiano il collo.

«Cos'altro?» mi sento sussurrare, inorridita.

«Voglio piegarti qui sopra e leccarti finché non mi vieni sulla lingua. Mi piace quando perdi il controllo.»

Il mio clitoride pulsa. Possibile che riesca a farmi godere soltanto con le parole, quando tutti gli altri hanno fallito?

«Continua, parlami.»

Orgoglioso di vedermi stare al gioco, ride nell'incavo del mio collo.

«No, Luna. Dimmi cosa vuoi e lo farò.»

Ormai impotente, non esito un secondo.

«Fammi venire.»

«Bene.»

Le sue dita risalgono la mia coscia e scivolano sotto l'elastico del perizoma. Liam lo sposta e le mie gambe si aprono da sole per accoglierlo.

«È qui che mi vuoi?»

«Sì» dico, senza fiato.

Le sue palpebre si chiudono per istante quando la sua mano scivola tra le mie labbra gonfie.

«Sei già bagnata, Luna.»

Inizia con dei movimenti circolari sul mio clitoride. Devo mordermi il labbro per non gemere troppo forte, poi mi infila due dita dentro. Il mio cuore batte forte per la paura e l'eccitazione che qualcuno entri. Non mi prendo la briga di chiedere se la porta è chiusa a chiave, perché so che non è così. Una parte di me vuole che qualcuno venga a vedermi con il vestito alzato e le guance arrossate, toccata da quest'uomo magnifico.

Liam appoggia un braccio sul lavandino e gli affondo le unghie nella carne mentre continua a toccarmi. La sua bocca si fa strada verso il mio collo e spingo più indietro i fianchi, senza smettere di scopargli la mano.

«Apri gli occhi, Luna.»

Obbedisco e la sua bellezza mi sconvolge. Liam mi fissa attraverso lo specchio, con le palpebre socchiuse e la mascella serrata. Mi guarda lasciarmi andare mentre mi sussurra all'orecchio tutto quello che vorrebbe farmi. Quanto gli sono mancata.

«Brava, cuore mio. Ti piacciono i miei complimenti, vero? Adori sentirmi dire quanto sei bella e perfetta per me.»

Le sue parole mi provocano una scossa elettrica.

«Liam…»

Non riesco più a controllare il volume dei miei gemiti quando ruota il palmo e arriccia le dita, massaggiandomi ripetutamente il punto G. I miei occhi si rovesciano all'indietro e si riempiono di lacrime quando capisco che i due orgasmi più incredibili della mia vita mi sono stati regalati da lui.

Da lui. Il Fuoco della mia Terra. Il mio migliore amico.

«Voglio che tu dica il mio nome mentre vieni. Capito?»

«Cazzo, sì. Liam!»

Le parole mi sono appena uscite di bocca che il mio corpo trema e mi sfugge un grido, prima di abbandonarmi all'orgasmo. Una delle sensazioni più belle della mia vita. Chi immaginava che venire sulle mani di un uomo potesse essere così bello?

Mi si sta offuscando la vista. Penso che sverrò. Alle mie spalle sento il battito frenetico del suo cuore. Riprendo fiato, poi sento le sue dita uscire da me. Ovviamente non mi stupisco quando se le porta alle labbra per succhiarle, con gli occhi che brillano come se avesse appena assaggiato il piatto più buono del mondo.

«Girati, Luna.»

Adoro il fatto che dice sempre il mio nome. Come se fosse un peccato. Doloroso, ma allettante.

Ancora stordita dall'orgasmo, vacillo un po' mentre mi volto verso di lui. Il sorriso soddisfatto che gli sfiora gli zigomi mi fa venire voglia di ucciderlo.

«Assaggia quanto sei straordinaria.»

Non esito a premere le labbra sulle sue. Le nostre lingue si accarezzano, e assaporo il mio gusto. È la cosa più erotica che ho fatto in vita mia e ne voglio ancora. È una cosa che non desideravo da anni. Quindi abbasso la mano per accarezzarlo sopra i pantaloni. Come se avesse intuito i miei pensieri, Liam interrompe il bacio, permettendomi di scegliere il ritmo. Di fermare tutto o portarci in luoghi che creano dipendenza.

«Vuoi andare oltre?»

Questa domanda innocente, che per lui fa parte del nostro gioco di seduzione, mi riempie il cuore di gioia. Di sicurezza. Mi piace che gli interessi quello che desidero, i miei limiti. Ho voglia di lui, di essere responsabile del suo piacere. Una cosa che non è mai successa. Ma ho ancora un blocco.

«Non… ho mai fatto sesso orale» confesso timidamente, deglutendo. «Non saprei come fare.»

I suoi occhi si spalancano per lo stupore. Per un attimo temo che mi accusi di mentire, che pensi che sto scherzando, o che mi incalzi con delle domande, ma non fa niente di simile. Si limita ad accarezzarmi gli zigomi.

«Ti andrebbe di provare con me?»

Vorrei tanto che fosse lui il primo. Avrebbe dovuto esserlo, prima che quel bastardo distruggesse tutto. Il primo, l'ultimo, e anche quello che, se gliene dessi l'opportunità, cancellerebbe tutte le immagini atroci che mi perseguitano. Ma quando immagino di inginocchiarmi davanti a lui per dargli piacere, mi si stringe lo stomaco. E la vergogna che provo ancora quando sono più vulnerabile riemerge. *Respira, Lu*, mi dico nella mia testa.

«No.»

Mi sento a mio agio con lui, ma non sono ancora pronta. Mi dà un bacio tenero sul naso.

«Vuoi che ti faccia venire di nuovo?»

Scoppio a ridere nonostante il nodo alla gola, ma all'improvviso la porta si apre e compare una donna. I suoi occhi si spalancano quando ci vede. Fa un passo indietro, esita, ma alla fine entra, probabilmente pensando che non valga la pena farsela addosso.

«Torna al tavolo con me» dice Liam, per nulla imbarazzato.

«Dammi due minuti.»

Non avrebbe senso fingere di non voler prolungare la nostra serata. Lui esce dal bagno con le mani in tasca, elegante come un dio, e io ne approfitto per rinfrescarmi. Quando mi vede tornare, mi fa uno di quei sorrisi che mi fanno venire voglia di rispondere con un sorriso.

«Benvenuto, signor Davis, siamo lieti di averla con noi questa sera. Cosa le portiamo?» chiede il cameriere.

«Una bottiglia di Krug e due fette di cheesecake, caramello per la mia ospite e limone per me.»

«Subito. Non esiti a farci sapere se ha altre richieste.»

«Ti conoscono tutti» scherzo, aprendomi il tovagliolo sulle gambe.

«Questo è il mio ristorante.»

Mi ha dato l'informazione come se mi stesse dicendo che domani pioverà. Non riesco a nascondere la sorpresa e l'orgoglio che provo per il suo successo.

«Possiedi qualcos'altro?»

«Sei la persona più curiosa che conosco.»

«Grazie.»

«Prendi sempre tutto come un complimento.»

«Perché so che non mi insulteresti mai.»

«Tranne se me lo chiedi.»

La sua allusione appena nascosta mi fa arrossire.

«Puoi farmi tutte le domande che vuoi, Luna» dice, riprendendo il filo della conversazione. «Ma stasera sono generoso. Te ne concedo cinque.»

«Wow. Sicuro di non esagerare? Perché proprio cinque?»

«Mi piacciono i numeri dispari» dice, guardandomi il naso.

«Cinque domande per tutta la serata?» replico, per spezzare il suo sguardo penetrante.

«Sì, quindi sceglile con attenzione. E ovviamente vale anche per me.»

«Va bene. Come hai convinto Calvin ad andarsene?»

Inclina la testa di lato.

«Sicura di volerne sprecare una per lui?»

Certo che no. Sto riflettendo su una domanda più intima. Una che lo costringerà a confidarsi con me. Uno che mi brucia sulle labbra da molto tempo.

«Perché ti sei tatuato il nostro simbolo sul polso?»

Il suo sguardo si abbassa di una decina di gradi.

«Già due domande inutili, Luna» dice, scuotendo la testa.

«Come?»

Il cameriere si presenta con la bottiglia di champagne da tremilacinquecento dollari e i nostri dessert. Riempie i flûte con una lentezza frustrante, indifferente alla tensione che regna al nostro tavolo.

«A questa serata» mi invita a brindare.

I nostri calici si incontrano con un tintinnio e immergo le labbra in quello champagne così costoso che mi sembra che le bollicine si stiano trasformando in oro sotto la lingua, scoppiando come fuochi d'artificio sul mio palato. Nel frattempo, gli occhi di Liam seguono ogni movimento delle mie labbra, come se dovesse trattenersi dall'istinto di assaggiarle di nuovo.

«È una domanda inutile perché conosci già la risposta» continua, posando il flûte sul tavolo. «Non ho mai nascosto quello che provo per te. Da quando ci siamo confessati i nostri sentimenti, sono sempre stato trasparente. Ero pazzo di te e so che per un periodo anche tu hai avuto occhi soltanto per me. Ti veneravo. Al punto che i miei sentimenti rasentavano l'ossessione. Non eri quasi più umana ai miei occhi, tanto ti idolatravo. E so che se non fosse stato per tutto quel dramma staremmo ancora insieme. Probabilmente ti chiederei di sposarmi con il diamante più grande che esista, solo per gridare al mondo che sei mia e per scoraggiare eventuali stronzi dal provare a portarti via da me. Ti avrei reso la donna più felice del mondo, perché è quello che meriti, e sarei stato orgoglioso di essere tuo. Avremmo avuto il nostro loft a Tribeca e la nostra casa per le vacanze alle Bahamas, così potevi finalmente nuotare con i maialini. E avremmo passato il tempo a viaggiare, litigare, battibeccare come bambini e a fare l'amore ai quattro angoli del globo. Da Santorini a Bangkok. Saresti venuta in ogni singolo posto sulla Terra, Luna. Avresti portato in grembo i miei figli, perché non avrei saputo rifiutarti nulla e so che sogni una grande famiglia come quella che non hai mai avuto. Charlie sarebbe stata una zia fantastica, mia madre avrebbe fatto del suo meglio e tuo padre sarebbe stato un nonno eccezionale. Quindi sì, è una domanda inutile, sai perché l'ho fatto. Perché nonostante tutto il mio rancore, ti amavo da impazzire. Eri la mia migliore amica. E volevo conservare un pezzo di te, di noi, per ricordarmi di un periodo in cui ero stato felice e soprattutto per ricordarmi tutto quello che avevo perso.»

Liam beve un altro sorso di champagne, come se non mi avesse appena fermato il cuore. Chiudo le palpebre per trattenere le lacrime che mi bagnano le mie ciglia. Ha descritto alla perfezione la vita che ho immaginato per noi le sere in cui la sua assenza diventava insopportabile. Chino la testa per evitare il suo sguardo e Liam si sporge sul tavolo per mettermi due dita sotto il mento.

«Guardami. Non abbassare mai gli occhi con me.»

Alzo la testa con la voglia di gridargli che tutto questo potremmo ancora averlo, ci basterebbe perdonarci i nostri errori adolescenziali. Ma poi mi ritorna il nodo allo stomaco. La sua pietà mi ucciderebbe. Quindi mi limito a sorridere tristemente. Siamo faccia a faccia, e il silenzio si estende tra noi per qualche minuto.

«Mi sbaglio, Luna?»

«È una domanda?» lo prendo in giro, deglutendo.

Si morde il labbro per nascondermi il suo sorriso.

«Lo rivedrai?»

«Sono già due domande» gli ricordo.

«So contare.»

Alzo gli occhi al cielo.

«Non credo» rispondo semplicemente.

Liam annuisce, poi dà un morso al suo dolce mentre il mio è ancora intatto.

«Eri con una ragazza in questi quattro giorni?»

«È una domanda?» mi prende in giro a sua volta.

«No. Solo una curiosità.»

La mia pessima difesa gli strappa una piccola risata.

«La gelosia si intona alla tua carnagione.»

«Anche il colore del tuo sangue si intonerà a quello dei tuoi occhi» ribatto.

«Mi piace quando mi minacci.»

«Non c'è da stupirsi, sei uno psicopatico.»

«Preferisco definirmi creativo. Togliti le mutande.»

«Cosa?»

«Mi hai capito bene. Non insultarmi fingendo di non apprezzare i nostri giochini. Toglitele.»

I suoi occhi di smeraldo lanciano fiamme. Il desiderio che emanano mi dice che se non fossimo in un luogo pubblico sarei già al secondo orgasmo. Il mio cuore batte forte sotto il suo sguardo. Intorno a noi, gli altri clienti si godono la serata, senza il minimo sospetto della tempesta che si scatena dentro di me.

Sto al gioco. Mi faccio scivolare discretamente il perizoma bianco lungo le gambe, senza mai abbassare lo sguardo. Stringo il pizzo in pugno e mi allungo sul tavolo. Lui lo prende e se lo mette in tasca. I suoi occhi si illuminano, e mi sento tremare.

«Adoro quando arrossisci» sussurra.

Mi passo una mano tra i capelli, e lui segue ogni movimento delle mie dita.

«Il nome di chi hai detto mentre venivi, qualche minuto fa?» chiede, conoscendo già la risposta.

«Il tuo.»

«Bene. Ricordatelo la prossima volta che hai voglia di perdere tempo con quel ragazzo.»

Le sue parole mi eccitano al punto che ho paura di bagnare la sedia.

«Cosa ne farai?»

«Credo che lo metterò nella mia scatola da psicopatico» dice, sorridendo compiaciuto.

«Ti odio.»

«Abbiamo già stabilito che è reciproco.»

Si instaura un silenzio complice. Lui sorride. Io ricambio. Come spesso accade, il mondo intorno a noi svanisce. E poi riappare troppo velocemente quando lui interrompe il contatto per guardare l'orologio.

«Andiamo. Morgan ti accompagnerà a casa.»

Vedendolo alzarsi, vado nel panico. Lo afferro per l'avambraccio e lo costringo ad avvicinare il viso al mio.

«Ridammi il mio perizoma» gli sussurro all'orecchio.

«Perché dovrei farlo?»

«Perché altrimenti ho paura di bagnarmi fino ai piedi.»

Non riesco a credere di averlo detto ad alta voce. E lo stronzo si diverte del rossore delle mie guance.

«La prossima volta ci sarà qualcos'altro a colare dalle tue bellissime gambe, cuore mio. Ora alzati.»

«Liam…»

«Alzati, Luna.»

I miei neuroni sono bloccati, per questo faccio quello che mi dice. Ne adoro ogni istante. E lui lo sa. Lo odio. Mi tiene una mano sulla schiena e ci avviamo verso l'uscita, dove ritira le chiavi dal parcheggiatore.

«Dovresti restare da Matt ancora un po'.»

«Liam, le ricerche di Matt hanno dimostrato che era uno scherzo. Rilassati.»

La bugia mi brucia la lingua. Liam scuote la testa, e mi sembra di percepire una sfumatura di tristezza o delusione.

«Voglio andare a casa e rivedere Camille.»

Lui mi gira per guardarmi negli occhi.

Con la mano libera, mi mette due dita sotto il mento, costringendomi a sostenere il suo sguardo.

«Non so dire se amo o odio quanto sei testarda.»

«Lo ami.»

I suoi smeraldi verdi accarezzano ogni angolo del mio viso.

«Ma stasera voglio che tu obbedisca senza protestare. Morgan ti accompagnerà a casa» dice, indicando con il mento il Suv parcheggiato a pochi metri di distanza. «Hai mezz'ora per fare una doccia, cambiarti e indossare delle scarpe più comode.»

Prima che abbia il tempo di rispondere, si gira e si allontana, lasciando il segno caldo delle dita sul mio mento.

Venticinque minuti dopo, ho indossato i jeans, un top corto nero con un blazer dello stesso colore e un paio di mocassini in vernice. Completo il tutto con la mia coda alta. Solo per farlo impazzire. Puntuale come un orologio svizzero, ricevo un suo messaggio.

Stronzo
Sono qui sotto.

Che romantico. Per un attimo penso di farlo aspettare giusto per irritarlo, ma poi cambio idea, troppo impaziente di sapere dove vuole portarmi. Prendo le chiavi e la borsa e salgo in ascensore. Ne approfitto anche per mandare un messaggio a Cam per dirle che tornerò tardi. Non aspetto la sua risposta prima di infilare il telefono in borsa, perché so che stasera lavora. Una volta di sotto mi guardo intorno, ma non vedo la sua macchina. Poi la mia attenzione viene attratta dal rombo di un motore. Sussulto. La mia mente è in allerta. Il motociclista mi fissa, si vede nonostante il casco. L'ansia mi stringe la gola. Dopo l'incidente, anche se le chiamate e gli sguardi insistenti che percepivo prima si sono fermati, al punto che mi sto chiedendo se il mio cervello non si sia inventato tutto, sono comunque in allerta. So che quello psicopatico non è il tipo che si fa vedere, preferisce la pressione psicologica, ma stasera la paura annebbia il mio intuito. Stringo forte la borsa e faccio un passo indietro per girarmi e aspettare Liam nell'atrio, ma il motociclista mi abbaglia con i fari. Sta ricominciando.

Esco dallo stato di trance e, senza rendermene conto, nonostante le mani sudate e il nodo allo stomaco, mi avvio verso la moto. Quando i miei occhi incontrano i suoi, però, la paura si trasforma in euforia. La nascondo aggrottando la fronte.

«Salta su.»

La sua voce profonda mi raggiunge dal casco.

Incrocio le braccia sul petto.

«Chiedilo più gentilmente.»

Liam si toglie il casco e se lo mette tra le cosce. Si sistema le ciocche scure che gli incorniciano il viso. Non mi perdo un movimento, sono come incantata. Anche lui si è cambiato, optando per un outfit più comodo. Jeans neri strappati e giacca di pelle.

«Vostra Grazia, mi fareste l'onore di posare il deretano su questa motocicletta?»

È ancora più bello con il suo sorriso beffardo. Fingo di pensarci, appoggiando l'indice sul mento.

«No, mi dispiace! Non c'è nessuna possibilità che metta il culo su una bara volante.»

«Prima di tutto» dice, attirandomi in un abbraccio. «Le moto non volano. E secondo, guido benissimo.»

Mi porge il secondo casco.

«Cosa dovrei fare con questo?»

«Scoprire l'Iron Man che è in te» risponde, orgoglioso della sua battuta.

«Hai mangiato un clown per merenda invece delle tue proteine?»

Gli porgo il casco. Mi scruta come se lo avessi insultato.

«Luna, sali, altrimenti faremo tardi.»

«Ho paura! Sei felice?»

Lui scoppia a ridere e gli tiro pugno sulla spalla.

«Andrò piano» aggiunge, più serio.

«Dove stiamo andando?»

«È una sorpresa. Vedrai, ti piacerà un sacco.»

Il mio cuore manca un battito. Anzi no, un miliardo di battiti, al pensiero che si è preso il tempo per organizzare qualcosa per rendermi felice. *Può funzionare, Luna. All'inizio eravate amici.* Esistono le seconde possibilità. Smettila di fissarlo come un pezzo di manzo e annuisci.

«Ok, ci vengo, ma non uccidermi.»

«Con chi litigherei se tu morissi?»

«È il tuo modo per dirmi che ti mancherei se sparissi?»

Inarco un sopracciglio e lui alza gli occhi al cielo.

«Smettila di mettermi parole in bocca. Tienimi stretto e segui i miei movimenti, altrimenti faremo un pasticcio.»

Il mio sorriso svanisce.

«Vedrai» ride, «una volta provato non potrai più farne a meno. Sei pronta?»

33
Liam

«Sei pronta?»

Il piccolo demone annuisce, concentrata.

«Scioglìti la coda di cavallo.»

«È una frase che non avrei mai pensato di sentirti dire» commenta, con un sorrisetto.

La ignoro e la guardo obbedirmi. I capelli le ricadono sulle spalle e rilasciano un profumo fruttato che crea dipendenza. I suoi occhi grigi sembrano quasi trasparenti alle luci della città. Due diamanti preziosi, il connubio perfetto tra innocenza e lussuria.

«Mi dispiace averti spaventata.»

Ero così impaziente di riabbracciarla che mi sono comportato come uno psicopatico. I quattro giorni lontano da lei, giorni in cui sapevo che aveva bisogno di me, mi sono sembrati un'eternità. Soprattutto perché continuavo a pensare a quel maledetto messaggio. Ho quasi messo da parte i miei doveri per tornare da lei, ancora di più quando Matt mi ha dato tutte le informazioni. Ho provato un misto di delusione e sollievo. Sollievo perché lei era al sicuro e delusione perché non potrò far visita a quel burlone e prendermela con lui per aver fatto piangere Lu. Ma accetto la sua decisione, per rispetto nei suoi confronti.

«Non ho avuto paura» ribatte lei a testa alta. «È solo che non sapevo che avessi una moto.»

«Da due anni. Ho scoperto che mi aiutava a non pensare.»

«Quindi non avermi nella tua vita ha avuto un risvolto positivo.»

«Cosa?»

Quando si accorge della mia confusione, spiega: «Da adolescenti mi hai sempre detto che tua madre non ti lasciava prendere la moto, ma non era vero, giusto? Sapevi che io avevo paura, perciò hai preferito la macchina».

Sorride, ma le sue parole mi irritano. Pensa davvero che abbia trovato un risvolto positivo nel non averla più nella mia vita? Pensa che ci fosse qualcosa di divertente nel non riuscire a respirare senza di lei?

«Volevo poter continuare ad accompagnarti a scuola, vederti mettere i piedi sul cruscotto e giocare alla DJ. Volevo che stessi bene» ammetto, mascherando l'emozione nella mia voce. «Se non ti avessi mentito, mi avresti costretto a comprare la moto e avrei dovuto rinunciare a tutto. Chi mi ha tradito?»

«Charlie.»

Stasera sentire il suo nome non è doloroso come al solito. Mi ricorda che anche loro erano molto legate. Che Lu ha sofferto per questa storia tanto quanto me.

«Quindi lo sapevi da un sacco.»

Il suo sorrisetto mi conferma che il mio segreto ha avuto vita molto breve. Non so perché la cosa mi sorprenda, visto che quelle due insieme erano il mio peggior incubo e anche il mio sogno più bello.

«Mi hai sempre messa prima di tutti gli altri» osserva Luna, in tono nostalgico.

Non rispondo. Per sfuggire alla punta di malinconia nei suoi occhi, le infilo il casco e la aiuto a posizionarsi dietro di me. Quando mi stringe le mani sul petto, quasi soffocandomi, sono indeciso se prenderla in giro o baciarla. Alla fine, mi limito a far scorrere le sue mani sul mio stomaco, ignorando l'ondata di brividi che mi provoca.

Mi metto comodo, accendo il motore e mi infilo nel traffico. Guido senza correre rischi. La strada è dritta, il vento è dolce, i grattacieli scintillanti. A ogni rombo del motore, Luna mi stringe più forte.

«Dio, buonasera, sono Luna. Se mi fai sopravvivere stasera, prometto che farò la raccolta differenziata. Separerò i cartoni della pizza dalle lattine di birra per preservare il nostro bellissimo pianeta. Lo so, sono in ritardo, ma il mio cervello è un po' lento ultimamente, per colpa di chi sai tu.»

Aspetta, non dirmi che sta… Fantastico.

«Lu?»

Sentendo la mia voce attraverso il casco, i suoi muscoli si tendono attorno alla mia vita.

«Liam?»

Non ho bisogno di vederla per sapere che è furiosa.

«Il Bluetooth è attivo» dico, sul punto di parcheggiare per potermi piegare in due dalle risate.

«Fantastico. Grandioso. Avresti potuto dirmelo.»

«E perdermi la tua preghiera?»

Freno al semaforo rosso. Ne approfitta per affondarmi le unghie nello stomaco, ma non mi fa male, anzi, mi eccita.

«Mi dispiace che tu sia ossessionata da me» la schernisco, con un sorriso da un orecchio all'altro.

Meno male che non può vederti, stupido.

«Possiamo disattivare il Bluetooth? Ho un'ondata di insulti in arrivo.»

Esulto perché sento i suoi muscoli rilassarsi man mano che maciniamo i chilometri. A ogni semaforo rosso la mia mano, che a questo punto sospetto sia del tutto indipendente dal mio corpo, si posa sul suo ginocchio. Perché? Diciamo che è per assicurarmi che non sia stata rapita dai nani.

E ogni volta che la mia mano tocca il suo ginocchio, sussulta e sposta la sua un po' più in alto sul mio petto, come per rivendicarlo.

Parcheggio qualche metro più in là del posto della sorpresa. Quando la aiuto a togliersi il casco, Luna emette un suono a metà tra un sospiro e un gemito. La mia mano, che continua a vivere di vita propria, scorre tra i suoi capelli per pettinarli, e per tutto il tempo il suo sguardo rimane fisso sulla mia bocca. Sarei un bugiardo se dicessi che non voglio baciarla, ma per la mia sanità mentale al momento è meglio affogare nei suoi occhi che nelle sue labbra.

«Ammetti che ti è piaciuto.»

«Di cosa stai parlando?»

È turbata. Bene.

«La moto» chiarisco.

«Ah! Ti rispondo quando mi riporterai a casa tutta intera.»

Stranamente, l'idea che torni a casa senza di me mi dispiace più del dovuto. Il filo dei miei pensieri viene subito interrotto da Luna che si aggiusta la coda di cavallo, guardandomi dritto negli occhi. Sa cosa sta facendo, ed è questo che la rende malvagia. I miei sospetti trovano conferma quando si inumidisce le labbra. Per evitare di attirarla in un angolo buio e mandare all'aria la serata, decido di non stare al suo gioco, giro i tacchi e comincio a camminare. Sento una risatina beffarda alle mie spalle, ma quando mi giro lei sta fingendo di guardarsi attorno.

Piccola peste. Mi fermo di botto e, come previsto, lei mi viene addosso.

«Quando arriviamo, promettimi di non urlare» la avverto, sapendo benissimo che lo farà alla prima occasione.

«Non mi stai portando in qualche strano club di scambi di coppia, vero?»

«Cosa?» Sbotto, divertito dal fatto che questa sia la prima idea che le ha attraversato la mente.

«Con te non si sa mai.»

«Per una che è convinta di star andando in un posto del genere, mi sembri super rilassata. L'hai mai fatto?»

«No» risponde, deglutendo.

«Bugiarda.»

«Ossessionato.»

«Ninfomane.»

Spalanca la bocca. Non le viene in mente più niente. Poi scoppia a ridere così forte che la testa le ricade all'indietro.

«Stiamo andando a un concerto, Luna.»

«Di chi?»

«El Cabrón!»

«Molto divertente» dice, guardandomi.

«Continuiamo a camminare.»

Vado avanti senza guardarmi alle spalle, perché so già che mi seguirà. Davanti al Madison Square Garden, nonostante il trambusto, uno stridio attira la mia attenzione. Mi giro a guardare Luna, che ha entrambe le mani sulla bocca e gli occhi strabuzzati, e sta lottando con tutte le sue forze per non urlare come una pazza. Scuoto la testa, divertito. Vado matto per la sua eterna anima infantile. Si mette a correre per raggiungermi. Ha le scarpe basse, quindi devo abbassare la testa perché la sua bocca raggiunga il mio orecchio.

«Porca troia, Liam. Andiamo a sentire Justin Timberlake!» sussurra a denti stretti.

Una risata rauca mi scuote le spalle.

«Perché sussurri?» bisbiglio.

«Mi hai detto di non urlare, e ho molta voglia di urlare.»

Scoppio a ridere. Il tipo di risata che viene dal profondo della gola. E mi rendo conto che lei è l'unica capace di farmi ridere così contro la mia volontà. Luna trasforma il grigio in colore, le mie lacrime in risate e le mie paure in speranza. Senza Luna, senza la mia Luna, il mondo non esiste.

E in quel momento Luna mi salta in braccio, mi mette le gambe intorno alla vita, e mi tempesta di baci sulla guancia, sul collo, sulle palpebre.

«Grazie, grazie, grazie.»

Una volta passata l'euforia, si rende conto di essere ancora appollaiata tra le mie braccia e si lascia scivolare giù.

«Sono i privilegi di essere il capo di un'etichetta discografica. E in realtà sto cercando di convincerlo a firmare con noi.»

Spalanca gli occhi.

«Non ci credo!»

Alzo le spalle con noncuranza. Ho sempre amato il suo lato drammatico.

«Andiamo, faremo tardi.»

Superiamo la coda lunghissima per raggiungere l'ingresso del backstage. Mentre passo saluto gli agenti della sicurezza che mi riconoscono subito. Una volta completati i controlli e la consegna dei nostri badge, attraversiamo un corridoio dove si accalca una folla di persone. Tra poco inizierà il concerto e tutti intorno a noi fremono di eccitazione, quindi prendo la mano di Luna per non perderla. Sì, per non perderla di vista, perché è minuscola. Il suo palmo è caldo contro il mio e le mie dita si intrecciano alle sue. Cerco di rimanere il più calmo possibile, ma Luna che fissa le nostre dita come se le stessi puntando una pistola contro la schiena non mi semplifica l'operazione. Per non pensare all'effetto che questo semplice contatto ha su di me, metto in atto il mio piano e la attiro verso una porta più lontana. Quando capisce cosa sta succedendo, ho la sensazione di trascinarmi dietro un peso morto.

«No! Liam.»

Cerca di tornare indietro tirandomi il braccio.

«E invece sì» canticchio, divertito dal suo volto ormai livido.

Ho appena alzato il pugno per bussare alla porta quando all'improvviso si apre. Alla vista di chi ha di fronte, il respiro di Luna si mozza. Le sue dita stringono le mie così forte che mi viene voglia di torcerle il collo. Il suo corpo è così teso che mi chiedo se la sua anima non sia scappata.

«Justin!» esclamo, abbracciandolo.

«Liam! Come va?»

«Sono stressato per te» rispondo. «La sala è strapiena.»

Lui scrolla le spalle con nonchalance e riporta la sua attenzione al cadavere aggrappato al mio braccio. Nel frattempo io non sento più le dita.

«Piacere di conoscerti, Luna.» Justin sorride. «Ho sentito molto parlare di te. Sembra che tu stia facendo un lavoro incredibile alla Mem.»

Dentro di sé, Luna deve aver urlato quando lo ha sentito fare il suo nome. Per essere una che lavora in questo settore, fa quasi ridere vederla intimidita davanti a una celebrità. Justin la stringe in un abbraccio affettuoso che dura più di cinque secondi (sì, ho contato), e devo ricordarmi che ha bisogno di tutti i pezzi intatti per esibirsi stasera. Luna, che non ha ancora ripreso colore né voce, lo fissa senza vederlo. Ok, è preoccupante. L'unica ragione per cui non la scuoto come una palma da cocco è che sento il suo battito contro la mia mano. Le sussurro all'orecchio: «Luna, respira».

Come se avesse ricevuto una scossa elettrica, inala una grande e rumorosa boccata d'aria.

«Signor Timberlake, è un piacere conoscerla» dice in fretta.

«Puoi chiamarmi Justin.»

PUOI CHIAMARMI JUSTIN, mi ripeto ridendo in testa. *Non ti chiamerà in nessun modo.*

«Justin» ridacchia Luna. «Adoro la tua...musica. Giuro che di solito sono più eloquente.»

«Sono abituato ai blackout» ribatte lui incantato.

Lei fa una delle sue risatine sensuali. Sto già pianificando un duplice omicidio, ma in quel momento l'assistente di Justin si china per sussurrargli qualcosa all'orecchio.

«Ok.» Batte le mani. «Devo andare. Spero che il concerto vi piaccia. Liam, ti chiamo tra qualche giorno.»

Io annuisco, lui fa l'occhiolino a Luna e scompare. Chi cazzo fa ancora l'occhiolino nel Ventunesimo secolo? Luna, visibilmente conquistata, non stacca gli occhi da lui, finché non svolta l'angolo in un corridoio.

«È sposato, Luna» scherzo, no sono anche serio.

«In alcuni stati la poligamia è legale.»

Alzo gli occhi al cielo e mi dirigo verso le grandi porte. Ancora una volta, sento la sua risata beffarda dietro di me. Questa ragazza mi sta facendo impazzire, ma il suo sorriso era tutto ciò di cui avevo bisogno stasera.

Non so che canzoni abbia cantato Justin, né tanto meno che vestiti ha indossato. Ho passato metà dello spettacolo circondato da fan isteriche, pelli appiccicose e gente che spingeva per avvicinarsi al palco. «Che cazzo, volete vedergli le tonsille?» ho gridato all'ennesima fan che mi spintonava. E il tutto perché a Luna piace vivere al massimo i concerti, quando saremmo potuti stare tranquilli nella zona VIP. L'altra metà della serata la passo a guardarla, luccicante di sudore, e a trattenermi dall'afferrarle la coda di cavallo e baciarle il collo.

Mi concentro sulle luci stroboscopiche che si riflettono sulla sua pelle color miele. È bellissima quando canta, quando urla, quando i suoi occhi si inumidiscono per i testi che la commuovono. Quando un'altra fan tenta di intrufolarsi, Luna finisce contro il mio petto. Le luci si abbassano, rendendo l'atmosfera più intima. *Ottimo tempismo, J.*

In lontananza sento Justin dire qualcosa di stupido al microfono, ma non riesco a distinguere le parole, perché il corpo di Luna è premuto contro il mio. La stanza potrebbe prendere fuoco e io non uscirei di qui per niente al mondo. Una melodia più dolce si diffonde intorno a noi, tra le urla della folla. Riconosco la canzone. È quella con le parole che mi toccano di più. *Mirrors.*

In my heart there's a space, but now you're home
Show me how to fight for now
And I'll tell you baby, it was easy

Comin' back into you once I figured it out
You were right here all along
Yesterday is history
Tomorrow's a mystery
I can see you lookin' back at me
Keep your eyes on me
Baby, keep your eyes on me
You are you are the love of my life

E lì cedo. La mia mano esce dalla tasca e scivola attorno al suo collo aggraziato. Abbasso la testa per raggiungere il suo orecchio e lo sfioro con le labbra. Anche nel buio più completo, vedo la sua pelle coperta di brividi. Spinto da non so cosa, e al momento non mi interessa, la giro verso di me e metto le mani sui lati del suo viso perfetto. La sua sorpresa viene presto sostituita dal desiderio, da qualcosa che la divora dall'interno. Ma non ha bisogno di dirlo ad alta voce. Lo sento anch'io. È lì, nascosto dentro di me, perché so che questa ragazza dagli occhi luminosi come la luna è l'altra metà di me. Il mio specchio.

Inebriato da lei, le accarezzo il naso con il mio e le sussurro: «Ora ti bacio, ma non significa niente».

Lei fa un respiro profondo.

«E io ricambierò il bacio, e non significherà niente.»

«Per la scienza.»

«Per la scienza.»

Sorridiamo come due bugiardi, poi Luna mi sposta i capelli inzuppati di sudore dalla fronte. E da quel momento in poi niente ha più importanza. Il nostro passato, i nostri risentimenti e le parole non dette che ci portiamo dentro. D'ora in poi siamo soli in questa sala che può contenere ventimila persone. Le sue mani si infilano sotto la mia maglietta, scivolano lungo i miei fianchi e ne approfitto per appoggiare le mie labbra sulle sue. Il mio cuore si strizza come una spugna. La sua lingua gioca con la mia. È un bacio lento, mortalmente erotico. Lei geme nella mia bocca, io mi godo quel suono meraviglioso. E il suo sorriso quando le mordo il labbro mi manda in orbita.

«Vieni a casa con me stasera» dico, mentre intorno a noi scoppiano gli applausi.

«Che cosa?» urla.

Ingoio le parole. Scuoto la testa per dirle che non era importante. Non so perché non l'ho ripetuto. Non le ho mai nascosto che la desidero. Ma quando mi ha fissato con i suoi grandi occhi e ho sentito la morbidezza delle sue labbra, quando ho avvertito il desiderio di entrambi, sono andato fuori di testa. E ancora di più quando ho capito che non volevo soltanto andare a letto con lei, ma anche addormentarmi con lei, stretto tra le sue braccia, come tanto tempo fa. E questa è l'ultima cosa che voglio provare. Non ho il diritto di provarla.

Non dico più una parola fino alla fine del concerto, mentre Luna si gode la serata senza prestarmi più attenzione. Nel viaggio di ritorno i ruoli sono invertiti. Lei è rilassata. Io sono un fascio di nervi.

«Dimmi» sussurra quando arriviamo davanti alla porta del suo palazzo.

«Cosa?»

«Ti comporti in modo strano da quando mi hai baciata.»

Ovviamente riesce a percepire ogni mio cambiamento. Mi mordo la lingua per non spiegarle il vero motivo. Che il mio cuore e la promessa fatta a mia sorella si stanno facendo una guerra spietata. Che ogni giorno che trascorro in sua compagnia mi avvicina alla sconfitta.

«È stata una lunga giornata.»

«Ok» dice, giocherellando con le chiavi. «Non vuoi…»

La abbraccio per impedirle di finire la frase. Perché quello che vuole ce l'ha scritto in faccia, e se lo dicesse ad alta voce non riuscirei a rifiutare. Se passo la notte con lei, ho paura che non vorrò fermarmi a quello e il mio cuore non sopporterebbe di lasciarla la mattina presto. E lei merita di meglio di un tizio che se ne va nel cuore della notte perché non riesce a gestire le proprie emozioni. Dopo qualche secondo ricambia l'abbraccio, ma non ci mette il cuore.

«Liam?»

Ditemi che è una cazzo di allucinazione uditiva.

Ditemi che Justin mi ha fatto male ai timpani e che questa voce non è qui accanto a me. Prego che Luna non senta i miei muscoli tendersi. Sciogliamo l'abbraccio per scoprire da dove arriva questa voce esasperante e fin troppo familiare.

«Liam! Sapevo che eri tu» ridacchia. «Riconoscerei quel culetto ovunque.»

«Sophy, cosa ci fai qui?» chiedo, nel tono più neutro possibile.

O meglio, perché il tuo culo non è in riabilitazione a Miami, dove ti ho lasciata ieri? La sua figura esile è fasciata in un abito da sera cortissimo, i capelli sono raccolti in una coda. Le labbra accennano un sorriso, ma i suoi occhi ardono di malignità e di minacce silenziose.

«Sono venuta a trovare un amico in città.»

Un amico? Non sapevo che altri esseri umani avessero la capacità di sopportarla.

«Dato che Liam ha dimenticato le buone maniere» dice, rivolta a Luna. «Mi presento. Sono Sophy Smith.»

«La figlia della mia madrina» aggiungo, stringendo così tanto i denti che sento in bocca un sapore di ferro.

«Piacere.» Luna sorride educatamente.

«Ho sentito tanto parlare di te. Il nostro Liam è una vera miniera di segreti. Mi ha nascosto che la sua migliore amica del liceo era tornata e anche che lavoravate insieme. Siamo stati quattro giorni insieme a Miami e non gli è mai passato per la testa di dirmelo» dice, da stronza quale è.

Uccidetemi. Adesso. Affondo i pugni in tasca perché non sono violento con le donne, anche se in questo momento non ricordo bene il perché.

«Eravate insieme a Miami?»

Questa è la voce di Luna, un misto di animosità e disgusto.

«Sì. Avevo bisogno di lui ed è subito corso ad aiutarmi» dice, accarezzandomi il braccio dalla spalla al gomito.

A Luna non sfugge sicuramente il desiderio nei suoi occhi. Non ho ancora aperto bocca. Fisso Sophy con tutto l'odio che mi ispira, mentre lei sguazza soddisfatta nel pasticcio in cui mi sono cacciato. Ma resto zitto anche perché so che, qualunque cosa io dica, Luna non mi crederà. Non ho bisogno di guardarla per immaginare le sciocchezze che si stanno accumulando nella sua testa bionda.

Mi ha lasciata. Mi ha abbandonata per andare da lei. Il che è tecnicamente vero.

Sto per troncare la conversazione per poter spiegare tutto a Luna quando il suo cellulare annuncia l'arrivo di diversi messaggi a catena. Lo tira fuori dalla tasca, aggrotta la fronte e una brutta sensazione mi stringe lo stomaco.

«Tutto bene?»

«Sì» dice schiarendosi la gola. «Sophy, sono felice di averti conosciuta. Ora devo lasciarvi, domani lavoro presto.»

Bugia.

Luna gira sui tacchi, ma la trattengo per il gomito per interrogarla in silenzio. Ricevo uno sguardo omicida. Si libera con uno strattone e si allontana in fretta.

«Sono io o stava per scoppiare a piangere?» scherza Sophy. «Hai fatto bene a non dirmi niente del suo ritorno, ma non avrai pensato che Odie avrebbe mantenuto il segreto? È per questo che hai detto allo psicologo che non pensavi che fossi pronta a uscire? Per poterti scopare questa troia?»

La vena sul suo collo è pronta a scoppiare, ma non

ha alzato nemmeno la voce. Poi chiude gli occhi. Un secondo. Due secondi. Quando li riapre, un sorriso gelido allunga le sue labbra rosso sangue.

«Ho avuto una giornata estenuante. Quindi dimenticherò che mi hai mentito se mi porti a casa con te» sussurra, posandomi un bacio sull'angolo delle labbra.

Stanco dei suoi giochetti e della sua ingratitudine, non riesco più a trattenermi.

«Ora ascoltami bene» sibilo, con voce mortalmente calma. «Preferirei beccarmi la febbre gialla e farmi prendere a calci in culo da un babbuino albino che toccarti di nuovo. Questa è l'ultima volta che le manchi di rispetto. Ora vattene. Corri, vola, striscia, non mi interessa, ma sparisci di qui e dimenticati il suo indirizzo.»

Si vede che ha voglia di tirarmi uno schiaffo.

«Ho capito, sei tornato a fare il cagnolino» replica. «Farai meno lo splendido quando mi butterò da un tetto. Prima mi riempi di promesse e poi torna lei e io non esisto più. Come pensi che mi faccia sentire? E cosa ne penserebbe la mamma di tutte le volte che mi hai usata come una bambola di pezza? È colpa tua se sono così incasinata.»

Mi si gela il sangue. È vero? Vorrei strangolarla per aver usato le mie debolezze contro di me, per aver sfruttato il senso di colpa che provo per non aver potuto aiutare Charlie quando ne aveva bisogno. *No, Liam. Ti sta manipolando. È la cosa che sa fare meglio.*

«Ti sei data alla droga e all'alcol perché eri una povera ragazzina viziata incazzata con il mondo che cercava di attirare l'attenzione della mamma. Non hai un briciolo di amor proprio, Sophy, sei un guscio vuoto. Posso chiudere gli occhi tutte le volte che voglio, non sarai mai Luna.»

«Nonostante quello che ha fatto? Sei patetico, Liam. Tua sorella sarà…»

Le mie dita si chiudono intorno alla sua gola prima che concluda la frase. Non me ne frega niente se siamo in mezzo alla strada. Stringo forte, non abbastanza da bloccarle il respiro, ma abbastanza da spaventarla. E funziona. Le sue pupille si muovono in tutte le direzioni, le sue unghie mi affondano nel polso.

«Ti suggerisco di non finire la frase se non vuoi che Odie scopra perché il suo ultimo matrimonio è fallito. Ti è piaciuto tenere il cazzo rugoso del tuo patrigno in bocca, vero? Come pensi che reagirebbe? Stai lontana da Luna. Mi sono spiegato?»

Lei annuisce, con gli occhi che mandano scintille.

«Bene, ora vieni a casa con me e domani torni a Miami a finire la cura. Non voglio sapere a chi hai fatto un pompino per uscire di lì, non mi interessa più quello che ti succede. Per quanto mi riguarda, la tua esistenza mi è indifferente. Ti avevo chiesto soltanto una cosa, non avvicinarti mai a Luna, ma non hai ascoltato. Quindi puoi dimenticarti di me. Non sono più tuo amico, non faccio più parte della tua famiglia.»

La lascio andare e comincio ad allontanarmi.

«Ti sei innamorato di nuovo di lei, eh?» la sento chiedere alle mie spalle.

Mi fermo, il cuore mi accelera nel petto. Poi la guardo con un sorrisetto sulle labbra.

«Chi ha mai detto che ho smesso di amarla?»

Non mi sfugge la sua espressione incupita, né il modo in cui le sue dita stringono la borsa. Vorrebbe urlare, insultarmi, ma non dice niente. Ed è peggio.

Per una volta, comunque, me la lascio indietro senza rimorsi, consapevole che dietro questa porta c'è la ragazza che amo davvero da quando avevo dodici anni. E che dovrò farmi perdonare per averle lasciato credere di essere seconda a qualcun altro.

A seguire

MY MISSING PIECE

Il mio migliore amico
La mia parte migliore
Noi due, fino alla luna

Questo libro è stampato fabbricato da Grafica Veneta S.p.A.
con un processo di stampa e rilegatura certificato 100% carbon neutral
in accordo con PAS 2060 BSI

Finito di stampare nel mese di aprile 2024
per conto di RCS MediaGroup S.p.A.,
da Grafica Veneta S.p.A., via Malcanton 2, Trebaseleghe (Padova)

Printed in Italy